金陵市图
陵州鉴
谷以成 著
江苏凤凰文艺出版社

相公吃。陡门桥的筷子——馋的还是

扫帚巷的货院门口的糕靠边站贡

的花——没结果。土城头上拉屎——露大

两头忙石门。坎上擂鼓,上擂鼓。实打实。马巷

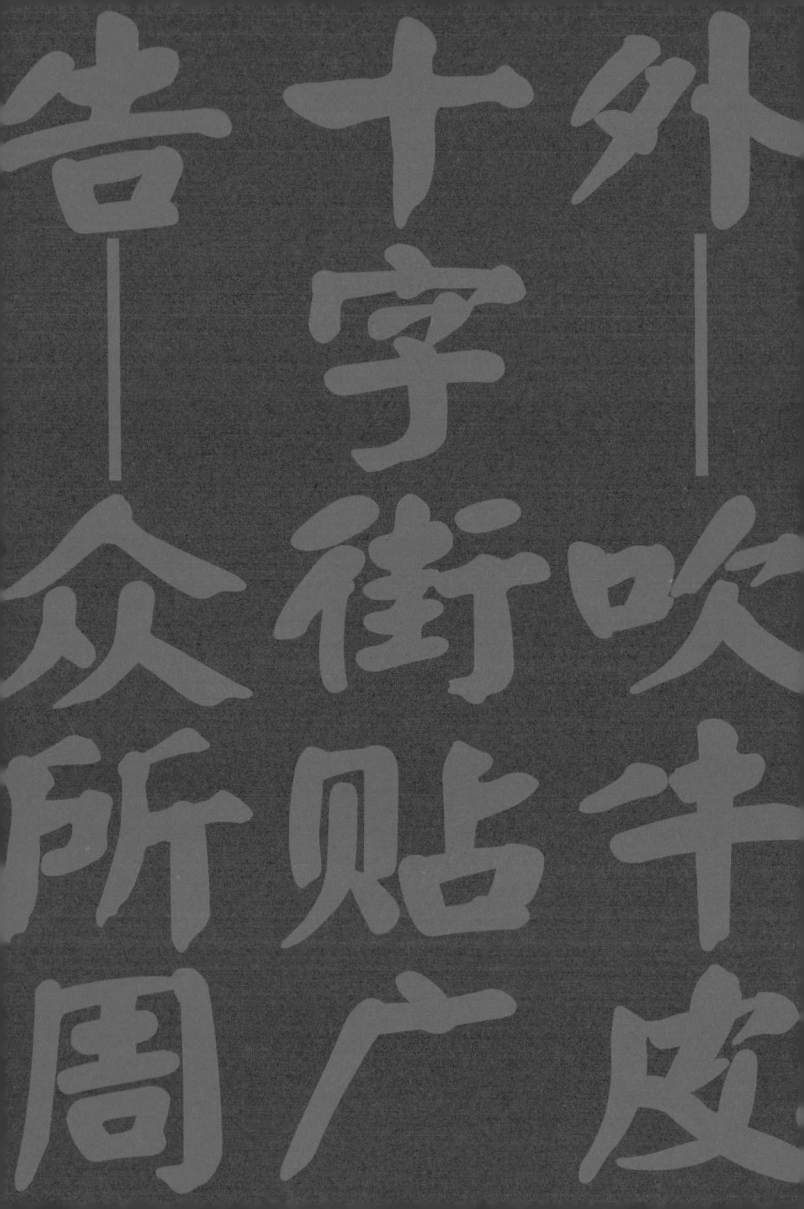

脸。五龙桥的石柱——老古董。到汉中门

尽是事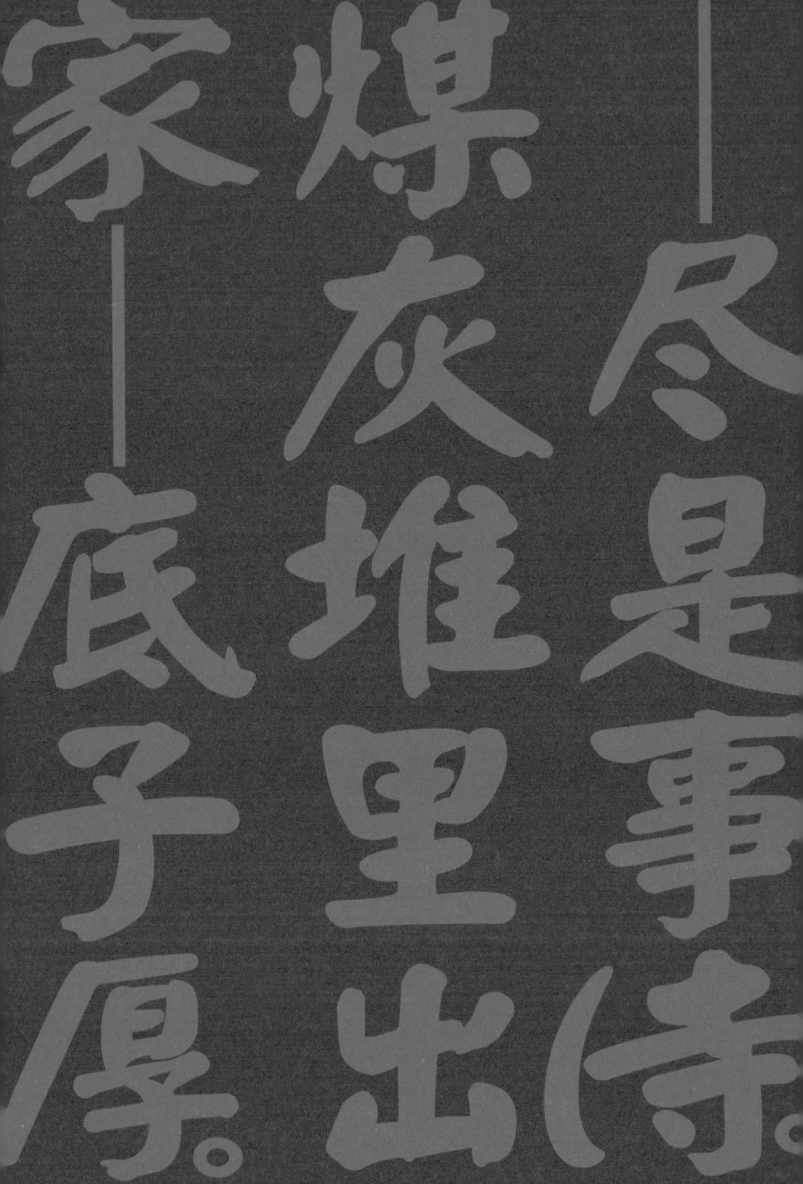(寺)
煤灰堆里出
家——底子厚。

清水下杂面，你吃我也吃。文八灯台见。

饭店上门板,吃不开。棺材店打折扣。

知艳江门的旗子——有点甩出了南门

照见人家
照不见自己。
茶炉子上的

水缸入土——入面生。
半截烧饼粘牙齿——齿面生。

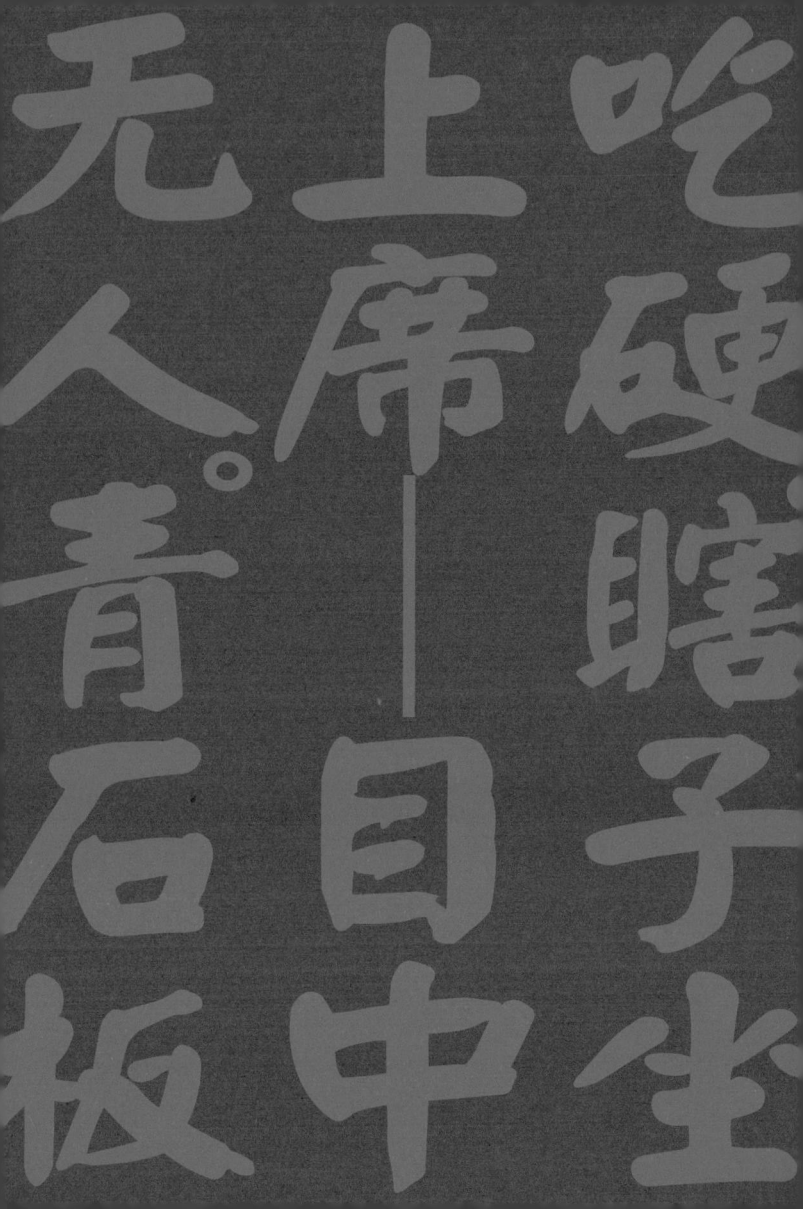

吃硬瞎子生
上席—目中
无人。青石板

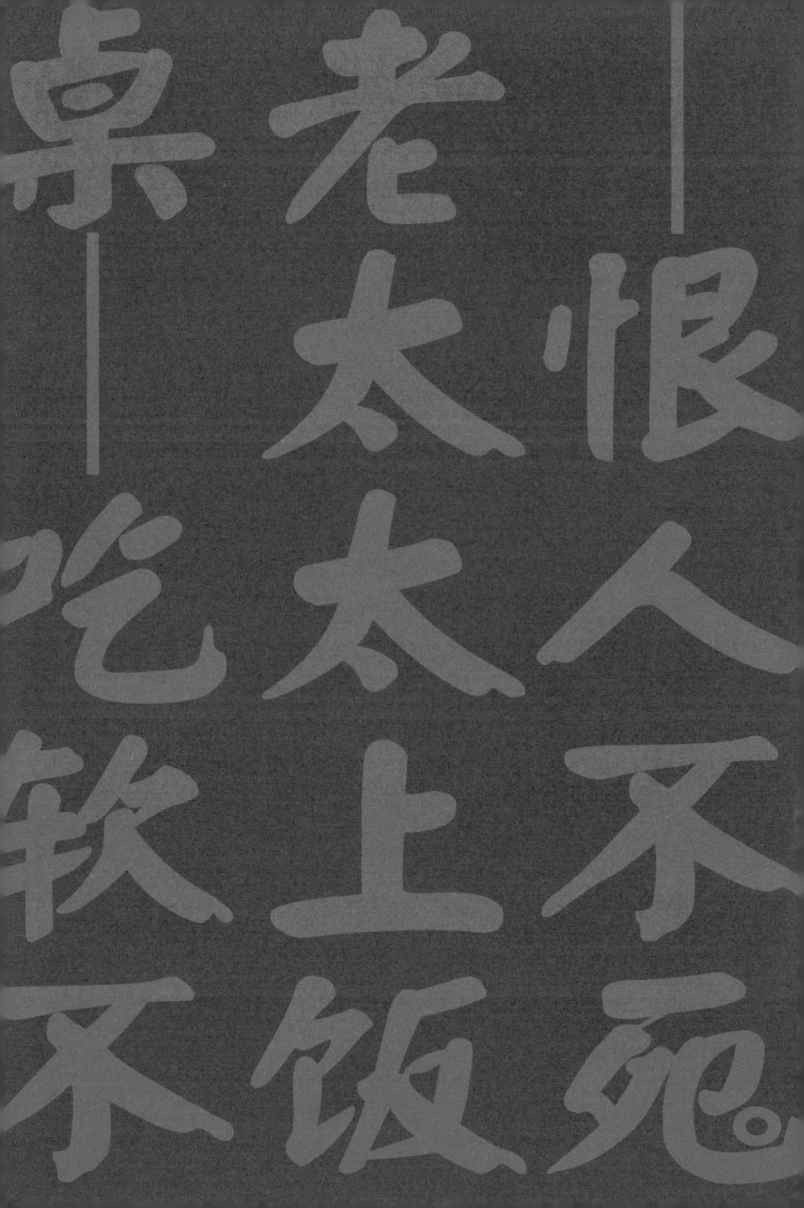
恨人不死，老太太上不饭，桌吃软不

圈子。买咸鱼放生——也不管死活。三十管苑

风使舵阎王

老爷出告示

鬼话连篇。

晚上捶皂角——瞎忙。老船工行船——见

序

过去的这个月，一直都在阅读，超负荷阅读。京东小说大奖，郁达夫小说大奖，长篇中篇短篇，琳琅满目，看个没完。

京东奖得主奖金是百万之巨，郁奖是十万。作为终评委，看的作品已经过多层筛选，即使这样，也足以眼花缭乱。

恰恰就是这期间，谷以成的《金陵市井图鉴》出现在面前。我向来孤陋寡闻，对作者一无所知。一个熟悉的老朋友，退休不久的文学期刊老主编，把书稿寄了过来，嘱咐为这本书写序。于是在超负荷阅读中，又增加了眼前的这本。

集中阅读向来最伤眼睛，是个苦活，不过苦中会有乐趣，好处也显然，它能让人很好地了解当下文学状况。如果不是这样大量阅读，我对当下文学几乎一无所知。

无论是京东奖的图书，还是郁奖的小说，它们的作者大都功成名就，基本上属于文坛名家，入选前都已产生过不小影响，或进入各种文学排行榜单，或入选这样那样的年度选本。《金陵市井图鉴》却给了读者完全不一样的阅读体验，不是说它不足够优秀、不太可能获得那些时髦的文学大奖、与百万或十万奖金无缘，而是跟经过层层淘汰、经过一遍遍筛选的所谓优秀小说相比，它们完全不一样，不一样的形式，不一样的内容，不一样的遭遇。谷以成的《金陵市井图鉴》非常民间，有着不同寻常的烟火气。在当下的文学版图中，它显然还不够十分流行，还不够特别亮眼。虽然写的都是活生生的老百姓，虽然是为今天的老百姓所写，但是在一个阅读极为缺乏的年代，文学事业被实际冷落的当下，老百姓未必愿意看，极可能也没兴趣读。然而，文学说到底，就是知其不可为而为。我喜欢谷以成小说中的那股民间烟火，喜欢他所描写的那些小故事，喜欢那些小故事中的小人物、小感伤、小欢乐。

谷以成不只出版过几本书，而且还担任过一定的领导职务。这个发现让人感到非常意外，非常惊喜。首先我佩服他这种身份的领导，还能在百忙之中，坚持文学创作，关心和描写底层。他曾荣获江苏的紫金山文学奖，至少说明作为写作者，已进入了文学的江湖，在政坛之外，也已被文坛所接纳，所认可。

《金陵市井图鉴》的后记中有太多感谢，可以说是客套，也说明谷以成经营文学的厚道和谦虚。其实大可不必，他最应该感谢的是自己，是他把这些市井故事写了出来，让这些故事变得永恒和不朽。其次要感谢那些给他提供故事或故事中的人，没有他们，也就没有这本市井图鉴。最后是读者,要感谢他们阅读了这些故事,因为有了阅读,那些消失的故事,不存在的市井人物,才死而复生。

2020年10月22日去北京的高铁上

序

金陵城内
爸以成

徐海

我很孤陋，两个月前才听说金陵城内有个谷以成，还是赵阳反复向我介绍的。听说了没用，我并不能完全记住他的大名——我年过半百，正处在"最近的事记不住，过去的事忘不了"的严重症候期，最近一周，因为详细地拜读了他的作品，才彻底记住了他，于是像司马迁那样贪婪——读其书，"想见其为人"。我达不到钱锺书所说的境界，依然孩子般幼稚地寻访那只下鸡蛋的老母鸡。

不明白赵阳副总编为何一次又一次向我推荐以成兄。我猜大概有两个原因，一是她偷偷发现我感兴趣，二是她悄悄发现我和作者有共同之处。

江苏凤凰文艺出版社今年气象不错，于是我常去他们单位看看并听听他们的想法。每次去，他们都会得意地将新出版的本本好书陈列开来。我目不暇给之余总是将目光一次次投射在那本设计极其独特的《金陵小巷人物志》上，即使坐到边上会议室的桌前，仍不断地转动着我那可怜的既疼痛又不灵便的脖子，偷偷地、持续地斜视着那本怪书。这本通篇用马粪纸印刷、切口像狗咬过、开本一点点大的袖珍图书，是由多次获得最美图书奖的周伟伟设计的。我没有见过周伟伟，只是听王保顶和蒋卫国不断谈起他。

不过，我反复斜视这本书，不完全是因为这本书设计奇特。相反，我对奇特设计的书有时有抵触情绪，因为它们不但改变了我的读取方式，也影响了它们在我书架上的放置。在今年BIBF线下江苏分展场，一位领导视察江苏最美图书专柜。当看到有一本获得最美图书奖的图书是用一根稻草和一张草纸包扎时，他诙谐并机智地说："最美的书都是草包的。"我失态地大笑不止。

　　我喜欢周伟伟的设计，现代、时尚但不怪异，不过，我喜欢《金陵小巷人物志》的根本原因在于作者为小人物作传。我厌恶宏大叙事和大人物传记久矣，这与我的"革命斗志"衰减有关。当"革命斗志"高昂的时候，我便读《恺撒传》《拿破仑传》《罗曼罗兰人物三传》《孔子列传》《淮阴侯列传》以及江苏人民出版社出版的百卷"大家丛书"；当"革命斗志"低落的时候，我就非常喜欢读小人物的故事，包括反复阅读《游侠列传》《儒林外史》和"三言两拍"。碰巧，我自己在微信也开始写"金陵人物志"，去年写了两篇还广受好评。当然，这几年我也策划、出版了小人物传记图书，包括《南京老杆子》和《儒林内史》。因此，如果你问我当我在谈论《金陵小巷人物志》和这本《金陵市井图鉴》时是在谈什么，我会告诉你我是在谈小人物。

以成兄笔下的小人物都是南京人，他们身上充盈着南京人的血脉——实在、诚实、无虚，就像大萝卜；他们所思、所想、所说、所忧、所悲、所喜、所乐、所怒、所哀，都是一个个普通南京人的七情六欲。这些人不在庙堂之上，却在小巷深处、市井图中，他们完全可能是你周围的亲朋好友，甚而至于是你自己。

长期以来，你可能被那些所谓的文学理论忽悠得不辨东西，什么典型人物典型特征，什么源于生活高于生活……最近几年经历的事情和看到的世界告诉我，只要准确、逼真、全面地实录生活和世界，往往要比虚构的文学更精彩，前提是你要有一支极端细致、温润、多情的笔。对我而言当然要求更奢侈一点，我还希望那支笔有趣、生动、兴致盎然。以成兄正握着这支笔，并用此非凡地勾勒出小巷人物群像：他们是心里爱着妹妹却阴差阳错地与姐姐结婚生子、婚后妻子又倒霉地成了植物人的好丈夫，他们是家庭条件不错却成了扒手、自己剁手后成为公安内线、最后靠开小店打发余生的小伙子，他们是一个不慎失身后长期被丈夫虐待、一个下半身突然瘫痪后被男友抛弃的一对深情闺蜜……

以成兄用笔干脆利落，绝无滞涩，字字到位、句句凝练，没有一个多余字，没有一处无用话。偏私一点说，他还有我特别喜欢的海明威式的精粹短句和一不小心便侧漏的机智幽默。赵阳反复向我推荐以成兄，或许是她看到了我的涂鸦作品虽远不如以成兄却能硬凑上他的风格。

　　更珍贵的是，以成仁兄有如此丰富的工作经历特别是最后几年纪委工作的经历却有如此大悲大悯之心和率真灵动之趣，着实令人吃惊和感慨。

　　金陵城有谷以成，诚为金陵小确幸。

　　以成兄旧作《金陵小巷人物志》由大作家周梅森作序，本新作《金陵市井图鉴》由大作家叶兆言作序，我即使吃了豹子胆都不敢跟序，而赵阳、以成兄不断撩拨，让我一时失去警惕和理智，偷尝了豹胆，现在写完等待嘲笑和棒喝。

2020年12月

目录

001	补偿
014	距离
022	闺蜜
033	小桃红
045	后悔
053	夜遇
065	断指再植
083	大妈
094	你是你的人
108	赠猫记
122	面试
128	稳稳的幸福
140	黑子
151	群演
165	闷热

177	报应
193	那天
208	老鱼头
218	狗鼻子
231	名誉
239	逃兵
246	煤球
255	青泥珠
266	仇家
280	冲刺一百天
294	我是谁
303	外人
317	楼火
326	秘密

339	悬赏
349	种瓜得瓜,种豆得豆
358	歇脚
371	多米诺骨牌
384	我没有杀人
393	兄弟亲家
406	后记

1

三个月前,郑天宁的妻子张小雅,在下班路上,被一辆超速超载又闯红灯的渣土车给撞了。幸好人被撞飞到绿化带的灌木丛里,有个让劲,捡回来一条命。血肉模糊的她,被救护车送到了医院,就一直处于深度昏迷的状态,一度呼吸都中断了,进了ICU病房,就没有出来。各种抢救各种药物,花了小二十万,仍然没有醒过来。

单位还是不错,虽然是下班路上,仍然算工伤,七七八八给了好几万。渣土车公司呢,刚开始,还垫了三万块钱医药费,后来大概见张小雅在ICU里出不来了,就再没见到一个子儿,说是等着法院判决,该多少给多少,没得二话。

钱倒是还在其次,关键是人,一直醒不过来。郑天宁想了很多办法。外伤处理得差不多以后,张小雅就带着呼吸机转到了普通病房。治疗项目不多的时候,郑天宁给她按摩,陪她说话,放舒缓好听的音乐,找她的好闺蜜跟她说悄悄话,让儿子小波在她耳边呼唤,叫护工给她轻轻地唱歌。甚至,有一回他试着揉她已经不太蓬勃的乳房,那是她比较敏感的地方。但是,所有的努力,都没有一点点回馈。每天,他面对着闭着眼没有知觉的妻子,几近抓狂,不知道该怎办,已经精疲力尽。小雅二十四小时靠打营养液、呼吸机维持着生命体征。或者说,她自身实际上就是一台呼吸机。

郑天宁把两室一厅的房子租了出去,毕竟有些租金收入——看病的高额费用,护工一个月四五千的工资,实在吃不消了。再往下,看样子要卖房子了,他已经在中介那里打听过,这个地段的二手房很走俏,估计能卖到二百万左右。

向单位请了长假,郑天宁每天在交警大队、渣土车公司、法院和医院之间来回跑,几条道上有多少人行横道有几盏红绿灯,他都能报出来,破助力车一天不充电就半路"撒尿"。他求过,争过,吵过,甚至静坐,拼命,带了毒鼠强要自杀。终于,拿到了八十万的赔偿,还拴了个尾巴:如果发生后续治疗费用,渣土车公司仍然要负责。他在法院的调解书上签完字,喉头抽搐了一下,强压住一口气不让它上来,却冲进了眼眶,一路酸涩。

他没料到,自己这样微不足道的人,如蚂蚁一般,谁都能分分钟踩死他,不费吹灰之力。头上却飘来一片祥云,让他体会到了天下总有讲理的地方,虽然讲得那么艰难那么伤自尊。

2

回到医院,护工到超市买尿不湿去了。郑天宁坐在病床边,拿着银行卡,仔细地看着卡上的每一个汉字、数字、符号,以及他不认识的英文。忽然,就号啕大哭起来,哭得不管不顾,恣意放肆。

也不知道是为什么哭。是哭妻子无知无觉醒不过来?哭医疗费天价高昂?哭他一个人的孤苦无助?哭这八十万讨得千辛万苦来之不易?又或者是哭接下来不知道该怎么办的漫无方向?他哭得这么大的动静,小雅依然无动于衷,一点反应都没有,也可能是他止不住哭的又一个原因。哪怕她是动动嘴角动动手指,可能就会立刻叫停他。

小姨子张小文什么时候进来的,他浑然没有察觉。

小文见到姐夫在大哭,以为姐姐已经走了,心一拎,连忙抢到床前。结果一看,姐姐的呼吸机还在上下活动。郑天宁见小文来了,并没有停下,反而越发哭得厉害。小文先是不知所措,但也并不想过问姐夫哭的原因,好像他不管为什么哭她都能理解,只是默默地跟着一起抹眼泪。然后,走过去,抱着郑天宁的头,让他在自己的怀里哭。

郑天宁和老丈人张新民,开始是师徒关系。在液压件厂，张新民是技术最过硬的钳工，蒙着眼睛都能把工件锉得分厘不差。郑天宁很幸运，大专毕业后，一进厂子就拜在张新民门下。据说，是张新民在新工人的实习期里，多次观察以后，决定要下他的。郑天宁勤学好问，手脚麻利，很得师傅的喜欢。师傅口传心授，教给他许多技术上的功夫。后来，郑天宁没有辜负师傅的期望，在厂里职工技能大赛上得了个一等奖。代表厂里参加全市系统比赛，也得了个三等奖，很给师傅长脸。

张新民不但教郑天宁技能，而且还关心他的生活。郑天宁家在农村，一个人住单身宿舍，饥一顿饱一顿。师傅就隔三差五地把他带回家，叫师母弄点好吃的给他解解馋，提高一下生活质量。这样，就认识了张小雅张小文姐妹俩。

姐妹俩都是美人坯子，是小巷里的巷花，但性格有所不同：小雅安静，小文活泼；小雅瘦弱，小文饱满。小雅好像一年四季都在织毛衣，全家人包括郑天宁的毛衣都是她织的。而小文呢，整天乐呵呵咧着嘴笑，唱歌、跳舞、上网，比谁都忙。郑天宁和张小文好像更谈得来，小文那永远都紧绷的衣服所包不住的新鲜活力，扑面而来，这正是他所没有的。

每次到了师傅家，郑天宁就挽起袖子干这干那，手不停脚不住的。师傅越发喜欢，师母更是从头到脚地喜爱。一次吃完饭，师母就试探着问，天宁啊，你一个人在外也不容易，以后就到家里来吧，咱家就是你的家。

郑天宁从师母的声色之中，感觉出了话外之意。他自然很高兴，远离家乡，孤身一人，如果有一个家庭可以依靠，而且，一分钱彩礼也不要，就是倒插门，也愿意啊！关键是他也的确很喜欢小雅小文姐妹俩，师傅师母也很喜欢他。他就说了，我听师傅师母的。师母眉开眼笑，说晚上我炒两个菜，你陪师傅喝两杯！

以后，郑天宁下了班就往师傅家跑，还把工资奖金拿出一部分来，交给师母，说我不能白吃啊！

一次，郑天宁用他的巧手给姐妹俩一人做了一个八音盒，上了发条可以放出音乐，姐妹俩喜欢得不得了。小雅把它锁进了谁也不许看的秘密抽屉，那里面都是她的心爱之物。小文则拿着八音盒不停地上发条重复播放，跟在后面大声唱歌。然后，冷不丁地抱住郑天宁，亲了一下他的面颊，弄得郑天宁满脸通红。正好被张新民撞见，他没说什么，只是瞪了一眼小文。

过后，张新民跟老婆说，要抓紧了，不然要出事的。

很快,郑天宁入赘师傅家的事,被提到议事日程上来。郑天宁以为师傅会把小文嫁给他,但最后师傅让他娶了小雅。师傅说,小文还小,等两年再说。郑天宁没敢多话,到嘴的天鹅肉,还要挑三拣四么?他也没有这个资格。而小文却不管不顾地找张新民吵,说爸爸,我要嫁给郑天宁,姐姐凭什么跟我抢啊?你们又不是不知道我喜欢天宁哥!张新民一瞪眼,说这事儿轮不到你插嘴!我自有安排,你急什么?嫁不出去啦?小文一气,转身就走,还说,你看我嫁得出去嫁不出去!

结果第二年,小文就自作主张地把自己嫁了出去,男的是个公交车司机,有点花里胡哨的,还好打个小牌。没过上一年,便不吱声不吱气地离了婚。

郑天宁娶了小雅之后,日子过得不咸不淡,波澜不惊。第二年小雅就给他生了儿子小波,她在超市做收银员,班次也固定,下了班就带小波和打毛衣。他们靠贷款加上老丈人又帮助点,买了套二手房,就在张新民的楼下,吃喝还是在老丈人家里。小家被小雅收拾得齐齐整整,干干净净,生活起居也样样都安排得妥妥当当。郑天宁已经由组长做到工段长,他觉得很知足了,厂里人人都很羡慕呢。

谁会想到飞来横祸呢？

苍天真的有眼么？近视啊？还是白内障啊？

3

郑天宁在小文的怀里畅快淋漓地哭了一场，半晌才收住声。小文听任姐夫在自己怀里哭，也说不出什么安慰的话来，她也不想打断这个男人有泪不轻弹的哭，只是不停地揉搓抚摸着他的头发，像母亲对待受了委屈的孩子。郑天宁哭够了，抬起头来，见小文的前襟被自己的头搓弄得有些凌乱，不好意思了，又低下头。小文却若有所思地说，我问过主治医师了，我姐这样的情况，恐怕是回不来了。又叹了口气说，唉，这什么时候是个头啊？

郑天宁说，我知道，我都知道。

之前有一天，主治医师把他叫去，通报了小雅的病情。末了说，我说话可能比较直接，不大中听。但是，比较客观实在。医学术语就不跟你多讲了，你也听不懂。情况就是这么个情况，结果是可以看得见的。最好的结果就是人回来了，成了植物人，虽然能自主呼吸，但没有意识。通俗点说，比现在多了口气。最坏的结果就是少则几天，多则几个月，说没就没了。我知道你们很痛苦，但是，痛，也有长痛与短痛。长痛，就是你们每天都要面对一个永远也醒不过来的名义上的亲人，还要随时应对包括并发症在内的各种特发情况，高额的治疗费用，也会让你们不堪重负，还可能因病致穷，引发家庭、工作一系列矛盾。短痛嘛，主治医师瞥了一眼呼吸机，也就是分分钟的事情，也不要白花钱了。但是，你们，主要是你，要承受道德上的巨大风险，可能要伴随一辈子。我想，我这样说，你应该是都听懂了吧？你们最好开一个家庭会议，好好分析一下利弊，统一想法，拿出个主张来，尽快告诉我。医院病房床位也很紧张，后面排的队长呢。

郑天宁能有什么主张。不管是长痛还是短痛，对他来说，都是痛。但是，这个痛点，准确地说，究竟在哪里？却又一下子说不清楚。前些天回家，他跟家里大致说了一下小雅的病情，但没有提长痛短痛的话。如果说了，他们要问他是怎么想的，他也回答不出来。他也不想让他们猜测他。他现在只想到一个没人的地方，四仰八叉地躺下来，安安静静地睡一觉，最好睡上几天，什么都不用想，什么都不用做。

这时候，郑天宁忽然想起来裤兜里那张八十万的银行卡。他掏出来递给小文,小文却没有接,而是说,我看这情况啊,不要说八十万了,就是一百八十万,能不能打到底都不知道。郑天宁就说,是呢,ICU一天就几千块,这已经小二十万下去了。小文说,有句话我不知当说不当说。郑天宁拦住小文的话头,当说不当说,你都不要说,我现在头脑乱得很。小文说,要说也不用你说,我去跟爸说。

隔了一会,小文又说了一句没头没脑的话,我是小雅的亲妹妹哎!

郑天宁说,小文,你就不要添乱了。

4

小文没有说。

倒是老丈人有一天主动提出来,说我们一起扯一下小雅的事儿。那天吃完晚饭,安排小波下楼回家做作业,一家人就一起议论小雅的事情。说着说着,最后的焦点就集中到长痛短痛的选择和八十万的使用上。老丈人叹了口气说,小雅小时候体弱多病,我给她找了个算命先生测了一下字。算命先生说,这孩子,样样都好,就是抗不过天命。我当时听了也就听了,没往心里去。心想,这话还用你说,谁能抗得过天抗得过命呢？现在看来说得还真准，五十而知天命嘛，真是抗不过天命，五十是过不去了。这就是命啊！

小文插了一句，说不管什么最好最坏的结果，总不能这么耗着。不光是钱砸下去头二十万都打了水漂，后面还要卖房子。你们再看看姐夫，人都脱了形了。母亲就嗔怪她，你不说话没人当你哑巴，听你爸的！

张新民转过头来，问郑天宁，那你是怎么想的？

郑天宁愣了一会。然后，掏出那张银行卡，"啪"的一声拍在桌子上，震得茶杯盖都翻了，说，治！砸锅卖铁卖房子卖血都要治！

一家人都愣住了。

郑天宁说完，深吸一口气，又长叹一口气，把银行卡还装回兜里。他的话如斩乱麻的快刀，一下子终结了讨论。毕竟，张小雅是他郑天宁的老婆。

张小雅真的没有抗得过天命。在八十万用到一大半的时候，因为心力衰竭，还是走了。剩下的钱一部分办了小雅的后事，又还了买房借老丈人的欠款，再剩下的就留给小波读书用，大家都没有意见，说这样办最好。

同事、邻居、亲朋好友都说张新民找了个好女婿，不是一个女婿半个儿了,简直比亲生儿子还要强,说郑天宁是个重情重义知情达理的好男人,小雅走得也闭眼了。

张新民很得意,说,我这钳工的眼睛,还能看错人?

5

一天,一大家子在吃晚饭,郑天宁陪着老丈人喝点小酒。张新民对小文说,你也不能老在家里待着,搬楼下去住吧。天宁那儿一个人,小波又小,没个女人不行。

小文的眼睛有些湿润,她拿过郑天宁的酒杯,给父亲敬酒,谢谢爸!然后,自己喝了一小口,边咳嗽边吸着凉气。又说,小波可喜欢小姨我了。还回酒杯的时候,拿手碰碰郑天宁的手。

老丈人问郑天宁,你愿不愿意啊?

郑天宁给老丈人和他自己的酒杯都斟满酒,双手举杯,说,我听爸的。我先干为敬!

张新民又吩咐老伴,再炒个下酒菜。

1

初恋时不懂爱情。

大抵是异性相吸,随性而为,两性关系。

2

男孩和女孩是小学中学一路过来的,打小就是无拘无束的玩伴。两家是邻近村的,父母都很熟识,知根知底,也都很喜欢两个孩子。

都道是青梅竹马。

女孩高考差几分,进了工厂;男孩上了大学,电子工程。两家父母就商量,不如趁男孩上大学之前,把亲事给定下。却遭到了两个孩子的竭力反对,说丢人死了!才多大啊?

父母们想想也是,又不是在旧社会。年轻人,还是干事业为重。心急吃不了热豆腐,等男孩大学毕业了,也不迟。

水到渠成,老话说得不错。

父母们自个儿借机吃了顿饭,商定了,一个不嫁,一个不娶,板等。

3

第一个暑假的时候,两个孩子还是像从前一样,一起玩耍,目光里却有些异样。

第二个暑假的时候,两个孩子坐在高高的谷堆上面,看月亮,数星星。看着,看着,糊里糊涂地就越了雷池。幸好没越出个故事来,但两人再见时,满是慌张,目光远远地一触,便迅疾闪开。人却定在原地,动弹不得。

第三个暑假,男孩没有回家,说是要参加社会实践。

大学毕业,男孩在省城一家网络公司落脚,做了个码农。

4

女孩等不到踪影,收不到讯息,便到省城寻找男孩。

见了面,男孩请女孩到咖啡馆,两人面对面正襟危坐,良久无言。女孩的冰激凌,都化成了水,没有了原来的造型。

世界上最远的距离。

女孩说,我爸妈和叔叔阿姨说好的,等你毕业就……

男孩说,都多大了,还听父母的?

女孩听出了弦外之音,说你是有别人了?

男孩说,没有,我天天都累成狗了,哪有时间顾这个。

女孩又鼓起勇气问,那一晚,你为什么要对我那样。

男孩挠着头发,说我们那时候都不懂事。唉,这事儿,一句两句也说不清楚。

5

女孩接受不了这个现实。她用最简单最粗暴的方式,要拉回男孩。

第二天一早,女孩安静地坐在男孩公司门口,拿出刀片,一下一下割着左手腕,竟然不觉得疼痛,像是在划茄子黄瓜。鲜血慢慢染红了衣衫,染红了地面。

倒把保安吓了个半死,抖抖索索地打了110、120,又报告公司。公司给男孩一周的假,让他处理好再来上班。否则,就不用再来了。

两家人都惊动了,赶到医院,心疼女孩,同仇敌忾声讨男孩。

男孩的父母要求他尽快迎娶女孩,父亲甚至以父子关系相逼。女孩的父母差点下跪,说就当救她一命。

男孩身心疲惫,充满恐惧,自然更是不可能答应。

他们回过头又去劝慰女孩,说好男孩多得是。男孩父母掏心窝子说，从今往后你就是我们的女儿，一定给你找个好人家，风风光光嫁出去。

女孩含泪点头，勉强答应。

谁知道这竟是缓兵之计。过了一个多月，女孩又坐到公司门口，拿出了刀片。

6

公司是待不下去了。

临走时，借酒浇愁。男孩向部门经理倾诉苦闷，说这样下去，我和她，不管谁，要么疯，要么死。救人一命，胜造七级浮屠啊，你得帮帮我！

部门经理说，你们两个，你是二进制，她是十进制。要想打通，难，很难。要是她转向你，那得用2辗转相除至结果为1，将余数和最后的1从下向上倒序写，才能达到结果；要是你转向她，那就要从最后一位开始算，依次列为第0、1、2……位第n位的数，0或者1，乘以2的n次方得到的结果相加才是正果。那样，你们就得熬到几十年以后，甚至更长时间了。

男孩说，你就不要磨我了，难道没别的什么办法了么？

部门经理说，只有一个办法：物理隔离。

7

男孩回到村里,请两家父母和女孩相聚。

喝下一杯苦酒,潸然泪下。

男孩对着两家父母跪下,触地叩首,说我对不起你们,放了我吧!我是个不肖子孙。又和女孩深情相拥,说,你忘了我吧。然后,把电脑手机都付之一炬。

男孩只带了简单的换洗衣裳,便出了门。

8

男孩并没有走远。就在离村上三十多里的广济寺,落发为僧,法号云深。

打坐念经,一心向佛。

又运用所学的专业知识,为寺庙建设了一个"广济众生"的网站,开发了"佛在"的APP,为善男信女服务,影响渐渐扩展。

父母后来知道了他的去向,曾经试图劝归,却无功而返。

眼前的年轻僧人,面色红润,充实快乐,让他们稍许有些慰藉。

回去以后,并没有告诉女孩。

他们也开始吃斋念佛,为的是经常去寺庙,见到云深法师。

女孩自从男孩消失之后,遍寻无果,也就渐渐断了念想。

过了这个坎之后,女孩反而逐渐阳光起来。情感终有归属,两家父母为她隆重地办了婚事。

那天是小满,新娘如栀子花开,淡雅可人,左手腕戴了一排彩色手串。

男孩在佛前为女孩念了《心经》。

心静气和,润物无声。

云深不知处。

國璽

1

突如其来,没有一点先兆。

从食堂打了饭菜回车间的路上,佟雅两腿一软,栽倒了,饭盒飞出去好远,饭菜撒了一地。

秦芬正跟她有说有笑地并肩走着,吓了一跳,大叫一声,扔了自己的饭盒,慌忙去扶佟雅。

但是,任秦芬怎么扶,佟雅就是站不起来。秦芬带着哭腔说,佟雅,佟雅,你可不能吓我啊!她干脆蹲下身子,把佟雅的胳膊架到自己的肩膀上,一直腰,背起来就往医务室跑。

到了医务室,女厂医把佟雅平放在检查台上。听脉搏,摸脑门,翻眼皮,紧急判断说,可能是低血糖。立即敲了一支葡萄糖,让佟雅喝了下去,说休息一下,等一会就好了。

等了一会,厂医估计差不多了,就招呼秦芬一起扶佟雅下地。可是,佟雅的脚刚着地,咕咚一下,又坐到了地上。

佟雅就有点急了,掐自己的腿,问厂医,我这是什么病啊?严重么?厂医无奈地摇摇头,再往深处分析病情,她也没辙,得上正规医院检查。

佟雅眼泪唰地就下来了,进而就势瘫倒在地,号啕大哭。

秦芬搂着她,不停地抚她后背,像哄着个孩子。说,不哭，不哭啊。马上到医院去，没什么事的。

2

到了医院便是各种检查：透视，CT，血管CTA，核磁共振。检查了头部、胸部、颈椎、腰椎。几个科室的医生一起，翻来覆去地看各种片子各种检验数据，诊断结论在脑血管病变、脊髓病变、重症肌无力、癌症、低钾血症之间徘徊争议，各有各的道理。

三甲医院对佟雅的病因也没有说出个所以然，下不了结论，自然也没办法对症下药。姑且开了些甘露醇之类的药，嘱咐先服着，再加上锻炼按摩与理疗，也许有效，能站起来。

佟雅的父母等不及了，决定带她去外地的大医院，因为突发性瘫痪，最佳治疗时间是最初的三个月。于是，买了轮椅，辗转北京、上海、成都，开始了漫漫的求医之路。

厂里为她发动捐款，筹集了四万多块钱。

但这不是钱的问题。

三个月很快就过去了，佟雅还是下肢冰凉，站不起来。后来的医院便直言相告，治愈的希望非常渺茫。

今后的人生就要在轮椅上度过么？

佟雅想到过死，设想了四五种办法，连遗书怎么写都打好了腹稿。但看到年迈的父母，他们千方百计地安慰她，说要一辈子养着她，实际上他们自己也就还剩半辈子不到。再往后，她就不敢想了。

本来，到年底，她就要做新娘子的。

男朋友从一天三个电话，到三天一个电话，再到微信偶尔联络，抱歉地说各种忙，客气地问病情进展。

佟雅咬咬牙把男朋友拉黑了。她无可奈何地明白，自己已经再没有资格享受这些了。甚至，连想都没有资格想了。谁会娶个瘫子回家呢？怨不得别人。

紧接着，又从别人那里，听到了秦芬要结婚的消息。

早就约定，两人要错开结婚时间，互相给对方当伴娘，在新婚典礼上同框的。现在，秦芬却自己先结婚了，而且还躲着瞒着，告都不告诉她。

佟雅和秦芬一般大，月份上秦芬大一点，两人中专毕业后一起进的精密仪器厂。佟雅在电镀，秦芬在组装。

秦芬高大丰满，风风火火，像个女汉子；佟雅小巧玲珑，慢声细语，是个乖乖女。

这样的反差，并不妨碍她们成为中国好闺蜜。

两人无话不谈，形影不离。下了班会一起去金桥市场淘便宜又好看的衣服，去马台街三牌楼逛吃逛吃，厂休日两人就躲在房间里看鬼片汗毛直竖扯着嗓子喊叫。佟雅被男青工欺负了，秦芬会奋不顾身冲上去撒泼拼命，上演全武行。佟雅则经常做些精致的小菜小点心，带给秦芬过过馋瘾，或者给她编织一个吉祥小动物挂在挎包上。

可现在怎么成了塑料花？因为自己成了个废人么？

佟雅整整三天没进一粒米，全靠葡萄糖点滴维持。

以前，秦芬每天都要和佟雅在微信上唧唧歪歪到三更半夜，然后么么哒几遍，才各自睡觉。婚后却越来越少，偶尔会关心问候一下，终究也渐行渐远。

在父母又一次要带她去寻访名医的时候，佟雅央求父母说，咱不治了，好么？我想回家，我想家。

3

终于回到了家，窗口的阳光很暖和，轻柔地抚摸着佟雅。

在外求医问药一年多，花光了所有积蓄，佟雅的腿仍然没有一点好转。而且，由于肌肉萎缩，两条腿已经变得像手臂粗细了。

厂里研究，说佟雅毕竟是在上班时间突发疾病的，而且她干的电镀活儿又接触化学物质，有一定毒性，应该是特殊岗位。因此给她申请办了工伤，这样，可以享受一些补贴。

父母又带她到省中医院。中医诊断是督脉不通，开了赤芍、川芎、当归、苏木、党参、茯苓、甘草等十几味中药，每天早晚各服一次，还要拿黄酒做引子。说再加上按摩锻炼，或许会慢慢恢复。

虽然没抱多大希望，但是，毕竟还有一线渺茫的希望。

每天，喝着一碗一碗的中药，苦得她五官都变形地挤到一起。她就会想着"先苦后甜"这个词，也许，痊愈的希望正在来的路上。

一天，佟雅突然想起了一个人。上网查了查，这个叫张海迪的女人，因为脊髓血管瘤导致高位截瘫，五岁时就开始坐轮椅了。居然在轮椅上学习了英语、中医、哲学、写作，出版了《轮椅上的梦》等好几部小说，现在是中国残联主席，六十多岁的时候，还精神头十足，去竞争国际残奥委会主席！她想，我要学习张海迪！我也行的！

秦芬悄悄地来了，连招呼都没打。

佟雅眼泪在眼眶里打转，一颤一颤地闪着亮光，说你来干什么？你走，你走！用手掌推打秦芬，反作用力却把轮椅退撞到墙上，"咚"的一声。秦芬一把抱住佟雅，两人抱头痛哭起来。

两人就不说话，默默地哭了许久，才收住声泪。佟雅才发现秦芬憔悴了很多，也没有以前那样飒爽的架势和四射的活力了。

秦芬说，我给你八卦一个狗血的故事吧，电视剧都不敢这么写。

就是我们厂的一个女孩，跟我一样没心没肺大大咧咧的。一天，参加同事周末聚会，兴头上，酒就喝高了。然后又去K歌，接着喝啤酒，七荤八素，翻江倒海。中途上厕所，再回包间的时候，摇摇晃晃的，已经分不清东南西北了，推开一个空着的包间，就在沙发上四仰八叉地倒下了。

直到第二天中午醒过来，发觉下身火辣辣地疼，才惊慌失措起来。可是，头天晚上只记得去到歌厅，接下去做了什么，怎么回家的，一概都记不得了，断片了。

问同事，他们说唱歌喝酒到半道上，就找不到她人了，大家也没怎么在意，还接着嗨。临走时，才在一个空包间里找到她，正呼呼睡大觉呢！他们就把她送回了家。其他，好像也没什么了。

她便没再说什么,也没敢声张,究竟是同事还是别的什么人,她也不想去查。如果真是自己喜欢的男人,也就算了。可这样不明不白地就失去了,憋屈!但也只能打碎牙齿往肚里咽,这样的事情嚷出来,还怎么做人。

胆战心惊地等到下一个周期,还好,没有什么后续的麻烦。后来,她便匆匆地结婚了。

初夜过后,男人指着床单问她怎么回事?她有点意外,现在还有男的对这个东西看得很重,就随口说是骑自行车摔跤弄破的。

秦芬问佟雅,你说,你要是男人,这个解释,你信么?

佟雅摇摇头。

秦芬说,就是呀!男人根本不相信,说我他妈喝的就是二锅头!以后便真的天天灌二锅头,灌多了,就打她,拿烟头烫她,逼她交代。她仍然一口咬定是骑车摔跤出的意外,男人就继续打,摸到什么顺手的东西就使,打累了才罢手。

后来,她实在忍受不了这种生不如死的折磨,就和男人对打,经常打得头破血流,遍体鳞伤。

打了大半年,身心疲惫,离了。

佟雅泪眼婆娑，心疼地抚着秦芬的脸，芬，我错怪你了！你遭了这么大的罪，怎么不告诉我啊？

秦芬叹口气说，这种丢人的事情，还好意思说么？你又在病急乱投医，不能给你添乱吧。

秦芬解开衣襟，给佟雅看胸前背后的伤痕，掐的、拧的、利器划的、烟头烫的，青一块紫一块，有的已经结了痂。

佟雅用嘴唇蘸着泪水，一寸一寸地亲吻，想把它们抚平。

4

秦芬对佟雅说，我给你洗个澡吧？洗干净了，我带你出去逛街，食疗，看电影。

佟雅拍着手说，好啊好啊！许久都没出去啦！

在卫生间里，佟雅褪了衣衫，因为许久不见阳光的缘故，全身雪白，像是白雪公主。

秦芬把佟雅抱进浴缸，在温水里爱怜地擦洗着，生怕用力了，会碰破。最后，将她拥入怀中，就那么静静地拥着，佟雅也如小鸟依人一般，在秦芬的怀里，微闭双眼，什么也不说，只有轻轻的水流声。

秦芬推着轮椅，带着佟雅逛街，吃麻辣烫，吮棒棒糖，

周密

还买了一个五彩的小风车，扎在轮椅扶手上，一阵风来，转出了彩虹的图案。又到了一家有残疾人通道的电影院，可以点播自己喜欢的片子。

两个人在那种很小的包场里，点了《七月与安生》。

主题曲是窦靖童唱的，全是英文，听不懂，但是，旋律听上去很好听，那种钻进心扉的感觉。

还有一句台词，两人都记住了。"我喜欢你，所以我陪伴你。"

看完电影出来，已经很晚了。

天空飘起了雪花，绕着暖黄的路灯飞舞。

秦芬把佟雅羽绒服的风帽给她戴上，又把盖在腿上的毛毯，往里掖好。

佟雅说，今天你回家要很晚了。

秦芬说，那我今天就不回去了，咱俩通腿睡，我给你捂脚。

1

今天是上手术台的日子。

天刚亮,王艺玲就偷偷回了趟家,查房之前,又赶回病房。她回家只做了一件事,把箱底的一条桃红色的连衣裙翻了出来。换上了以后,她对着镜子仔仔细细地审视着自己,果然还是比较合身的,那就是说,已经瘦了至少三十斤!这条裙子当时还是专门找裁缝店老板给做的,前片胸围线裁得非常到位,配上内衣,将她一对不大不小的胸,包得珠圆玉润,显得挺拔而不造作。她就将目光停留在胸前,默默地看了好一会儿,生活的许多细节便在胸前生动起来。半晌,才收住目光与思绪,给自己化了个淡妆。

邢凯在病房里见到穿着桃红色连衣裙的王艺玲,一下子想起了那一年,就像现在一样,天刚由暖转热,在桃花岛。一树一树的桃花开了,连同坡上不知名的小花,漫山遍野,花浪翻卷。王艺玲就是穿着这条裙子,依偎着他坐在桃树下,给他唱"小小的一片云呀,慢慢地走过来,请你们歇歇脚呀,暂时停下来。山上的山花儿开呀,我才到山上来。原来嘛你也是上山,看那山花儿开……"他们的恋爱,也像桃花一样盛开怒放,热烈奔放。

后来,王艺玲就把这条裙子压在了箱底。

结了婚,渐渐发福,裙子便穿不上了。生了儿子以后,身材走形已经既成事实,生活也跟着一天天越发潦草起来。整天在乡下忙着打理果园,和农民待在一起做粗活,也就更加不讲究。特别是那年秋天,桃树刚挂果,一场突如其来的狂风暴雨,损失了二十多万,她更是无心无暇收拾自己了。比如女人最看重的头发,以前还经常搞点什么吹拉卷烫的小花样,就是直发,也要用夹板烫直了才行。后来索性就改为十几年一贯制的马尾,随便拿个什么绾一下就行,夹子、手绢、橡皮筋,甚至将破袜子帮剪下来,卷成头绳用。因此,就更不会穿这条裙子了。

这三个多月来,看着看着,王艺玲整个人暴瘦下来,气色也憔悴了许多。居然,裙子能穿上了。邢凯心里一阵怜惜,但没有说什么,还是一个劲地夸王艺玲,说老婆你真漂亮!

王艺玲淡淡地笑了。她拿起病号服,轻轻地对邢凯说,你跟我到洗手间来一下。邢凯便跟着去了。

在洗手间,王艺玲把门锁别了,然后,缓缓地将连衣裙后拉链拉下,脱了,叠好。又将胸罩脱下,折好,放在连衣裙里。她抬起头来,妩媚地望着邢凯,说,老公,你再摸一次吧。邢凯的喉头一下子打结了,他忍住动静,轻轻地抚摸着王艺玲的胸,细腻,柔软,还带着弹性。但他稍稍用力,就感觉到了里面的结块。他猛地把王艺玲搂在怀里,搂得很紧,眼泪唰地下来了,滴到了王艺玲的背上……

护士在外面喊:二十四床,赶快换衣服啦!

2

邢凯和王艺玲是农业大学植保专业的同窗。

毕业后,邢凯在城区的一家园林绿化公司找到了一个防治病虫害的工作,王艺玲却回到了江北,进了农业技术推广站,因为母亲去世得早,父亲又身体不好,还有一个小四岁的妹妹,大学还没毕业,她靠着家好照顾。因此,他们小两口种桃子的事情,并不像后来晚报上登的稿子《大学生伉俪回乡开山种桃百亩》里写的那样,说是回乡,实际上是一起到王艺玲的家乡。山地倒是山地,面积并没有那么大,只有六十多亩,村里为了宣传效果,把坡下的小湖也算上了。后来,也就假戏真做,他们把小湖也给包下了。不光能引水灌溉,还是一处好看的风景。有了山,有了水,有了果树,他们就开起了垂钓、民宿、农家乐,打出了"春赏花,秋摘桃,自然山水拍美照"的广告语。一片荒山,被他们打造成一个集采摘、休闲、娱乐、餐饮、住宿于一体的家庭农场。妹妹王爱玲大学毕业也加入了进来,专门负责经营"我是小桃红"的微信公众号,好友粉丝一万多。中间虽然经历了虫灾、风暴、假化肥等一系列大大小小的磨难,但也都挺过来了。经营开始走向正轨,日子开始红火起来,贷款的窟窿也基本填平了。

福兮祸所依,谁会想到王艺玲出了这样的状况。

是从右边开始的。

一次洗澡后,王艺玲隐隐约约觉得右侧的乳房和左边的不一样,摸摸,好像有点小疙瘩,似有似无的,但也没当回事。一次,跟妹妹聊天的时候提起,说会不会是乳腺癌啊?要不要动手术切掉啊?王爱玲呸呸呸地直吐吐沫,说你胡说八道,怎么可能!王艺玲说,其实,切掉也没什么大不了的。好莱坞女明星朱莉,《古墓丽影》女主角的那个,说是基因有问题,为了避免得乳腺癌,就主动地把乳房给切除了呢!王爱玲说,那怎么行呢?那还叫女人吗?王艺玲说,真到了那一步,也由不得自己,该切还得切。王爱玲说,真到了那一步,把我的移植给你!王艺玲笑了,说我才不要你的呢，再说，傻妹子，你还要嫁人呢！……哎，别光顾说我了，给你介绍了好几个，你怎么就一个都看不中呢？王爱玲说，一个个都被你夸得天花乱坠的，可是，拿他们和姐夫一比，立马就矮了半截！唉，像姐夫这样英俊帅气又能干又有责任心三百六十度无死角的男神，我怎么就遇不上呢？王艺玲说，当然啦，珍稀动物，叫你姐我给遇上了。王爱玲说，遇不上就拉倒，大不了不找了，我就跟着你们，挺好的。王艺玲就叹气。

开始王艺玲也没跟邢凯说，女人家的事情嘛，想先弄清状况再说，别见风就雨的。后来，听人说找中医看看比较好，做保守治疗，能保住乳房。有人就给介绍了江浦的一个民间老中医，老中医摸摸捏捏，说没有多大问题，在我这三个月一个疗程就彻底解决了。听他讲得好像头头是道，说是什么要纠正机体失调，扶正固本强身什么的。然后用火针围刺，用中药内服外敷。

三个月以后，不但右边没有什么明显的好转，连左边的连带着腋下也都有点疼。王艺玲就有点紧张了，之前跟邢凯只是说到中医那儿调理调理，这会儿也就说了老实话。邢凯把她骂了一通，说你真是病急乱投医，这不耽误事儿嘛！赶紧到医院一拍片子,说两个乳房都有病灶,必须立即手术,控制扩散。

3

然后,就是放疗化疗,开始大把大把掉头发,双手往上一直到胳膊肘,颜色加深,变得灰暗。疼,哪哪都疼,疼得想哭,吃不下饭,整夜睡不着觉。

医生说,这些都是放疗化疗的反应,必经的过程,正在杀有害细胞呢,杀完了,正常细胞发育生长,就好了。

已经疼到腋下,就是扩散了。好,是不可能的了。体内的种种信息,告诉王艺玲,自己再没有资格过从前一样的生活了,或者,就永远失去了。

这时候,她对自己的病情倒也坦然了。也许是命中注定,就听天由命吧。现代科学都解决不了的事情,她一个女人有什么办法呢?天天如流水般的花钱,更多的只不过是延缓与安慰。对结果的冷静预知,使得她对去往这个结果过程中所做的徒劳,产生了质疑。还有这个必要了么?

但是,病重卧床的父亲,盛年有为的丈夫,才读三年级的儿子丁丁,没嫁出去的妹妹,她担心的是,自己要是不在了，他们怎么办？不过，又回过头来想，如果就是这样躺在床上，只是他们名义上的一个亲属，同时也是一个巨大的包袱，又有什么意义呢？

不能想，想了就头疼，头痛欲裂，满头是汗。

王艺玲央求邢凯，快去给我开点安眠药吧，睡着了，就不想了，不想了，也就不疼了。

开始，普通剂量的安眠药还管用，服了，就能睡个安稳觉。后来，王艺玲要求增加剂量，医生说，不能太多，副作用大。

有一阵子，王艺玲都好像睡得不错，没有什么麻烦事情。邢凯和王爱玲陪护，就安静许多，也能睡个囫囵觉了。

一天晚上，王爱玲来替换邢凯守夜，王艺玲说，爱玲你帮我洗个澡吧，这么多天，快臭了。

洗完澡，趁着邢凯还在，王艺玲叫他们俩坐在病床前，对邢凯说，你也不能整天忙，也抽空关心关心你这个小姨子。爱玲说就是要找姐夫这样的男神，不然就不嫁呢。邢凯说，她这样的主儿，人漂亮，心气高，又有点任性，谁管得了她啊！王爱玲有点撒娇，说，姐夫，我就服你管！王艺玲就紧跟着话头，拉过王爱玲的手，把它放到邢凯的手里，说,那你就替我管好她!

邢凯和王爱玲一下子都愣住了,慌忙地抽回手。

王艺玲这一晚睡得特别香,王爱玲看她睡得香,自己也在旁边的躺椅上睡了。

王艺玲感觉到妹妹已经睡着了,悄悄地从枕头里,摸出纱布包着的一把药,吞了下去。然后,从床头柜抽屉里拿出了纸笔,就着窗外渗透进来的月光,写了三张纸条,细致地折起来,放在床头柜上,用茶杯压好。长嘘一口气,调整睡姿,让自己躺端正了,双手十指相扣,遮在胸前,安详地睡了。

她想,这一夜过后,就再也不会失眠了。

4

早晨,是王爱玲先醒的,见姐姐还在睡着,就没叫醒她,想让她多睡一会。连续多少天的疼痛煎熬,又睡不着觉,让人心疼。

王爱玲看见了床头柜上的纸条,以为是护士留下的,提醒服药什么的,拿过来一看,折起的纸条上,分别写着:给儿子,给邢凯,给爱玲。她心里一惊。

首先打开了给自己的那一张，上面写着：帮邢凯，待丁丁好。

又抖着手，打开另外两张纸条。

给丁丁写的是，好好学习，叫小姨——妈。

给邢凯写的是，我在桃树下陪你，一家三口拜托你了。

王爱玲仿佛明白了怎么回事。慌忙扑到床前，一边摇晃着王艺玲，一边声音尖厉地喊着，姐姐，姐姐，你怎么啦？你可别吓我啊！

王艺玲被摇醒了，懵然不知身在何处，奇怪地说，我这是在哪儿？天上么？你是爱玲？你怎么会和我在一起呢？

见姐姐说话了，王爱玲惊魂甫定，声音仍带着哭腔，姐姐，姐姐，你说什么啊？是做噩梦了么？这里是医院啊，我是爱玲，我陪你呢！

王艺玲试着坐了起来，摸摸自己的脸，又摸摸爱玲的手，四下里看了看，甚至用指关节敲敲墙壁，终于明白了怎么回事。颓然地倒下，"哇"的一声哭了，这一哭，撑了好长一口气，直到哭声细小成断续的气流，才猛然倒吸一大口气，接下去又大声地哭起来，声气也逐渐地正常了。

邢凯来了，搂着王艺玲，说你怎么这么傻啊？

王艺玲抽泣着说，是你把药换了吧？

5

主治医生说，这一疗程的效果非常好，已经基本控制住了恶性细胞的产生与扩展，良性细胞也在逐渐地生长，势头很好，治愈的希望非常大。说着，还做了一个加油的手势。

三个人抱成一团，喜极而泣。

下午，有人到病房推销义乳，王艺玲对着样品，看了半天。

1

胡一文现在真的是后悔了,后悔莫及。后悔的原因很复杂,因为他的心情很复杂。

首先是为了女儿。现在想想,宁可自己的这个农科所副所长不当了,也不能让嘉妮经受这样的委屈。唉,当时也是鬼迷心窍,不,应该是官迷心窍,非要棒打鸳鸯拉郎配,什么官场关系,什么仕途前景,什么钟鸣鼎食,实际上是自己的私心虚荣心在作祟。老婆说,出嫁那天,嘉妮的眼泡是肿的,化妆都掩饰不了。婚后,不仅没有享受到他所设计的那些幸福,半年不到,他选的乘龙快婿,就进去了,被判了十一年,所有的钱财又都倒了回去,嘉妮成了被告人家属,被反复盘问。几经周折,嘉妮离了婚,哭着回了娘家。

其次是为了姜琦。平心而论,小伙子还是挺优秀的,大学期间就开始发表论文了,是他亲手从人才市场选的。嘉妮也很喜欢他,两人眉来眼去,网上飞鸿,所里的人都说是很般配的一对。当然,姜琦作为科研人才是合格的,虽然实践经验不足,可锻炼几年就会成熟,甚至做个学科带头人都没问题。但是,要做他的女婿,又另当别论了。他要为女儿的未来全面考量,家境、职业、性格、社交能力、发展前景,等等。当时，他采取让嘉妮尽快结婚和行政手段干预双管齐下的办法，以为自己很果断很高明。老婆也很看好姜琦，为这事儿和他吵过几次。

谁料想，姜琦会疯掉呢？

要么沉默发呆，要么胡言乱语，夜里高声唱爱情歌曲，还大声喊着胡嘉妮的名字。所里和家属区七嘴八舌地议论，说胡一文嫌贫爱富势利眼，又说胡一文想通过乘龙快婿的家庭背景将自己副所长的副字去掉，传到他的耳朵里，什么难听的话都有，让胡一文一家尴尬无比。

最后，姜琦发展到要自杀，割腕、撞墙、跳楼、撞车，各种方法，信手拈来，随心所欲，防不胜防，所里弄了几个人看着都没有用。只好，送他到脑科医院。

胡一文想去看看姜琦，即使和嘉妮没有过那一段，也还是所里职工啊。

2

脑科医院比精神病院听起来要好听一些，而且，建在风光旖旎的海边，远远看上去，像是高档别墅。但走进去，胡一文依然觉得汗毛孔在紧缩，生怕斜刺里冲出个精神病人，以迅雷不及掩耳的动作，扼住他的喉咙，置他于死地。

姜琦并不在病房，医生说他在试验田里呢！经过一段时间的治疗，已经平缓了许多，不再躁动狂乱，也没有攻击性行为，睡眠也好了许多。平时，要么在病房里看书，要么待在活动室静坐，要么去捣鼓他的试验田。

医生带胡一文去看所谓的试验田，在太平间旁边，一般人不大去，杂草丛生。原来的一个老护工给开垦出来，种些蔬菜，后来回老家了，地又荒了。姜琦活动的时候发现了，如同发现新大陆，叫家里带来了稻种，种下了，然后就天天去，也不知道捣鼓什么。护士开始还盯着，但是，三番五次观察下来，好像也没有什么过激的行为，也就懒得管他。反正是块废地，爱咋咋地；再说，这海边的盐碱地，哪能种水稻啊？就由着他去折腾，或许对康复有好处呢。

胡一文听了，心里一动。

看到了，二三十平米的一小块地，绿油油的稻秧都长到大半米高了，姜琦蹲在地边，目不转睛地看着，还拿着笔记本记着什么，安安静静的，像是刚进农科所时的模样。胡一文不敢过去，怕刺激了他，旧病复发。

他又来到姜琦的病房，医生给他看桌子上一堆书和杂

志，说这小伙子要是没病多好，看样子是个人才呢！

胡一文请教医生，精神病人也可以专注做某一件事情吗？医生说，可以啊，其实很多天才都是"疯子"，也就是通常所说的精神病。比如画家梵高、哲学家尼采。精神障碍中有一种症状叫思维奔逸，他的思维会不受很多条条框框的限制，反而更容易发散开去，创造出正常人平时很难做到的奇迹。

胡一文翻看着，全是农业科学的专业资料，还有一叠论文手稿《滩涂盐碱地种植水稻研究》，写在一个旧病历本上，工工整整的，不像是一个有精神疾病的人所写。他知道，这个课题在国际上也是比较前沿的，很多国家研究试验已经做得轰轰烈烈，埃及将咸水湖芦苇与水稻杂交试验，菲律宾搞不同亲本的耐盐杂交试验，日本、印度等国家也都在做基因、光波影响试验。国内也已有人研究，水稻专家袁隆平就带着学生在做，也取得了一定成果，但是都还不成熟，没有得到大面积推广。要是解决了海水稻的大面积种植，那将为国家一下子增加多少粮食，是件功德无量的事情呢。

他借医院的复印机，把手稿复印了带回所里，专门召集专家学者开了一个研讨会，与会者给予了高度评价，认为有继续研究和试验的价值。如果能够试验成功并且推广了，就等于成几何级数开垦了大量土地，我国的海岸线长达一万八千公里，意义非常重大。

胡一文认认真真地把论文逐字逐句整理修改，郑重署上姜琦的名字，投给了 Nature Plants 杂志的在线版。不久，就收到了既赞赏肯定又要求进一步修改的回函。

他大喜过望。

3

胡一文带着姜琦的论文和 Nature Plants 的回函，下决心去找脑科医院的院长。

院长亲自主持召开了一个从专家、主任一直到管床护士参加的专题分析会，一起进行研究，说姜琦完全有治愈的希望。他患的是一种双向情感障碍，发病的诱因是失恋，在前面药物治疗取得良好疗效的基础上，下一步必须用感情进行疏导和辅助治疗，可能会收到意想不到的效果。这方面，有过不少成功的案例。

胡一文问院长，感情疏导治疗怎么做呢？

院长说，一把钥匙开一把锁啊！

4

胡一文一从脑科医院出来,就给嘉妮打电话。正打着电话,却发现嘉妮迎面走来。

1

过了十二点,袁师傅把出租车开到夜总会门口,赶完最后一拨生意,就回家。

夜总会客人的生意,他想做又不想做。

想做吧,是因为十一点以后价格提高了,可以多挣点钱。有时候还会遇到个款爷,开心嗨皮余兴未了,几十块的车资,一甩手就扔过来一张老人头,说不用找了!他就乐得捡个外快。

不想做呢?是因为打里面出来的人,形形色色都有,自然也少不了醉汉邪头吃白食的,不给钱也就罢了,没砸你车算是得了便宜了。

打里面出来的女人,尤其是在里面上夜班的女人,似乎故事更多。

有不省人事吐他一车的,最后只能拉到派出所让警察叔叔醒酒,他自认倒霉。老婆洗椅套时,埋怨数落几箩筐。

有到了目的地死活不肯下车的,不停地翻手机通讯录,挨个打电话,要K歌要吃夜宵。打着打着,头一歪就睡着了。

也有要他拉着满城漫无边际乱转的,只说是要吹吹风看看南京夜景。还冲着窗外像面朝大海一样,大声唱着颠三倒四的歌。这不是遭人骂么？吓得他紧踩油门慌忙逃窜。

还有一上车就哭哭啼啼，骂男人不是东西！要杀人杀狐狸精杀某某全家，残忍骇人的事情，居然说得跟夏天吃雪糕似的煞渴解恨。

2

还遇到过更奇葩的事情呢！

一回，他拉了个女人，一看就是"上夜班"的。一般女乘客都是坐到后排，她却坐到了副驾驶的位置上。

开头倒也没什么，说了个地点，就埋头刷微信了。可是到了目的地，就身上包里到处翻找，末了嗲声嗲气地说，大哥，今天忘了带钱了。

他心想，你在里面陪人喝两杯酒，就能挣到几张票子，会没钱？不知道藏哪儿呢！但是也不好点破，只是说，你再找找，再找找。

那女人把衣服掀来掀去的，说真没带啊！又指着胸前说，身上也就这点值钱的了。

他不知道她说值点钱的，是衣服还是衣服下面的。要说衣服吧？黑丝吊带超短裙，加在一起也就二尺布，能值多少钱?要说是衣服下面的吧,那就麻烦大了,不能朝那里想。

真是撞着大头鬼了,还说什么?叫她下车走人呗!

女人用含糖量很高的话说,大哥,你真是个好人啊!

他心里骂道,好你个头!

3

还有一回,拉的是一男一女。

两人几乎是抱成一团出来的,一上车就开始腻歪。他也见得多了,眼不见为净。听声音,先是黏黏糊糊,继而竟然吭哧吭哧了。这就有点过分了;把他当空气也就算了,还在他车上搞情况!

的哥都有说道,在挣钱吃饭的车上搞那些狗屁叨叨的事情,是要沾晦气,要破财的。

他猛然踩下刹车,把那两位撞得眼冒金星叽哇乱叫。男人骂他,你他妈的怎么开车的?他赔着笑脸,说是一只狗横穿马路,这个畜生,半夜里出来打野啊?吓人一跳。

车子被急刹车逼熄火了,再启动,就打不着火。打着了,离合一咬,车子就抖,又熄了。他就说,没办法,老爷车,说罢工就罢工,二位下车吧,钱我也不收了。

望着两个骂骂咧咧的背影,他小声骂着,妈了个巴子,一对狗男女,真他妈晦气!

他把四个车门都打开,让车厢里串串风,又拿空气清新剂反复喷洒,才算舒服一点。

4

他别无选择。

老婆下岗了,在小饭店给人择菜洗碗端盘子,累死累活才挣个头两千块,连给儿子上中学都不够。

两边都还有老人要供养。

他这头,公司还有一万多的份子钱要交。

一家人全指着他呢!车轱辘一天不转,不光挣不到钱,还得往里头倒贴。

一年到头,他连病都不敢生。

5

也是奇了怪了,今天,上面说的蹊跷古怪的故事,一个也没遇到。

零零落落地出来十几个人,不是被同行拉走了,就是被豪车接走了,也有骑助力车走的。他一个也没拉上。

这才想到,眼下什么反腐啊扫黄啊,搅得夜总会根本就没什么生意,他这下游产业,还想跟着喝汤,喝西北风都没有。

他就掉头往家开。

就准备收工的时候,还就意外地碰上了一单生意,还就是一个女的。

路灯昏暗的晕影里,看她怀里好像抱着个包裹,在不停地招手。靠近一看,是个毯子裹着的什么。女人戴个大口罩,几乎把脸都遮住了。

他就想到自己,最近PM2.5的确是厉害,我们整天在大街上跑,还不知道吸了多少毒呢!这不冷不热的春夏之交,也不能总关上窗开空调啊!

唉,谁不是一条命呢?

那女人上了车,说了目的地,就不吱声了,搂着包裹,呆呆地坐着。

夜里凉,他还是把空调打开了,还开了CD,让氛围暖和一点。

忽然,女人让他靠边停车,说要去旁边小区里一个朋友那儿拿个东西,怕他不肯等,掏了一百块钱给他,说麻烦师傅了。

他倒是无可无不可的,只说你快点儿!

女人居然很夸张地给他鞠了一个深躬,说,师傅你是个好人!说完就飞快地往小区里跑。他望着女人的背影,笑着摇摇头,都说我是个好人,好人吃了多少的亏!

他熄了火,下车活动活动手脚,插空点了根烟,边抽边等。

都抽完两根了,女人还没有出来,他就有点不耐烦了。心想,我抽完第三根,再不出来,就回家睡觉!明天把包裹交到客管处,爱咋咋地。

这时候,他隐约听见车厢里好像有猫叫一样的声音,打开车门一检查,敢情毯子里面裹着个婴儿!大概也就两三个月吧?

他一下子就懵了。

6

他也不敢动孩子,又想到小区里去找那女人,刚走两步,孩子又哭了起来,哭得挺揪心的。

车门关了,他怕孩子闷出事儿来;不关吧,又怕前脚走后脚就有人把孩子给抱走。而且,他意识到自己是落到套子里了,就是到小区里也不可能找到那个女人。

怪不得临走说我是个好人呢！我谢谢你八辈儿祖宗！

再看看孩子，是个男孩儿，白白胖胖的，身体也看不出什么残疾。

什么情况啊？这么狠心！

但是，他也不能给她兜这个底啊！

立马就拨了110，报警台给转到附近的派出所。警察听了，一愣，以为是报假警的，但又不好直说，便哼哈应付着。说哎呀，片区发生案件，全所的人都扑上去了，所里就我一人值班呢！要不，您把孩子送所里来，就算我们打您的车，到这儿给您车钱。

他手忙脚乱，倒是没听出来派出所的弦外之音，自己送就自己送吧，早点送去早安生，大小是条人命呢。

挂了手机，才想起来，我这抱着个叽叽哇哇乱哭的孩子，也动不起来车子啊！哎，把老婆喊来，女人会哄孩子。

7

老婆穿着睡衣就跑来了，老远就嚷嚷，什么孩子？谁家的孩子？

听了来龙去脉，老婆一脸疑惑，有这事儿？你给我说老实话,是不是你的种?人家跑了,扔给你了?你要是老实交代,我也就认了。

他冤屈无辜,赌咒发誓,说到派出所滴血断案。老婆将信将疑,说我就信你一回。先回家,加个毛巾被,别冻着;哄睡着了,再送派出所也不迟。

到了家,暖和多了。但小家伙还是哭个不停。老婆好像是很有经验,说这是饿了,要奶吃呢!但哪儿有奶啊!

他脱口而出,你不有么?老婆就骂他,你头脑不好啊?我哪还有奶啊?

不过,当个奶嘴含含也行啊!

老婆就很熟练地把左边的胸罩往上一掀,把奶头塞给婴儿,居然,真的止了哭!她就轻柔地跟婴儿对话,宝贝,不哭哦!一会就去找妈妈啊!满满的慈爱。

又吩咐男人,你看什么看啊?没看过啊?快去冲点糖水,再哭,就给他蘸一点。

折腾了个把钟头,孩子含着奶头睡着了。

8

派出所没想到出租车司机还真的送来个婴儿。值夜班的都是大老爷们,谁会弄孩子啊?

他们联系儿童福利院,半夜三更找不到人。又联系救助站,救助站说,婴儿既不是乞讨人员,也算不上流浪者,不好收。

派出所想让他们把孩子带回家,白天再说。男人坚决不干,说要是有个三长两短,谁负这个责啊?

后来,还是所长想了个主意,叫一个民警带孩子去儿童医院,随便看个感冒发烧什么的,弄个检查留观,怎么也到大天亮了,那时候找什么人都好找了。

这当中,孩子又哭了两回。女人便背过身去,把奶头塞给他,拿棉签给他蘸糖水。

所长说,我看这孩子跟你们两口子有缘分呢!又央求女人,要么请你陪我们民警一起去医院,就当做好事呢!

女人说,一会儿,去医院的路上,找个超市买点奶粉吧。

9

后来听说孩子被送到了儿童福利院,什么毛病都没有,长得挺好的。

两口子特地歇了半天工,到儿童福利院去看望,孩子见了,好像认得他们,笑得很开心。

女人就有一种冲动,想再让孩子含一下奶头。

她终于没有这样做,但为这个想法红了脸。亲孩子脸颊的时候,眼睛就有点热。

1

父亲的冷脸一直绷着，许涛也就一直跪着。

刚从里面出来，落脚没有地方，生活没有着落，许涛只能找他父亲。不吃父亲这一壶，是不行的。

而且，他也的确给父亲脸上蒙羞。父亲怎么对待他，都不为过。在这个基本上都是一个厂同事的老小区里，人品和技术都是一等一的父亲，是个德高望重的人物，受人尊敬的程度不比厂长低。可以想象得到，父亲那张饱经风霜的老脸，出来进去的时候，被人们用扭曲的目光扫来扫去，所带来的局促尴尬甚至是痛苦，是何等地不堪。

母亲巴巴地望着父亲说，这还有几天就要过年了，有什么事等过了年再说，啊？

父亲像是没听见。

母亲仍试图劝说，涛涛，还不赶快起来，跟你爸认个错，保证以后不犯了。

父亲没有点头，许涛只得继续跪。

母亲就拿目光乞求父亲，说，涛涛大小也是个二十大几的人了，你看是不是……

父亲打断她的话，二十大几的人？他干的是二十大几人干的事情吗?

见父亲开口说话了,许涛就蹚着母亲的话路子,往前试探,爸,我错了,以后改,一定改,彻底改!

父亲抽着烟,不动声色。

许涛察言观色,说我发誓……

父亲头都没抬,把烟掐灭。好啊,你发誓,你拿什么发誓?你过去发了多少遍誓了?还发过毒誓的呢!有屁用啊?

许涛嗫嚅着说,我再犯,你就把我手指头剁掉!

父亲冷笑了一声,不用等到再犯了,有本事你现在就剁!

许涛被呛住了,接不住话。情急之下,起身奔到厨房,把菜刀拿了出来,挥舞着,行行行,我现在就剁给你看!

母亲大惊失色,上去就要抢刀,被父亲喝住了。剁,让他剁!也血性一回!

母亲惊恐地愣在那儿,嘴唇在哆嗦。

许涛被顶到了南墙根,走投无路了。眼睛一闭,挥刀斩了下去,菜刀嵌在了地板上,一截手指头飞了出去,一条血点的弧线,拉出了几十公分。那是左手的小拇指。

母亲尖厉地惨叫了一声,瘫坐在地。父亲也被这个突如其来的情节给震住了。他原本是想再压许涛一下,促使他痛改前非，谁知道竟然激将了这个小兔崽子。

许涛杀猪似的号叫起来，捂着左手的半截小拇指，曲着身子跪在地上呜呜咽咽地抽动着。母亲扯了条毛巾，冲上去裹住许涛的手指，又拿带子捆住手腕止血，然后把许涛搂在怀里哭喊，涛涛，涛涛，你怎么这么傻啊……

父亲迅速捡起断指，拿塑料袋装了，说都别鬼哭狼嚎了，赶快去医院！

在马路边，见到一辆出租车驶了过来，母亲冲到路中间，扑通跪下，挥手拦车。司机一个急刹停下了，正要发火，看许涛身上血糊淋剌，明白了怎么回事，但是他的车上已经有两个乘客。母亲就上前哭喊着，说儿子切菜切断了手指头，求他们行行好让出车来。那两人好像是一对夫妻，见到这个阵势，二话没说，就下了车。许涛也不停地鞠躬，右手拉着男乘客就要下跪，男乘客急忙扶起他，说快去医院，不要耽误了。

到了医院的ICU，简单地处理了伤口，然后就准备断指再植手术。护士说要交押金，父母都说出来比较急，没带钱，容他们喘口气，过后送来。护士不容商量，说你们跟我说没有用。

许涛从口袋里掏出一个钱包，瞄了一眼，对母亲说，这里面大概有几百块，快去交钱，迟了就接不上了。

父亲一看，就明白了。你个小兔崽子，真是狗改不了吃屎！人家是好心没好报啊！从此以后，你不是我许大庆的儿子！死了喂狗，跟我无关。

父亲把断指扔在了地上，吐了口唾沫，头也不回地走了。出了ICU，就央求护士赶快打110。

2

也算是经历过成百上千的案子了，但林志华依然啧啧称奇。说，真的叫"一手"好活啊！上车前那一眨眼的工夫，看病的钱就备好了，还是独臂搞定。太有才了，可惜没用到正道上。这小子，我得会会他。才二十八吧？得给他重设一个坐标系。

手术很成功，虽然还没拆线，还固定着，但许涛左小拇指的末梢神经，是有感觉的。而且，还时不时地，有点像小虫子爬过似的，痒兮兮的。医生说，这就是慢慢往好里长了，拆了线就可以回家静养，不耽误你大年三十吃团圆饺子。

过年的气氛已经蔓延到医院里，病房窗户玻璃上，被护士贴上了窗花，白里透红，映衬对比之下，特别地喜庆，还有一种生命活力的感觉。

但许涛心里没底，这个团圆饺子到底能不能吃上。

母亲天天来照顾他，总是愁眉苦脸的，说你爸还在气头上呢，不敢碰，干柴火，一点就着。又叹气说，本来还想冲冲晦气，热闹热闹呢，叫你这么一刀下去，今年这个年夜饭怎么吃啊！涛涛，你能不能争口气，让你爸看看，让街坊邻居都看看。

许涛说，我是想争口气啊！这次出来，我本来是下决心洗手不干的。我也不想啃你们的老，等安定下来，不管干什么，养活自己总行吧？可是，妈你都看到了，是爸逼我的，不见点血，他不相信我。上出租车那一出，我也是没办法，身上一个角子都没有，狗急跳墙猫急上树，只能先拿了应急，以后肯定要还给人家。

母亲就叹气，说，再急，也不能干那事儿啊！千万不能再走回头路啊！说着，眼眶就红了。又说，再怎么难，还有妈呢！

这时候，林志华拎着一袋水果，进来了。

母亲见来人了,以为是许涛的朋友,就吩咐了两句:记得吃药,把保温瓶里的汤也喝掉,喝完了,就搁那儿,等妈晚上来洗。

然后,母亲跟林志华打了个招呼,说你们慢慢聊,我们家涛涛啊,笨手笨脚的,切个菜都能把手指头切到,真是的。说完便把门带上,出去了。

许涛觉得来人很面生。但是,那几年做活,也练出了眼力,不仅能看得出目标有没有货、货在哪里、能不能下手、得手了怎么脱身等等,还能看得出某个路人甲是不是"条子"。眼前的这位,十有八九就是。所以,他一面招呼林志华坐下,一面试探着问,您是?

林志华也没说话,打开袋子,拿出一个苹果,去洗手间洗了,递给许涛,说,我姓林,以前没见过,以后慢慢就熟了。

许涛想起来了,市局有个反扒队,好像队长就是姓林。传说他的眼睛很毒,比他们这一行的专业水平还要厉害。

许涛说,其实我这次出来,真的是想重新做人的。

林志华说,我相信。

许涛觉得这个人有点意思,从没遭遇过,也没打过交道发生过什么联系,凭什么相信我呢?

林志华说，这次是你父亲救了你。他打了110，等于就是代你投案了，按法律规定，是可以认定为自首的。钱包里一共六百四十块钱，够不上刑事处罚，又及时归还受害人了，人家也不想追究你的责任了，这些都是从轻减轻的条件。这两年在里面也自学了法律吧？我再给你普及普及。按《治安处罚法》第四十九条规定，至少要处以五日到十日行政拘留，还可以并处五百元以下罚款。但是，有第十九条规定情形之一的——主动消除或者减轻违法后果，并取得被侵害人谅解的；主动投案，向公安机关如实陈述自己的违法行为的——可以减轻处罚或者不予处罚。你要是再能加个立功的情形，就可以按最轻发落，具结悔过，罚个款吧。我都跟派出所联系过了。

许涛不敢相信，真的么？我要是"二进宫"，老爷子是肯定把我扫地出门了。他说，可我刚出来没几天，跟其他人都没有联系，到哪去立功呢？……你该不会是叫我反水吧？

林志华笑笑，说意思是这个意思，不一定要用这个词。对了，这段时间没有让你进去，是因为你的手指头断了，要做手术，不合适，好了之后……看情况吧。你再想想，好好想想。林志华又掏出一个旧手机，放在床头柜上，说你有什么想法就给我打电话。要是答应了,以后就用这个手机,虽然是个旧的,凑合用,已经重新格式化过了。通讯录上唯一的一个号码就是我的,以后就直接跟我联系,到时候我们再具体说说怎么做。不急,先养好了再说,都说十指连心呢。

许涛愣了一会儿,居然问了一个答非所问的问题,说这手机你们不会已经监听了吧?

林志华觉得有点好笑,说你以为你是谁啊?心不虚,就没有。当林志华转身往外走的时候,许涛突然叫住他,说,我答应你!

3

年夜饭,许涛还是回家吃的,父亲一直沉默不语,自顾自一口一口闷着喝酒,只有母亲里里外外的唠唠叨叨和电视里春晚的叽叽喳喳。母亲说,涛涛,大过年的,陪你爸喝两杯吧。许涛便倒了酒,想陪父亲喝两杯,父亲未置可否。然后,许涛还是端起了酒杯,恭恭敬敬地敬父亲,爸,新年快乐!父亲眼皮抬了一下,把酒给喝了,便再没有回应。

在家窝了一个多月,每天用电灯泡照左小拇指,活动锻炼,功能逐渐恢复。

林志华给他的那个手机，时不时地打开过，但一直没有用。许涛是想，要给林队一个"投名状"才行。所以，他得先找到"组织"。

他没有联系林志华，林志华倒跟他联系了，说一起出去转转吧。他想也好，说不定会遇上个"投名状"呢？

外面正下着大雪，林志华裹一件泛色的黄大衣，头埋在围巾里，看上去像菜场的菜贩子。许涛穿一件夹克式的大红羽绒服，他妈过年给他买的，说新的一年要红红火火。然后，一顶绒线的套头帽，只留下两只眼睛位置一个椭圆形的孔。

两人相视一笑。林志华说，这是要拍电影啊？许涛感觉好久没有笑了。林志华塞给许涛一张公交卡，说，今天赶小五子吧？许涛有点惊奇，说，行家啊！

许涛家门前就是5路车站，两人一前一后上了车，大约是过年的缘故，车上的人并不是很多。下一站，上来个四十岁左右的男人，西装外加一件风衣，金丝边眼镜，斯斯文文的，像写字楼里的上班族。耳朵里插着耳塞，专心致志地听着音乐或者喜马拉雅什么的。许涛朝林志华使了个眼色，就随着那人往车厢后面走。

一如每天公交车上司空见惯的场景，没有什么特殊的情节。广播里程序性地报着站名提示上下车安全，乘客打盹的、玩手机的、想心事的、看车外街景的，谁也没有心情顾得上别的人或事。但许涛看到了，那男人挤过一个背双肩包的女孩儿时，敞开的风衣甩了一下，拂过那女孩。

许涛回头朝林志华看了一眼，然后，慢慢移过去。

正在这时，那个女孩忽然抓住那男人说，是你偷了我的手机吧？还给我！男人神情倒也并不慌张，摘下一侧的耳机，像是才听清楚，说莫名其妙嘛！谁拿你手机的？他用了一个"拿"，而不是女孩说的"偷"。女孩说手机刚才还在我背包边上的插袋里，旁边就你一个人，不是你是谁啊！乘客用目光围观着，但没有人做出什么。男人不理会她，径自朝车门走，眼看就要下车，女孩仍紧紧抓着他的风衣。

许涛走了过去，堵住了男人的路。是不是你拿的？（许涛用的也是"拿"。）赶快还给人家，不然，待会到派出所就不好看了。男人说凭什么说我拿的？许涛说那你就把身上翻给大家看，如果没有，就证明你没拿。男人说我为什么要翻给大家看？许涛说那就怪不得我动手了。说着，就推推搡搡地拉扯男人的衣服。

男人突然抓住许涛的衣领，说你侵犯人权啊？你有什么资格啊？许涛说我还就犯了怎么样？男人便要跟许涛扭打起来。许涛火气上来了，把羽绒服一脱，塞到女孩的怀里。然后，就上去搜男人的衣袋，但并没有搜到。男人梗着脖子说，没拿就是没拿嘛！许涛说，早给大家看看，就不用烦这个神了嘛！

许涛拿过女孩怀里的羽绒服，边穿边问，你把你的手机号码告诉我，我打一下。铃声响起，居然是在女孩大衣宽大的侧袋里。乘客就说，看看看看，是你自己粗心，还冤枉了人家。女孩一脸的茫然，说刚才是在背包插袋里的啊。

男人理了一下自己的衣服，扶扶眼镜，走到车门，临下车前，冲许涛说了一句，你神经病啊！

许涛一听，说你骂谁呢？紧接着也冲下了车。林志华目睹这一切，也跟着下了车。

下车后，往前走了走。男人对许涛说，兄弟，谢谢出手相救啊！不然，这会儿就在号子里蹲着了。你虽然比我年轻；但你的功夫是真正的老师傅，乾坤大挪移那叫一个神速，我还没反应过来呢！就这一手，够我学上三年五年的，佩服！佩服！

许涛的手机突然响了，一看，是林志华的，本来想摁掉,又怕有事情,就按下了接听键。而且,羽绒服的帽子严实,不好接听,他就用了免提,也免得男人起疑。再说,林队是什么人啊,说话怎么会没水平跑风漏气的呢?

喂,涛子,你在哪呢?

华仔啊?我跟朋友去办个事。

说好了晚上到我家喝酒的,你小子别忘了,早点回,板等你啊!

记得,记得!肯定到!

许涛摁掉了手机,凑近了男人,不瞒你说,我就是因为这个进去的,在大院子里蹲了两年,节前刚出来,原来我是跟下关四毛混的,听说他也进去了。我这正想找码头呢!不然,日子没法过了。前两天在火车站,捉了条死狗,弄了几张票子,一撒手就花完了。钳工这活儿,一个人干有点风险,总得有个靠山才行。而且,各家有各家的地盘,井水河水的规矩我懂。兄弟,能不能引见一下你家老佛爷啊?

男人上下打量了半天,说现在也不好做呢,花钱都是微信支付宝,很少有人带多少现金了。再说,你刚出来,怎么还干这个啊?

许涛掏出一包金南京,塞给他,说,没文化,没技术,金皮彩挂一行不会，只能干这个了。

男人说，那好吧，我试试看，老大不一定答应呢。

许涛拍拍男人肩膀，成不成，我都认你，到时候请你喝酒。

两天后，许涛从手机上发了一个视频给林志华，说在郭家山附近，表面上做废品收购代客送货的，一共九个人。

4

按图索骥，守株待兔，现行抓获。很快，一个扒窃团伙就给端掉了。林志华请许涛吃了顿烧烤，喝了两瓶啤酒。

林志华说，我们那有点特勤的经费，给你点补贴吧，也没多少，就是个意思。许涛跟林志华碰了一杯，说你能把我当人看就行了。

林志华想了想说，这样，你最多干一年，也没什么，就是跟我上街溜达，你发现目标了，给我打个暗号，那边要是是下手了，我们上去抓现行。你不要动手，一来脸盘子给人记下了有危险，二来你也没有执法证。一年以后，你慢慢适应了外面的生活，就自己做点事情。我看你家小区这边挺热闹，可以开一个小超市，有商家铺货送货，你只守守店就行。本儿不够，我可以借给你。

许涛没有说话，拿过一瓶啤酒，咕噜咕噜灌了下去，气都没喘。喝得太急，呛得直咳嗽，咳得掉眼泪。

但是，不到半年，许涛的店就开起来了。原因是出了件大事，林志华说，你不能再公开露面了，就安安生生地开店吧。

每次执行任务，许涛都用别人看不懂的数字符号留下记录，那是第111次，特别好记。和往常一样，戴着大口罩的许涛发现了目标，是个瘦高个男人，便给林志华打暗号。林志华待瘦高个从一个外地人的旅行袋里掏出钱包时，上前用微型电棒顶住了那人的腰。通常的情节是，为了不引起车上乘客的恐慌，发生拥挤踩踏事故和妨碍抓捕的情形，林志华会低声地说"别动，警察！"，顺手扣住嫌疑人的后腰皮带，然后贴着嫌疑人不动声色地下车，如果稍有抵抗，他便用电棒制服。但是，这一次却遭遇了激烈的反抗，瘦高个猛然取下了公交车上的应急破窗锤，挥了过去，击中了林志华的头部，林志华趔趄了一下，倒在地板上。公交车已经停下，乘客惊恐地尖叫起来，慌忙逃离，高喊着要下车，有人从林志华身上踩踏过去。司机说不行不行，等警察来了再说。这时候，瘦高个借机敲碎了车窗玻璃，从满是玻璃碴的车窗往外爬。许涛见状，冲了过去，抱住瘦高个的双腿，瘦高个连蹬带踢,还是给逃脱了。许涛不容多想,也跟着爬了出去。看见瘦高个正往街对面仓皇逃窜,他从车流中左冲右突,紧追不放。但是,没料到对面上来一辆轿车,"咣当"一声,就什么都不知道了。

结果是,林志华头上开了个口子,缝了四针,外加轻微脑震荡;许涛右大腿被拉了一条十几厘米的豁子,缝了二十几针,像条大蜈蚣。两人一前一后被送进了医院,居然住在同一个病房。

后来,林志华为许涛申报了见义勇为奖励,用的是化名,言午许,就用字音编了个"严武"的名字,得了五千块钱奖金。许涛自己借了点,父母给了点,林志华又借给他三万块,七七八八凑了钱,许涛真的把小超市给开起来了。父母便成了店里的首批员工,母亲帮着拾掇拾掇,父亲则在收银台扫码收钱。

林志华帮了许涛不少,利用人脉关系,让社区和一些单位,常常从许涛这里进一些日常用品。有时学校开运动会,单位搞联欢,能一下子买几十箱快餐面,还有矿泉水小蛋糕什么的。

也有人在他的小超市里顺手牵羊,夹带点小东西,什么口香糖啊、巧克力啊、签字笔啊,甚至还有卫生巾。许涛就在货架上贴上"头上三尺有神灵"的条子,再画一个箭头,指向监控摄像头。

左手小拇指经过康复,已经灵活许多,没有太大的后遗症,只是阴天下雨的时候,会隐隐地有些刺痛。

许涛打电话给林志华,要请他吃饭,说就在隔壁小饭店炒两个菜,自己店里啤酒有的是,管够。

1

潘玉玲从前是根本看不上那些所谓"中国大妈"的。而且,这词儿本身就不对,那些婆婆妈妈的女人前面能冠以"中国"?能代表中国的所有女性?也太抬举她们了。

整天张家长李家短,说话还大声大气的,隔个几百米都能听到。见了面都聊些什么呢?你听听:什么我家咪咪发情了,叫声凄凄惨惨戚戚,听得人心都碎了,外面的野汉子还火上浇油遥相呼应鬼喊鬼叫,搅得人心烦意乱;什么儿媳妇做小月子自己娇惯自己,弄得跟慈禧太后似的,连内裤都不肯洗了;什么二幢一单元的那个老赵头,癞蛤蟆想吃天鹅肉,居然跟王姐眉来眼去打情骂俏。啧啧啧,真是看不下去!

买东西吧,挑三拣四细碎啰唆,恨不得买大米都要一粒一粒地挑,这就不说了。买个青菜萝卜,为个几分几厘唾沫星子乱飞跟小贩讨价还价,临末了还要饶上半块生姜一根葱,方觉得讨了便宜,心满意足而去。却不知,买的哪有卖的精,人家小贩只消在秤头上做点小动作,就把她得了的便宜不但又捞了回去,还带个拐弯。

还有,刚才还在神气活现生龙活虎地跳广场舞呢,上了公交车就成了林黛玉,腰也疼了腿也酸了说话也不利索了,拿目光四下逼座。若是没有活雷锋，就愤愤不已，感叹世风日下人心不古。若要有人让座，便一屁股坐下，神色坦然理所应当，连个谢字都没有的。中途上来一个年岁更大的，便佯装瞌睡，瞑目遐想自己的心思去了。

等等吧，这一切，都是潘玉玲所不屑的。

全是小市民的做派。

2

潘玉玲觉得，自己就是再怎么，也要优雅地老去，绝不会变成那些大妈的。

因为层次不一样。

潘玉玲在一个事业单位工作，几十年如一日地管理着单位的资料室。活儿不多，但她把每一天都安排得满满当当井井有条，打扫卫生，整理内务，侍弄花草，上网聊天，充实得很。周六周日还去练瑜伽练舞蹈。

多年的媳妇熬成婆，退休前夕，领导念她默默无闻勤勤恳恳这么多年，夸她就是中国版的大长今，功劳不大苦劳不小，破格把她调成了享受副处级别待遇，条件是提前退休，把编制让出来，好解决其他排队的人。

她觉得是捡了便宜，工资奖金都跟着涨了一些，人又落得轻松。出来进去，单位同事对她的称呼，由"潘姐"改成了"潘处"，人逢喜事精神爽，她走路的节奏都不由得轻快了许多。

但是，真正到办手续的时候，她突然想哭。领导和同事都说祝贺她光荣退休，还献给她一束花，然后轮流地跟她拍照留念。可她并没有觉得怎样地光荣，反而觉得好像一下子什么都没有了。

是什么东西没有了呢？

是单位的那种组织归属感？是朝九晚五的规律生活？是各种名目的福利待遇？是人前人后的优越感？是不知道去哪儿了的时间？是再也回不了头的青春岁月？

好像都是，又好像不全是。

3

早上，一如往常，拿起包准备去上班，走到门口换鞋子时，才想起来不用去了。而且，永远都不用去了。离了她，地球照转，资料室照开，窗台上的花照开。

潘玉玲心里一下子像被掏空了似的。

老公还要等几年才退，儿子已经工作了，自己一个人在外面租房子单住,天天和女朋友打得火热,十天半月才回家一趟,也是伸手要钱的居多。

家里一百二十平米的房子就剩下她一个人。上学的上学,上班的上班,一片空寂,掉根针都听得见。她打开音乐,铺了垫子,想练一会瑜伽,却静不下心来,不停地出错。

她点开手机,打电话给吴静。

吴静是她的闺蜜,大她三岁,以前在一家公司做会计,早几年就提前退了。现在给四五家小公司做代账会计,隔三差五地去理理票据账目跑跑银行税务,闲暇时间顺带炒个股理个财,挣的比在职的时候要多了去了,平常自己想干啥就干啥,那叫一个潇洒快活。

虽然,潘玉玲也经常跟吴静逛啊吃啊美容啊旅游啊,但总觉得吴静退休这两年在渐渐地变化,变成什么呢?说不出来,也许就是有点像大妈了。

吴静来了,看她丧魂落魄的样子,劈头盖脸臭骂了她一顿。

吴静说你不就是还记挂着你那个带括弧的副处级么?什么处不处的?你就是个处女,也是个老处女了,下不了蛋啦,不值钱啦,谁还要你啊?只有回归社会,回归我们,才有光明的前途。

潘玉玲问，你们？你们是谁？

吴静说，我们就是我们呗！

然后，吴静就拉着潘玉玲出去，吃吃吃，逛逛逛，又看了一场韩剧电影。

最后，找了个地方坐了下来，吴静说，说正经事啊，你下来的正是时候，我们那有个舞蹈队，就缺个队长和指导老师，非你莫属。我在姐妹们跟前已经把你大大地吹捧了一通。

潘玉玲说，广场舞？那也叫舞蹈？

吴静说，怎么，糟践你了？

吴静就给她看手机里舞蹈队的视频，跳的是《小苹果》《最炫民族风》什么的，还有一个编辑过的视频，配了一些广告词："同一个世界，同一套广场舞。""只要跳得够快，就能忘记那匆匆的时光。""哪里有梦想，哪里就有舞台。"

挺煽情的。舞跳得不怎么样，但这些话有点触动潘玉玲的心。

4

一大早，当十几个大妈齐声喊"潘老师好！"的时候，潘玉玲一愣，还是有点激动的。

她花了两个晚上备了课。仔细看了她们的视频，问题很多，主要是精气神不够，松垮垮软趴趴的。又没有受过专业训练，动作不标准也做不到位，怎么能好看呢？

她就给她们做示范。先是跳了个新疆舞，虽是五十多岁了，但还是身材苗条，体态婀娜，舞姿优美，表情自然。打旋的时候，连续几圈，落脚时还是稳稳当当的。大妈们使劲地鼓掌，交头接耳，啧啧称赞，有的还跟在后面零零碎碎地模仿着。

趁热打铁，她就从形体、呼吸、协调、表情、乐感，一二三四五的基础讲起，娓娓道来，头头是道，俨然是大学教授。但是，听众渐渐地有的打起了瞌睡，有的在择菜打毛线，有的在玩手机聊天，有的虽然也在听讲但表情却是云里雾里不知所云的样子。

显然，学生妹们并不怎么待见她，只好匆匆收尾提前下课。

结束时，她又交代，各位姐妹们，明天请大家把内衣换成紧身一点有弹力的。

大家就互相打量着，吃吃直笑。

人散了之后，潘玉玲叹气说，花了一堆心思备的课，没想到她们一点都不尊重我的劳动。

吴静说，我也来给你上上课！给她们辅导不要讲那些高大上的理论，直接跳给她们看，告诉她们动作怎么做。都五六十岁的人了，最大的七十多呢，什么基本功？能玩么？你想把她们腰玩闪掉啊？就两个字：简单简单再简单！哦，是七个字！

潘玉玲颇感委屈，说没有基本形体，跳得怎么会好看呢？

吴静说，你当她们是要好看？她们要的就是开心，找个乐子。这么多人聚在一起，排除寂寞，抱团取暖。还有，你说换紧身内衣是什么意思？不就是嫌她们那个晃荡不好看么？她们才不管呢！要的就是自由放松，不再端着绷着。她们里面正处副处会计师销售经理好几个，都是女强人呢，已经端着绷着许多年，好不容易才放松了，再把她们箍上么？

吴静又说，到最后，你还不是会和她们一样？

潘玉玲"哼"了一声，切！你打死我吧！

5

潘玉玲渐渐地了解熟悉了大妈们，她们中的大多数并不像社会上传闻的那样，有些标签实际上是误贴上去的。

她们都很能干。

退休以前的光辉业绩就不谈了，那叫一个"忆当年峥嵘岁月稠"。

就说现在。她们要带孙子，要照顾老伴儿孙，要打理家务，要忙一日三餐。从苦日子过来的，要精打细算，牙缝里省钱。

她们特别热心社区的公益的事情。在社区搞过相亲大会，促成了好几对；组织过拼车上班，有车的没车的互相帮忙；在小区里搞过以物换物的活动，以丰补欠，邻里也就此成了朋友。还募捐了许多衣服，寄到了地震灾区，上过报纸呢！

一次，潘玉玲跳舞时，不小心脚崴了，大妈们都排着队去探望她，帮她做家务，各种补品水果鲜花摊了一地板。

还有一次，一个大妈正在给她做饭呢，有人敲门，开门一看，是个男的，说是检查煤气泄漏，要看他证件又拿不出，还硬要往里闯。那位大妈转身到厨房里拿了一把菜刀，说来来来，进来慢慢检查！那男人却一溜烟跑了。

这些，都让潘玉玲感动得要哭。

脚好了之后，她更加用心地给她们编了好几套广场舞，有《今生相爱》《牧羊姑娘》《桃红运》《唐古拉》，等等。还针对中老年的健身需求，从活动颈椎、锻炼腰板、瘦身减肥的角度,综合编创了一套《生活美》,节奏明快,动感十足。大妈们非常喜欢,一个个跳得开心起劲。

吴静找了熟悉的公司,说是给他们做活广告,让他们出钱给每人印制了一套大红的T恤衫,上面印了"舞"字,加上白裤子、白舞鞋,俨然一支歌舞团正规军的模样。

然后,大妈们说,我们的舞蹈队应该有个名号才是,一致的意见是,叫"潘玉玲舞蹈队"。

这样,便开始了南征北战,到处跳,到处比,渐渐地就跳出了名气,还上了电视台。每次,报幕员都要说"指导老师:潘玉玲"。最后谢幕的时候,她们都会把她请上台,簇拥着她接受采访,发表感言,合影留念。

跻身大妈的行列,潘玉玲竟然如鱼得水,开心快乐,这是她原来万万没有想到的。

6

一天早上,潘玉玲正在家里看广场舞的碟呢,吴静打电话给她,火烧火燎地要她赶紧下楼,说有重要的事情。

她飞快地套了件衣服,冲出门去。到了楼下,才感觉出来,内衣忘记穿了。

1

颜如玉的想法,给全家人浇了一瓢冷水。

从头,到脚,到心。

他们不明白,她为什么会冒出要出家的念头,这不是好日子不想过了么?

孪生妹妹颜如意更不明白,平常两姐妹很多事情都是有心灵感应的,她要出家,我怎么没有感觉啊?真是百思不得其姐。

但是,颜如玉说得有点斩钉截铁:我只有出家了,才能彻底解脱。

父亲问她,解脱什么?

她说,解脱烦恼。

父亲说,你有什么烦恼?

她说,我的烦恼在我心里,你们怎么知道。

2

如玉的确有很多烦恼。

她和妹妹都是天生的美人坯子,人见人爱,花见花开。

大学毕业以后,本可靠颜值,偏要靠实力,她说奋斗才是最可靠的颜值。从爸妈、妹妹、大姨、男朋友还有同学那儿，几处连借带凑，投了三十万，在三牌楼大街租了个门面房，做起了韩国美容化妆品的代理商。开始，还有点赚头，以为慢慢还了债，就可以盈利了。谁想到会遇上一个用了过敏的，上门来索赔，狮子大开口，没有满足便去市场监督局举报了。一查，她的上家是个香港的野鸡公司，发来的货，是在广东一个镇上的小作坊里搅和出来的，根本就不是韩国货。被逮了个正着，货被没收了还不说，又罚了几万块的款。还说这是从轻发落，要是按销售假冒伪劣定案，那是要吃官司坐牢的。她辩白说我哪知道啊！执法人员说幸亏你不知道。

门头上的广告还是擦刮刮新的呢，就关门大吉了。

屋漏偏逢连夜雨，男朋友在她焦头烂额的当口，不但一点忙都没帮上，还趁机劈了腿。

狗血的是，劈腿的那个贱人，竟然是她的好闺蜜！

天下还有说理的地方吗？

好在爸妈把一切都揽了过去，所有的借条都改为父亲的名字，有现钱还现钱，没现钱写还款计划。

父亲对她说，没什么，跌倒了再爬起来就是了。我的女儿，我还是有点数的。大不了，爸妈养着你。

多大了？还要爸妈养？父亲能那样说，她却不能那样做。

之后，她就靠着学中文的底子，给一些微信公号写推文，给广告公司写软文，挣个三瓜两枣的，也就够糊张嘴的。

日子过得一地鸡毛。

有一天夜里，她做了一个奇怪的梦，梦见了释迦牟尼。事后回忆，佛祖的模样既像菩萨，又像父亲，还有点像鱼头煲餐馆里那个胖乎乎的大厨。佛祖摩挲着她的头，她听得见头发沙沙作响，觉得有一股温暖的气息从头顶往下传，传到心里，传到四肢，然后从身体里再向外弥漫。半晌，佛祖只说了一句话：你是佛的人。最后，就飘然而去，如升腾的仙气。

后来，她反复回忆梦中的情节，却越来越支离破碎，拼不起一张完整的拼图。但是，那句话却是刻骨铭心：你是佛的人。

我是佛的人。

这暗示着什么？

她就去报了一个佛学班，在鸡鸣寺附近的一个小区里，学员只有四个人，两个是大妈，一个是大叔，只有她是年轻女孩。上课倒像那么回事，老师是个留着花白胡须的老者，浓重的吴方言,她只能连听带猜。讲了很多佛教的来历与故事,前世今生因果报应修身养性等等。涉及的那些佛名人名地名神名,有的很长,还拗口,一个也记不住。然后说,佛法的法门中,有八万四千种,实在是太难太难了!但是也有简便的法门。先从心开始,要修心,须静心。静心有一个办法,就是手抄《心经》,要用毛笔,抄一千遍。抄经千遍,其义自见。关键是,抄经能够使人心平气和,安静下来。

每一次抄经,她都精心准备。关上自己房间的门,不许爸妈和妹妹打扰,关掉手机,沐浴,燃香,茗茶,研墨,戴上耳机听佛乐。但是,每一次抄写,最多写到"照见五蕴皆空,度一切苦厄",便写不下去了。手开始发抖,字开始发飘,还会抄错行,嘴里寡淡得很,想吃点什么。

3

一次,台湾作家林清玄到南京,举行新书《换个角度看世界》分享会,她托人搞了张票,近距离听大师谈人生的哲学与禅境。林大师说到读《心经》的体会感悟,读到"行深般若波罗蜜多时"一句,说人生的修行还是要"行"与"深",最后,能行至高山之巅,到达大海之深,才能彻悟。这句话的意思,她一直觉得雾里看花,似懂非懂。林大师的诠释是不是就正确,也未必赞同。但是,这也是一种解读。而且,不明觉厉地感觉有点道理。

有一天,她突然留了张字条,说我出去散散心,人身安全你们不必担心,过一段时间就回来,不要费心找我。

全家看着这张二指宽的字条,一时不知道如何是好,会去哪儿呢?打手机也打不通,联系了所有能联系到的人,包括前男友,都一无所获。

后来,如意说如玉发了一条朋友圈,地点显示在拉萨。父亲说,我去一趟吧。

颜如玉的确在拉萨,那天是在布达拉宫发的朋友圈。本来是不想发朋友圈的,但是布达拉宫把她镇住了,高耸入云的雄伟建筑,五体投地的虔诚教徒,庄严肃穆的仪式氛围,都让她前所未有地感动。她站在草秸泥土垒成的围墙边,极目远眺,远方雪山连绵,蓝天下一只雄鹰自由翱翔,直到隐入云端。

这时候,旁边也站了一个老者,看上去是个读书人。她突然问他:汉人能信奉藏传佛教吗?老者说,藏教是密宗派,如果结缘,是可以信奉的。信哪派佛教不重要,重要的

是通过学习净化我们的心灵，提高我们自己的修养。

老者果然不凡。经过攀谈，得知他就是著名作家颜羲之先生，她读过他的《人生100个关键词》，当时还觉得有点故弄玄虚，把吃喝拉撒算上，都一百了，还能叫关键词？柳青说的才在理呢：人生的道路虽然漫长，但要紧处常常只有几步。要紧的几步，那才叫关键词。

她又问，我要是出家，上师会收我吗？

颜羲之显然很意外。说，姑娘，有什么事情想不开啊？为什么要出家呢？这世界多美好！

显然，说不到一块了。她又去看鹰。

颜如玉从布达拉宫下来，到了宾馆，遇上了闻讯赶来的父亲，她什么也没说，抱着父亲嘤嘤地哭了起来。

4

我是佛的人。

颜如玉心里回响的总是这句话。

转年三月，她又去了天柱山，在半山腰上找到了一个很小的庵，叫"水月庵"，山清水秀，曲径通幽。只有三个尼姑，静然法师和她的两个徒弟，颜如玉觉得特别适合自己出家。

静然师太已经七十岁高龄,但精神矍铄,像是五十多岁,要是在暗处,眼睛就特别有光。

听说颜如玉要落发出家,她已经见怪不怪,波澜不惊了。说,姑娘,出家是有条件的,一是要发大菩提心,二是要有过人的天分、坚韧的毅力。这且不说,硬性条件就有十条。静然法师拿出一本小册子,叫《修行问答》,翻开一页给颜如玉看:1.父母亲或监护人的同意许可,持父母同意的书面材料,和身份证、户籍证明;2.四肢齐全;3.五官端正;4.没有染上会传染的严重疾病;5.没有债务问题;6.没有违犯国家法律或正在打官司;7.年龄不小过七岁,不大于六十岁;8.精神正常;9.心理健全;10.本人自愿,六根具足,身体健康,信仰虔诚,爱国守法,无婚姻恋爱关系。

如玉说,这么复杂啊?静然师太说,尼姑庵也不是法外之地。

如玉向静然师太吐露了心事,还说到那个梦,和那一句"我是佛的人"。

静然师太叹了口气,说,来住两天,感受一下是可以的。

晚上,吃了素食,皓月当空,如玉在庵里随性散步。空落落的院里,只有静然师太在清扫落叶,"沙沙沙"的声音,如同念佛。她要帮着扫,被静然师太婉拒了,说这也是我的功课,别人不可替代的。

如玉问,怎么一个人都没有?

静然师太很奇怪,你不是人吗?再说,你身旁还有影子呢。

如玉就觉得静然师太神秘玄妙。

静然师太像是自言自语,说,人有的时候就是看不到自己。说完,就转身融入银杏树的影子里了。

如玉吸着山里带着草香的空气,看着皎洁的月亮,想着深邃的静然师太,就感到胸口扑通扑通跳得厉害。她打开手机,进入朋友圈,写下了一段文字:今晚,月光如水,微风轻拂,禅院里佛乐低回,好一个清凉寂静的世界!阿弥陀佛!还配了双手合十的表情,发了出去。

第二天,如玉又去找静然师太,要求收自己为徒。静然师太说,你有许多硬杠杠都不符合。随便说一条,比如说,你的债务清了吗?那30万的欠账你怎么还?如玉说我父亲替我还。静然师太说,那你还不是欠父亲的吗?回去吧,出家人须六根清净,放下一切,你还有许多的前缘未了,怎么安心静修呢?

无奈,如玉告别静然师太,说感谢您给我说法明道。静然师太说，我看你是有慧根的，只要一心向佛，不一定要拘泥于形式，在哪不是修心呢？所谓"小修在深山，大修人世间"。以后有心事了，还可以来跟我说说，好在南京过来也不远。如玉眼睛有点湿润，点了点头。

她在佛前点了三炷香，跪下磕了三个头，默念着阿弥陀佛。

下山的时候，她改变了主意。

5

她想踏踏实实做点事情，把前面的欠债都还了，不亏谁不欠谁的，一身轻松，再来找静然师太。至于父母的养育之恩，那是永远也报答不了的，只能将来在佛前为他们多告多念，求佛祖保佑他们长命百岁一生平安。

如玉回到家，跟父亲说，你不是要我哪儿跌倒哪儿爬起来吗？这回我要认认真真全心全意地做事情了。父亲自然是很高兴，说你不要乱想乱跑就好。她说要发挥自己的特长，开一个文化公司，把如意也拉进来，公司的名字就叫"玉如意文化公司"。如意听了只喊，好啊好啊！我立马就把我们公司的老板给炒了！但是，我们两个都叫颜总，怎么区别啊？如玉说，就叫大颜总和小颜总呗！

父亲帮她从银行贷了款,又凑了一点,把公司给开起来了。策划、文案、影视制作、文创产品、公众号维护、推文软文撰写,真做起来,业务还不少呢。还推出了佛系工艺品专题,手串、书签、香插、玉如意、拈花手等等,淘宝上卖得还不错。姐妹俩忙不过来,又聘了两个大学生兼职。

再忙,还记得每天抄《心经》。她渐渐觉得抄得顺手了,口气连贯了。偶尔,忙得顾不上,就在心里默背一遍,在头脑里用想象的笔抄。

她一直想为水月庵做点事情,那个小庵太穷了,香火钱都收不到几个。后来,设计了一个微信公众号,叫"水月观音",里面有佛教知识、山水形胜、旅行指南等许多内容。拿给静然师太看了,师太特别高兴,说你这是积德行善啊!虽然不是佛教中人,但这也是修行啊!一个居士每天都会帮师太打理公众号,运行一段时间以后,水月庵的香火慢慢地就旺了起来。

一天,如玉的高中同学组织了一个聚会,她本来不想去的,经不住张三劝李四拉的,就去了。男生喝酒唱歌,哄哄闹闹。女生则凑在一处,聊天八卦。她们夸张地喊她颜总,说她这么多年了,越变越年轻了。向她讨教怎样保持皮肤润泽。她说就四个字，吐故纳新。她们就说她神神道道的。

她本来只吃了两口素菜，喝了点柠檬水。后来一个男生说要给她做一个二十万的业务，条件是要她喝一杯酒。她再三推辞，男生非要她喝，不然就是看不起他。她只好眼一闭，把一杯酒白喝下去了。但是，没过两分钟，就剧烈地咳嗽呕吐，吃进去的东西吐完了，就吐胃液胆汁，最后大口大口地吐血，把所有同学都吓坏了，赶紧打120，往医院送。医生说不能这样嗨啊，要出人命的！

医生又说失血过多，要输血，那个男生刚好血型与她相配，祸是他闯的，自然毫不犹豫地撸袖子，给抽了一大茶缸子的血。

这次悲壮的举动，为她赢得了更多的单子。

6

她又去水月庵的时候，问静然师太，我怎么觉得现在欠的债越来越多了啊？身体里还流着别人的血呢，这也算是欠债吧？

师太说，人的一生就是这样，不管是善债还是孽债，总是不停地欠债，还债，再欠，再还。直到生命结束。这个欠债还债的过程,也是一个修炼的过程。

　　如玉想,看来颜羲之先生说得还是有道理的,每时每刻,发生的所有事情,实际上都是人生的关键词。她问师太,那我这一生是不可能把债全还清了?

　　师太说,你已经悟出了一些东西,不需要出家皈依了。心里有就有,心里没有就没有。会心不远,都在存念,佛在三尺之上都看得见。

　　如玉说,师父,我有点懂了。

　　师太说,你说你是佛的人,不对,你是你的人。

　　她又给佛祖进了三支香,磕了三个头,默念着:阿弥陀佛!

1

公司不知道什么时候跑进来一只猫,在几个办公室里窜来窜去,最后躲到洗手间旁边的杂物间里,不肯出来。有人靠近,它就呜呜地低吼,以示抵御抗议。楼面保洁阿姨轰了几次,轰走了,它又跑了来。五楼高的地方,它是怎么爬上来的,又是怎么从这层楼的几家公司选中了他们的公司,搞不懂。

应该是流浪猫吧?但看上去还算干净。

老总是个女的,母爱满满,看猫咪一副可怜见的样子,就说把它留下来吧。还有一点,她没说出来,那天谈下了一个大单子,出奇地顺当。她觉得这只不速之客的出现,是个祥瑞。而且,公司是做休闲食品的,产品展示厅、仓库、美味体验吧,到处都是好吃的,难免会招来老鼠。这可是心腹大患,一颗老鼠屎,不但会坏了一锅汤,更能毁掉一个公司。养只猫驱赶老鼠,是个好办法。

猫咪一身金黄,纹路齐整,看上去挺可爱。是只女猫,有人给起了个名字叫黄毛丫头。

员工饭后会带点残羹剩饭,放在僻静处。黄毛丫头开始时警惕性很高,不敢靠近。但经不住食物诱惑,眼睛虽还盯着人看,爪子却在无声地挪移。靠近食物后,先是囫囵吞枣大吃两口,然后叼起一块鱼骨头什么的,迅疾躲进角落,慢慢享用。

如是者再三,知道人们并无害猫之心,便与人渐渐熟络起来。到了饭点,敲敲食盆,或者咪咪咪地叫唤两声,黄毛丫头便一路奔来,撒娇似的吟唱讨食,也是一趣。

女老板有时候也会逗逗黄毛丫头,寻个开心。

她的一句"把它留下来吧!",说得轻巧,但并没有说留下来怎么办。

办公室主任找到钱松林,问他,你会不会养猫啊?

钱松林觉得奇怪,养猫的事情,跟保安工作也有关吗?但他也如实回答说,谈不上会,以前养过。

主任说,那就你了,老板收养的那只猫,以后吃喝拉撒就归你管。

钱松林是保安公司的保安,去哪儿,干什么,都是由保安公司统一派遣的。这是保安职责以外的任务,又是伺候畜生的事情,钱松林就有点不大情愿。但是,在人屋檐下,又不好直接挡回去。就说,这是不是请主任跟我们保安公司领导说一下啊?

主任说，说什么说？要问起来，我去解释。再说了，不让你白干，给你另外加钱。

钱松林就不说什么了。

2

就这样，钱松林稀里糊涂地兼职当起了铲屎官。

每天，正常的巡逻值班之外，他还要照顾打理黄毛丫头。置了猫舍、猫砂盆，给它洗澡、剪指甲，带它溜达、上下楼，还送去打防疫针，到附近熟悉街区，以防走失时认得回家的路。

养猫，并不像保安工作职责那样有规章制度定时定量的明细对照，完全是凭自己掌控把握。但钱松林觉得，既然人家公司那么信任他，就应该尽力做好。何况，人家还额外给了一份钱呢！

这不，他又不用扬鞭自奋蹄地决定，要训练黄毛丫头自觉到洗手间的蹲坑去上厕所。

黄毛丫头野惯了，随地大小便自然而然，能训练它在猫砂盆里方便，就很不容易了。边铲屎，边训练，前后花了一个多星期，天天盯着，才算教会。但猫砂毕竟也掩盖不了屎臭,公司里经常会飘散出一股异味,又是中央空调,尤其到了阴雨天,久久不散,熏人头脑。要是它能自觉到厕所蹲坑大小便,人随手给一冲,就好了。

钱松林还真是有耐心。先把猫砂盆搬到蹲坑那儿,让黄毛丫头逐渐适应,然后把猫砂盆中间挖一个小洞,继续适应。再慢慢把洞口扩大,最后就撤掉了,在蹲坑里,象征性地撒了一点猫砂。末了,猫砂也不撒了,黄毛丫头居然被一步一步地训练到直接到蹲坑上厕所了。当然,上的是男厕所,最里面的一个隔间。

时间长了,习惯了,黄毛丫头在男厕所进出自如,想上就上,遇人也不避。以至于,它上厕所成了公司一道有趣的小风景,连女员工见黄毛丫头跑进厕所了,都会敲敲门问"有没有人啊",没人,就跑进去,拨开门缝,现场参观。还跟男员工开玩笑说,你们这些死变态!整天偷窥女生上厕所。

女老板有一次也进了男厕所,看了一回稀奇。

她回头微笑着对钱松林点点头说,不错,干得不错!

钱松林暗自窃喜。

3

谁知,麻烦还在后头呢。

三月里的叫驴二月里的猫。天气渐暖,黄毛丫头便开始春心萌动,搔首弄姿,没头苍蝇般上下乱窜,求偶的叫声演绎得凄凄惨惨戚戚,却又故意矫情得荒腔走板,不成曲调。

相爱总是简单。黄毛丫头与一只不知哪儿来的男猫隔空对歌,一唱一和之间,便私定终身,招了个上门女婿。无巧不成书,这驸马爷也是天涯沦落猫,也还是金黄的毛色纹路,颇有夫妻相。真所谓天作之合,金玉良缘。

有女孩子把黄毛丫头热恋依偎的镜头拍了,在微信上感叹:我们又相信爱情了。

未几,黄毛丫头,应该叫黄毛媳妇,就造了四只小猫。

钱松林就很自豪,仿佛四只小猫是他参与造出来似的。不过,他的侍弄照应功不可没。他经常笑眯眯地看着大猫小猫嬉戏玩耍,比看自己的儿子还开心。

母凭子贵。女孩子对小猫咪喜欢得不得了,自然对猫妈妈格外关爱,希望她能好好喂养那些嗷嗷待哺的小可爱们,便买了成袋成罐的猫粮和鱼罐头,撒向猫间都是爱。

但很快,就由爱生怨。

撸猫记．

万千宠爱集于一身,就有点恃宠而骄。常常可以看到黄毛一家两大四小,旁若无人,招摇过市。有时候,就盘在打印机上睡觉,拿电脑线荡秋千。

女老板就有点不高兴了,说这还是公司吗?就是个猫窝啊!

办公室主任遂责令钱松林,尽快处理这些让人爱恨交加的家伙,限时三天。

4

钱松林四处央求作揖,好不容易才送走一只,公司员工又抱走一只。可还有两只幼崽,加上那只倒插门的女婿。

他的头都大了。一心想把那只野汉子赶走,连轰带撵,还把电警棍按出噼里啪啦的电火花,以为能吓走。

显然,他轻敌了。

躲猫猫是人家祖传的拿手好戏啊!你上北,它就下南;你左东,它就右西。惹急了,黄妈妈以为要伤害孩子,就弓起身子张牙舞爪做拼命状,吓得钱松林屁滚尿流,怕被猫抓了咬了,弄出个狂犬病来,不是找死吗?

一计不成,又生一计。惹不起,躲得起啊!

受费玉清一句歌词"我送你离开，千里之外"的启发，钱松林决定将猫爹猫妈送走，送得远远的，永不相见。留下的两只小猫咪，好训练一些，等大一点再留下一只好看可爱的。

他就拿蛇皮袋装了两只大猫，又套了一个纸箱。倒了两趟公交车，一共四十三站，在东郊野外，打开包装，两个家伙嗖地一下，立马就窜得无影无踪。

钱松林望着猫消失的方向，竟然莫名其妙地迎风流泪了一会儿。

大本营里却是另一番生动。女孩们天性使然，多情地担负起猫妈妈的角色，拿奶瓶给猫崽子喂奶，还是加了维生素的牛奶。不亦乐乎之中，爱怜亲昵之声，不绝于耳，令人动容。

你猜得出开头，你猜不出结尾。

"时间被安排，演一场意外。"到了第三天，"梦醒来，是谁在窗外，把结局打开"，人家两口子居然安然无恙神情自若地回来了！还当众卿卿我我秀起了恩爱。这哪像是劫后余生啊？倒像是刚度完了蜜月。

简直了！

钱松林显然是不知道民间谚语有"狗走千里,猫走八百"的说法。

黄毛丫头倒是不计前嫌,见到钱松林,就径直地往他怀里扑,嘴里喵喵喵地撒娇邀宠。钱松林抱着,不住地抚摸她,说,回来就好,回来就好!

5

钱松林又想出了在网上征集"爱心家庭"的创意,口号是"让流浪者不再漂泊"。把黄室成员的萌照发到微信群里,配上一些感动中国的文字,就坐等感人场景出现。

但寻寻觅觅,冷冷清清。

坏就坏在那句口号上。人家一看是流浪猫,就很现实地与野性邋遢传染病之类联系起来,根本不敢要。

而且,现在到处都有流浪猫,有的小区甚至泛滥成灾。

后来,他又把口号改为"我想有个家",继续煽情。但已经过了劲,完美计划顺利流产。

还是女老板棋高一着,定了八字方针:妥善安置,源头治理。

钱松林不懂什么意思。办公室主任说,这还不清楚吗?

其他的，处理掉。黄毛丫头，计划生育，不然，猫三狗四，一年要下个几窝那还了得！

后来，钱松林狠狠心把男猫和两个小崽子，送给了宠物商店。有人跟他说，呆子！宠物商店拿你的猫卖钱呢！钱松林说，他们卖他们的，我不卖。

果然，没过几天，他心心念念，再去宠物商店想看看的时候，几只猫都已经不在了。他呆呆地望着猫笼子，叹了口气。心想，要是去个好人家，也好。

他带黄毛丫头去"源头治理"，乖乖，居然要一千块钱！虽然是公司报销，但他也有点心疼。自己老婆做小手术带坐小月子，也没花到这么多钱啊！结果，兽医白了他一句："你跟动物较什么劲啊？猫粮比大米还贵呢！"弄得他颇为不爽。

但很快，他就被另一件事情所鼓舞，变得很兴奋。他突发奇想，要在公司放个大招。

他开始对黄毛丫头进行秘密训练。训练的科目是，他举左手，黄毛丫头就跟着举左前爪；他举右手，黄毛丫头也跟着举右前爪；他举起双手，黄毛丫头也高举两只前爪。而且，举起来之后，还要不停地前后晃动。

这不就是招财猫的招牌动作嘛？

大约训练了十几天，连赏带罚，加上钱松林示范动作的影响，黄毛丫头终于学会了招财猫的动作，反复地做，便逐渐地自如自然起来。它一身金黄的皮毛，又长得非常圆润，再加上它的小胖脸小眯眼微笑唇，这么一搭，浑然天成，一副笑容可掬招财进宝的模样。

钱松林把黄毛丫头抱了，演示给女老板看。还把网上看来的关于招财猫的知识及时推送给老板。举右手，象征招财，财源滚滚而来；举左手，象征招人，客户络绎不绝；一起举，则是招福，福如东海。说的时候，为了演绎得生动，还看图说话地一会儿举左手一会儿举右手，或者两只手一起举。

女老板开心得不得了，当即赏了他一个红包。

6

以后，黄毛丫头就成了公司的镇店萌物了。

有客户来的时候，就把黄毛丫头放到前台的接待柜台上，在钱松林的暗中指挥下，做出招财猫的动作，女老板就把左右手的寓意解释给客户听。逗得客户开怀大笑前合后仰，心情自然大好，业务谈得就开心，单子签得也顺利。

黄毛丫头还真的给公司招财进宝了。

有个懂风水的客户来公司，看了之后，云里雾里说了一通。说猫类虎，属金，金生水，水在商业中为财，水生木，钱松林名字带木，木生火，生意自然就会火起来。火再生金，金再生水，这样往复循环下去，公司将来会越来越旺。好！好！

女老板听不懂这番说道，但是，都是好话，听得舒服。而且，钱松林和黄毛丫头是这个五行相生的重要两环，心下越发喜欢钱松林和黄毛丫头了。

公司的其他保安见了，心里就不大舒服。心想，这钱松林本职工作不好好干，没事逗逗猫玩儿，就多拿了一份钱，这也太不公平了。于是，就报告到保安公司。保安公司也觉得既然是做保安工作，也还要专心务正业才行，就准备把钱松林调遣到其他单位。

钱松林没办法，抱着黄毛丫头去把这个情况跟女老板报告了，说来跟她辞行。

女老板一听，就有点不高兴，说我们是保安公司的客户哎，他们怎么不打声招呼就这么操作呢？当下，就问钱松林，你马上辞掉保安公司的活儿，到我这儿来，做后勤，干不干？

钱松林不敢相信，嗫嚅着说，我也没什么本事，能干什么呢？

女老板说，你有莽猫的那个精神头，干什么干不好？我看好你！

钱松林便辞了保安，进了公司，穿上西装，打着领带，吩咐起昔日的同事来。

最后一个进来面试的是个年轻的转业军人，简历上显示，他在部队汽车连，由义务兵转为志愿兵，干了十年。

这样的应聘者多了去了，素质都还不错，但知识面窄，工作能力欠缺，基本上没有什么前沿知识和现代技能。更何况，招聘单位是一个五百强企业呢？

看看吧，反正最后一个了，而要招的人也已经基本圈定了。走个程序，有个交待。

进来一个彪形大汉，冲着人力资源女总监，声音洪亮地喊：报告！吓了美女一跳，忙说，坐下，坐下。他又高声喊道：谢谢首长！

想早点收工，就尽量简化一些，总监直奔主题，说，你有什么特长？

坐得已经是笔直的了，他又挺了挺身子，说，报告首长，我会养猪！

总监差点没把刚喝的一口水给喷出来，其他两位考官也是捂着嘴忍俊不禁。

本来想三下五除二结束算了，听了这句完全风马牛不相及的话，总监觉得可以再听听，会有什么故事。但给他提了三个要求：放松，不要喊首长和报告，长话短说。

他从文件袋里拿出一叠《解放军报》《中国国防报》《人民前线》等报纸杂志，还有一些复印件，除了大段文字，都有一张照片：一个战士也就是他本人手拿大勺，和一头肥猪的合影。猪和他都咧着嘴笑，看上去气氛融洽，关系颇不一般。

总监很好奇，说，你不是汽车连的吗，怎么养猪呢？

报告……军人以服从命令为天职！我是部队一块砖，砌在厕所也心甘！再说，汽车连也要吃猪肉，部队在山区，很不方便，就得自己养。

面试的气氛渐渐轻松弛下来。

一位考官问，养的都是什么猪啊？

他回答，有一般的肉猪，还有两头"政治猪"。

"政治猪"？杀不杀？

"政治猪"，不能杀，主要是留着接待首长用。

专门留着，杀了给首长吃？

不是，是给首长看的。介绍连队怎样改善生活，保障训练，就会带首长到猪圈看，首长见了这些膘肥体壮的猪以后，都会表扬连长。每一次，他们都让我和猪一起合影。

面试

总监问,养猪嘛,农民都会养,你养猪有什么特殊的地方?

他说有,有许多,按照首长的指示,长话短说。我只讲两条。

第一,我养的猪,不会在猪圈里拉屎撒尿,猪圈都是干干净净的。我是受了宠物训练的启发,从猪娃就开始培训,每隔两三个小时,会把它们赶出猪圈,到指定的地点去解决问题。就是三更半夜,就是刮风下雨,也不例外。

第二,中草药养猪。山里中草药很多,像首乌、刺五加、党参、板蓝根、野菊花、苦楝皮、白头翁,都是天然的,维生素、微量元素、蛋白质以及未知活性因子等含量丰富,添加进猪饲料,喂养出来的猪,肉质鲜美,没有污染,是真正的放心猪肉,还有强身保健作用。

考官们小声议论,说现在外面的好多都是注水猪肉毒猪肉,根本不敢买不敢吃,要是给公司员工发放一些这样的猪肉,肯定受欢迎。

总监觉得考试话题怎么掉进猪圈里了,立马拨乱反正,回归主题。说你养猪和我们要招聘的几个职位有什么关系呢?

他说,我有一个事关公司发展的后勤保障企划方案。这样,要招聘的企划部、后勤部、发展部不是和我养猪都有关系吗?我的企划方案就是,公司在栖霞山附近有一个物流基地,可以在那儿建一个养猪场,由我负责;给公司员工提供放心猪肉。总监对这个转业军人的大胆设想,颇为惊喜。说把资料留下,回去等候回音。

后来,公司隔两个月发一次纯天然黑猪肉,让其他公司羡慕不已。

猪倌的传奇经历,在江湖上疯传。也被以《二师兄面试历险记》为题,编进人力资源部的经典案例。提炼出许多关键词,比如大巧若拙、先声夺人、吸引眼球、扬长避短、出奇制胜、因人设岗,等等。

在五百强企业养猪,是什么感觉?

1

杨立新在村里，几乎就是个游手好闲打牛混世的反面典型。高中毕业以后，就没再读书。家里虽然穷，但是，他父亲说哪怕就是吃苦受累借钱拉债，也不至于供不起他读大学，那是他没这个命！

命不命的，也没找算命先生算过，关键是杨立新自己，心思就不在学习上。

撩骚打架，偷鸡摸狗，《中学生守则》的条款中，除了爱党爱国爱人民不好考量以外，几乎没有一条做得好的。

父亲求人托关系，让他学一门手艺。竹篾匠、泥瓦匠、小刀手、吹鼓手，他要么是看不上，要么是枣核屁股坐不稳，没个长性，三天打鱼两天晒网的，都不了了之。

赶集的时候，班主任遇见杨立新父亲，感叹说，挺聪明的一个孩子，可惜了。言语当中，还有一点自责。他父亲说，不怪老师，他就是一泡屎，糊不上墙的。

杨立新对父亲的这类言辞，不以为然，认为"其实你不懂我的心"。有时也反驳两句，说爸你老外了吧？西藏的牛屎就是糊在墙上的，晒干了拿了烧稀饭，才香呢！

父亲啐了一口吐沫说，就你这样，到时候，吃屎都赶不上热的!

　　前两年,说是要到深圳去闯世界干大事,打电话回来说在做东南亚贸易,听上去来头不小。折腾了一番,又回到村里,破帽遮颜,灰头土脸,见了母亲两人抱头痛哭。母亲哭的是想他念他儿行千里母担忧,他哭的是把母亲悄悄塞给他的两万块钱撂到水里了,那是母亲瞒着父亲向他大舅借的。父亲是无语沉默,不停地把香烟吸进去咳出来。

　　父母现在对他干大事干小事,也无所谓了,当务之急是赶快找个对象。成了家,再怎么折腾,也就随他去了。

　　但是,竹镇、程桥、马集这一带,十里八乡的,大都知根知底,晓得他是个什么角色,以及他的窘迫家境。哪个姑娘愿意嫁给他呢?所以,杨立新都快小三十了,仍旧一个人晃荡着。

　　谁会想到,天上掉下个林妹妹呢?

2

　　当然.世界上也没有无缘无故的爱。

　　西部干线修路,正好从村子西头经过,红线单单就把杨立新三家划进去了。推土机一推,就推给他家二十万现金和两套房子的补偿，这让全村人都红了眼。这没办法，运气来了门板都挡不住。

自然，也挡不住一拨一拨的媒人上门。

当媒人把林翠玉带到杨家的时候，给杨立新一家带来了不小的意外惊喜。杨立新眼睛都看直了，女孩中等个头，小巧的瓜子脸，白里透红，一头乌发瀑布一般垂到肩上，齐整的刘海下，是忽闪忽闪会说话的眼睛，就是略微有点忧郁。一身淡蓝色小白花的连衣裙，清清爽爽，干干净净。他咽了一下口水，心里感叹：太漂亮了！我一定要娶到她！

媒人介绍说，她们是安徽滁州那边的，都想把姑娘嫁到富裕的地方呢。

六合地处苏皖交界，和滁州毗邻，两地的青年男女结亲的很多。江苏相对发达富裕一些，安徽的姑娘嫁过来的就多，也很平常。

媒人说，其实我也不是媒人，而是姑娘的大姨。说着，眼圈就红了，说我那妹妹命苦啊！头两年和妹夫出门赶集，好好的，怎么就赶上了车祸，那大卡车就是活阎王，一下子把他们俩都收走了，留下我这个外甥女，孤苦伶仃的……

大姨说着，看看女孩，说翠玉啊，你也不要太伤心，以后要是嫁到这边来，也算是有个依靠了。

翠玉表情很淡然，好像在听别人家的故事。听到大姨跟她说话，便跟着也哭了起来，肩膀一耸一耸的，看了怪可怜的。

杨立新的母亲也跟着抹眼泪。

大姨收住声泪，说，哎，提亲是件好事啊！弄得哭哭啼啼的多不好，让你们见笑了。我就是想给外甥女找个好人家，过上好日子。

杨立新父亲就有点奇怪，问，大姐，那么远，你是怎么找到我们家的？

大姨说也是别人介绍的，都说你们一家是好人，本本分分的，大侄儿又是一表人才，还出去见过世面。外甥女能找到这样的人家，也是她的福分，我妹妹妹夫在底下也放心了。我这外甥女啊，也高中毕业，识文断字，人老实，又勤快，家里家外一把好手，将来小两口的日子肯定是越过越红火。

然后，就征询杨立新父母的意见，说你们要是没意见，就让两个年轻人先处处看。两位老人对于突然到来的一个漂亮姑娘和一门上好亲事，有点措手不及，不知道怎么回答，便把目光都投向杨立新。杨立新搓着手，答非所问地说，谢谢大姨，谢谢大姨！

翠玉脸上一红。

大姨听杨立新居然跟着喊大姨了，连忙说，看来是对上眼了，好好好！早上出门我就听见喜鹊喳喳叫呢！如果处得好，下个月十号初八，是个好日子，就把婚给订了！

杨立新父母几乎插不上嘴，也说不出什么反对意见，只跟着说好。

按照习俗，杨立新父亲用红纸包了一千零一块钱"千里挑一"的见面礼给大姨，说你家姑娘真是千里挑一啊！

大姨听懂了意思，但还是捏了捏红纸包。说，那我就不见外啦！其他话订婚时候再说。

杨立新父亲说，好好好，再说，再说。

大姨便给翠玉使了个眼色，说你们俩好好聊聊啊！这下面的戏怎么唱，就看你们的了。

3

杨立新便和林翠玉相处了，目标很明确地相处。

赶集，看戏，去南京逛逛逛买买买，唱卡拉OK，玩玄武湖中山陵。

又坐高铁到上海，玩了迪士尼，林翠玉抱了大大小小一堆的米奇，照了一手机的相。

在上海的旅店里，两人虽然还是有点羞涩，但心照不宣地睡到了一起。

回到村里，出来进去，两人手挽着手，郎情妾意，亲热得很，俨然一对小夫妻。

一天，杨立新对林翠玉说，我们去看看大姨吧？反正离得也不远，带点礼，要谢谢她的大媒呢！

林翠玉愣了一下，说我打个电话给她，看她在不在家。就拨了手机，到一边去打电话了。

打完了，过来跟杨立新说，大姨不在家呢，去合肥办事了，她说改天来看你爸妈。

杨立新用开玩笑的口吻问，她是你的亲大姨吗？

翠玉说，是，当然是了，怎么不是？哪里看了不是？

杨立新便不再说什么。

杨立新恋爱归恋爱，也不忘谋划大事。他给林翠玉描绘他的创业计划，说想拿一套房子做抵押，贷五十万款，盖个能养两百头猪的养猪场。你别小看养猪，新闻里说，北大博士生也养猪呢！养好了，两年还贷，三年盈利，以后你就等着数钱吧！信不信？

林翠玉眼里也闪着希望,说,我信,我信。

杨立新又说,拆迁补偿的二十万,用来结婚,包括房子装修彩礼婚宴,你看行不行?

林翠玉说,都听你的。

又一天,杨立新对林翠玉说,我想去你爸妈的坟上看看,给二老上一炷香。一来让他们也相相我,看中意不;二来我在坟前向他们发个誓,一辈子对你好!

林翠玉听了脸色煞白,半天没吭声,低着头咬着唇。

杨立新连忙说,别生气啊!我不是故意戳你的伤心处,不去就不去了吧。

林翠玉说,管他谁说话都不行,只要我中意就行。

杨立新又问林翠玉,你铁了心要嫁给我?

林翠玉说,铁了心。

杨立新说,那好,你身份证给我,我把你的名字加到一套房产证上。

林翠玉紧紧地依偎在杨立新怀里,说,老公,你真好。

但是,她的脸色又黯淡下来,说身份证在大姨那儿呢。

杨立新说,赶快拿回来,办结婚证也要用啊!

林翠玉仍然有点心事重重的样子。

4

订婚仪式其实是多余的了,但还要走一下程序。

杨立新在新房的小院子里,摆了四桌酒。村书记、村长、派出所指导员、中心小学校长,村里有头有脸的人都来了,还有七姨妈八舅子一些亲戚。林翠玉那边只来了大姨一个人。

村长宣布正式订婚,杨立新父亲又给大姨一万零一块"万里挑一"的红包,给了其他亲戚每人一个两百块的小红包。

然后,就是推杯换盏热热闹闹地喝喜酒。

杨立新和林翠玉一桌一桌敬酒,一圈下来,他已经有点晃了。派出所指导员是他的同学,一直在后面扶着他。

回到主桌,杨立新说话舌头直打滚,要给大姨敬酒。他从怀里掏出一个硕大的红纸包,说,大姨,这是……是……八万八千块彩礼!

大姨高兴地伸手要接,杨立新说,我不能交……交给你。我要……要……要亲手交给我老丈人和丈母娘!

大姨脸色都变了,说,这个玩笑开不得啊!

杨立新说,谁跟……你开玩笑啊!

大姨看林翠玉,翠玉低着头不说话,大姨狠狠地瞪了她一眼。又转向杨立新父母说,亲家,女婿喝多了,彩礼给老丈人丈母娘?怎么给啊?对先人不敬呢!

杨立新父亲说,他喝多了,瞎说呢!

杨立新拍拍派出所指导员的肩膀说,我同学……他有办法!

大姨把碗筷一推,拉着翠玉就要走。

翠玉不肯,躲在杨立新身后,说大姨你走吧,没有彩礼我也要嫁给立新,你就成全我们吧!

大姨把脸拉了下来,说你怎么回事啊?说好的话,当耳旁风啦?继而,就有点气急败坏,说你被灌了迷魂汤啦?以后我再跟你算账!

杨立新紧紧搂着翠玉,说你别怕!

大姨的离开,并没有引起大家的注意,酒还在热热闹闹地喝,一直喝到半夜。

5

婚礼如期举行。

翠玉的父母真的来参加了,杨立新父亲亲手把八万八千块彩礼的红包交给翠玉父亲。

大姨没有来。

杨立新的养猪场也真的开起来了,小两口的日子红红火火。

第二年,添了个儿子。

谁也不知道他们经历了什么。就是知道了,也当作说笑,谁信啊?

有了他们想要的稳稳的幸福,就够了。

1

马台街。黑子正在路边摊和一拨小弟兄吃烧烤喝啤酒，中途接到个电话。

他看了一下手机屏幕，有点兴奋起来，闷了一大口啤酒，说话声音提高了度数。

啊？王老板啊！不好意思，和弟兄们吃饭呢，饭店吵得很，什么事，你说你说！

哦，哦，最近我忙得很呢！接了好几个活儿。但再忙，也要把王老板的事排在第一位！

什么？什么人敢砸你的场子？狗日的作死啊？好了，我知道是谁了，不谈了，你的事就是兄弟我的事，再忙，也要给你摆平！找王老板的麻烦？老子凿不死他！

这个我懂哎，不会出人命纰漏的。我来跟他约！明天晚上八点，五塘广场。我这上二十个人，准时到位，价格老规矩啊！

撂了电话，黑子高声喊，老板娘！再上二十串毛肚，二十串腰子，两箱勇闯天涯！然后，敞开怀唱了起来："今天天气好晴朗，我们来到了大排档，迎面飘来了一个妞儿，听说她是老板娘……"

弟兄们知道来活了,都举起酒杯,大哥,敬您一杯!

"明晚八点,五塘广场,我带二十个人,你也带二十个人。"黑子悄悄地在手机上编了条信息,摁了出去。

虽然大冷天,街灯照耀下,黑子的板寸头冒着油汗热气,一条两寸长的伤疤,像一把发亮的匕首,斜插进头顶,分外醒目。

其实,头发要是留长一点,是可以遮住疤痕的。

2

黑子自小聪明过人,什么东西一学就会。《七侠五义》《杨家将》《水浒传》都能背下来。

小时候生过一场大病,一直就是发育不良,瘦弱单薄,常被街上的活闹鬼和高年级同学欺负。

但是,即便被打得头破血流,他从来都不哭,也不告诉家里,只说是不小心摔的。他常常用来激励自己的一句话就是,君子报仇,十年不晚。

《水浒传》里,他最佩服的是宋江。虽然就是县政府的一个普通干部,文武都不咋地,但是他忠孝仁心,仗义疏财,梁山上的各路好汉,都听他的。李逵就是为他而死,但死得也心甘情愿。

他决心要做宋江这样的好汉。

有好吃好玩的,糖果、变形金刚、自行车、电影票,他都拿出来与同学共享;有恶作剧的事情被老师发现,他宁可代人受过,也不出卖同伙;校外小流氓来骚扰,他设计把他们往派出所附近引,让警察逮个正着。

渐渐地,到了初三,他已经成了一拨人的领袖,有了呼风唤雨的架势。再不怕谁欺负他了,想报仇想给谁点颜色看看,立马就有人帮他给办了。

终于,上到高中,不再是义务教育,他因为带一伙人打架斗殴,被学校开除了。

好在他头脑活泛,饿不着他。摆过烧烤摊子,送过外卖,倒过火车票,也攒了点票子。

不管干什么,他身边总是围着一拨人,他还是宋江。

谁家遇着个急事要用钱的,他随手丢过去万儿八千的,都不兴要还的;有人做生意的电动三轮被城管给收走了,他会花钱托人给要回来;对欺行霸市的,他也会出头收拾,让他服服帖帖。

黑子到处都是朋友,朋友对他五体投地。

老婆小云就是这么嫁给他的。离异家庭，跟亲爹和后妈一起过日子，亲爹比后妈还后，一个不亲，一个不爱。打工挣点钱都给收了，每个月只给一百块钱零花，女孩儿哪够啊？二十大几的姑娘了，说打就打，想骂就骂。如花似玉的俊俏模样，经常是青一块紫一块的，看了让人心疼。

他看不下去了。别了一把菜刀，带着小云找上门去。

他单刀直入，说你们过去有什么破事我管不着，但是现在，听清楚了，我！告！诉！你！们！小云是我女朋友，她什么事情我都要管，谁敢欺负她，别怪我不客气！

亲爹后妈咆哮起来，说你算什么东西！又转过去打小云，骂她不要脸！

黑子从后腰把菜刀拿了出来，拍在桌子上。那好吧，今天就做个了断，要么你们把我杀了，要么我把小云带走。

那两位吓得面如土色，半天说不出话来。末了，只好拿小云出气，滚滚滚，你个小贱货！你永远不要再回来！老子没有你这个女儿！

黑子又掏出一张纸，说，回来不回来，她应得的东西都不能少。比如这房子拆迁，要有她的份，直到你们死了，遗产继承也要有她的份。都写在这张纸上了，这是找律师按法律写的,你们好好看看,签上字,我明天来拿。他把菜刀的刀刃在嘴边吹了吹,随手抓起一只拖鞋,手起刀落,削成两截,扔在地上,搂着小云走了。

其实,黑子当时就是想帮小云出口气,做个了断,争取该争取的利益,说小云是自己女朋友也只是个临时的由头,并不是真的想娶小云,那时他正在追一个女大学生呢。但小云假戏真做了,原来就经常在黑子那里得到庇护,获得家庭所得不到的温暖,对黑子既崇拜又喜欢。这下,她就顺杆子爬,人前人后都大大方方地说自己是黑子的女朋友,还名正言顺地搬到黑子家,死心塌地地跟他好了。黑子也就没说什么,这个没人疼没人爱的女孩儿,把他当着亲人呢!

3

和小云结婚以后,黑子就很少在外冲冲杀杀了。他不愿意小云整天为他担惊受怕。

除了做点小生意,还带着小弟兄帮人讨讨债,看看场子,长途押个货什么的。或者,摆个场子,平息纠纷。

黑子不断给弟兄们灌输,时代不同了,刀枪棍棒不好使了,要动脑子,用科技。

譬如要账。用GPS跟踪，在某个宾馆堵住了欠债的，围上去头十个年轻人，黑T恤黑西裤黑皮鞋，一色的板寸头，黑压压的一团，彬彬有礼地打招呼，先生您好！对方说你们什么人？我不认识你们。他们说认不认识我们没关系，但是您认识这个吧？就把装在塑料袋子里的欠条复印件给他看。说我们也是受人之托，替人办事，千万不要为难我们这些打工跑腿的人。不然，不、好、交、待！

对方说我要报警！他们说请便。

警察来了，一了解是经济纠纷，登个记便撤了。临走前，交代一句，要账归要账，不能动粗啊！不行，就上法院。

他们就对欠债的说，不如开个房间，我们坐下来慢慢谈。

欠债的便被簇拥着进了房间，一圈黑衣人围着，都把黑T恤左胸原来掖在口袋里的小盖布翻了出来，上面两行醒目的白字：杀人偿命，欠债还钱。

这一坐就是十几个小时甚至更长，也不打，也不骂，好吃好喝好招待，陪着斗地主打麻将打网游，要找小姐开开心也可以。就是有一条：不见到钱不能走。

最后欠债的不但还了钱，还和他们处成了朋友，说我在外面也有好多钱收不回来呢，不如请你们帮我收。黑子就出场谈，生意谈成了，就坐下喝酒，跟多少年的老朋友似的。

最大的一笔业务是，在法院门口，花八十万买了一份一百万的经济案件判决书，连本带利讨回来一百二十万。刨去各种开销打点，赚了十八万，弟兄们正好分了钱过了一个肥年。

4

第二天晚上，那雪下得正紧。

黑子带了二十个弟兄，一色的黑衣黑裤，与王老板在五塘广场边上一块空地碰面。

不到一支烟功夫，对方也带了二十来个人，也是黑衣黑裤，到了现场。

两边的车子都打开了大灯，把中间的一块地方照得通亮。

所有人手都抄着，或者插在衣袋里，不用说，都暗藏着家伙。

不一会，两边的轿车里，老大出来了，大晚上的，还戴着墨镜。各自身后，都跟了两个保镖，五大三粗，表情凝重。下面，就看两个老大谈得怎么样了，各自阵营都站着一排雕像般的雪人，在等着号令。

雪落无声。

两人缓缓地靠近，再靠近，谁知，待看清了对方，几乎是异口同声地说，怎么是你啊？呵呵，原来都认识，这不是大水冲了龙王庙么？还摆什么场子？然后，黑子就跟王老板说，对方找的人是城南的一个弟兄，人称马自达的，原来都认识。这事就好办了，赶快订个饭店，坐下来和对方老板把事情说开了，相逢一笑泯恩仇，以后井水不犯河水，有钱大家赚。

两边的老板面面相觑，只好商量一起请客。

5

转眼间，儿子就到了上小学的时候了。

小云去开新生家长会，带回来一张表格，说班主任老师要求填写家长情况登记表，还要建一个家长微信群，在上面解答问题，辅导作业，增进互动，而且有事随时可以联系。

表格上有一栏，家长的职业。他问小云，我填什么呢？小云说，要么填个自由职业者？黑子说，我想想再说。

第二天，黑子对小云说，就填保安吧。我刚去了社区，他们说巧了，我们住的这个小区正招保安呢！跟小区一联

系，同意收我做保安，一个月也有几千块钱呢，夜班另外还有补贴。他们还借了保安制服给我先拍一张照片，好传到群里。他把手机照片给小云看，小云说你穿了保安制服，真帅！他说，我准备把头发留长一点，把刀疤给遮一下，再搞个分头造型，还会更帅！

小云拍拍黑子的脸颊，取笑说，就是脸黑了点。不过，黑一点，更帅！

黑子把儿子唤来，说老子带你到澡堂子泡泡，洗得干干净净地上学。"小呀么小儿郎，背着那书包上学堂……"

小云说，你们爷俩快点啊！饭菜一会就好了，啤酒我也给你冰镇了，就等你们吃饭呢！

1

据说,钱德荣小时候抓周,抓的是一张周润发的明信片,是不是就决定了他的爱好与未来,倒也不一定。但是,钱德荣的表演细胞比一般孩子要丰富,这倒是真的。农村孩子,也不可能去拜师学艺上兴趣班,就是从模仿开始的,小狗小猫的叫声,拖拉机的轰鸣声,大人说话吵架声。起初是一两个音符,后来是一小节一小段,似像非像。大人听了再拿想象去补充一下,就完整形似了,觉得很是有趣,就搂啊亲啊表扬啊犒赏啊,更激励了他的表演欲。到上学的时候,就能模仿电视剧里的人物动作对话,已经有点惟妙惟肖的意思了。

完全是无师自通,走的是野路子,喜欢随性而行,想来就来,高兴了,弄一小段,逗人开心自己开心就行。上初中的时候,班主任见他有点表演才能,让他参加学校春节联欢会,排练一个小品,还请了镇文化站的老师来导演。他倒反而畏畏缩缩不自在,说话也磕磕绊绊的,老师辅导了半天,他仍然手忙脚乱前言不搭后语。班主任就骂他是属猪大肠的,天生就扶不直。

后来,自然也就没有走上从艺之路。高中毕业以后,没再上学，先是到处打工，但父亲身体不好，他不能走远。后来又摆地摊，什么东西赚钱卖什么。他卖东西，都是载歌载舞，把小买卖弄成一台戏的模样。比如，从小贩那里批了几箱胶水，带一双旧皮鞋，赶镇上的集市。他就编了一段词儿，拿竹板一打，有说有唱地吆喝起来。

说情深深雨蒙蒙，赵薇爱上了苏有朋，就抹这么薄薄的一小层。心别慌手别抖，跟着自己的感觉走。马上粘马上穿，绝对不影响你上下班。你见过赵本山，你见过宋丹丹，你没见过我这胶水这么粘。真金不怕火来炼，好产品不怕当场做实验。

说着，拿出一把刀，将皮鞋划了一道口子。

"刺啦"一声响，皮鞋下了岗，就请小胶水来帮忙。这叫一面抹胶两面牢，气死英国电焊条。任你撕任你拉，你少林寺练过都白搭。这是厂家生产厂家造，还有文字电话号。不讲价不还价，讲价还价欺骗大。一样的宾客一样的菜，一样的朋友一样对待！

他这像rap的说唱，逗得人会心一笑，就有不少人过来围观，胶水一会就卖掉了。虽然，工商所说他卖的是三无产品，城管队说他占道经营，税务所还要他缴几块钱税，但多多少少也能赚点钱。

有时候，他还会替别人的地摊儿当媒子，南京话里媒子就是托儿的意思。只见他蹲在摊边，在那些已经积压滞销的衣服堆里，挑来拣去，却拿余光看两边的行人。见有人驻足，便故意压低声音讨价还价，然后拉开蛇皮袋，拼命地往里塞他挑出来的衣服。没有更多的台词，却浑身都是戏，有无言的煽动魔力，很快就能带动一些过客，出手出钱。雇他一次，摊主能多挣一千多块，分给他两百。

有一回，在镇上遇见了中学同学耿玉凤，她人长得漂亮，从小就是文艺爱好者，还上市里演出过。一聊，耿玉凤现在在一个演出队，说还能挣到点钱。她说，你能唱会说的，不如到我们演出队吧！

2

演出队实际上就是一台卡车，八九个人，走村串户，车厢板一支，就是舞台，怎么逗人乐怎么演。都是黄段子，下三路。有人往台上扔钱，女演员就脱脱脱，最后只剩下两个小圆饼和一根细带子。台下就吹着尖利的口哨，喊着下流话。女演员也见多不怪，如入无人之地，只顾自己表演。临了，把地上的钱收走下台就是。钱德荣就扮搞怪小丑，模仿残疾人，出自己的洋相，把人也逗得前仰后合。

有时候也赶一些红白喜事的场子，不讲究，劲爆舞蹈加流行歌曲大杂烩，热闹就行，主家就有面子。有一回，有一家做白事，请他们去吹拉弹唱热闹了两天。出殡那天，那家为了场面好看，让演出队的人都披麻戴孝，跟着送葬队伍走，还要哭哭啼啼。答应完事后一人给一百块钱。钱德荣就有点不高兴，跟队长说，又不是我老子死了，我凭什么给他披麻戴孝，不干！队长发火说，你他妈不想干就滚蛋！他便头也不回地走了。

隔两天，耿玉凤找到他，说我也早就不想干了，乌烟瘴气的。要不，我们去横店吧？做群演，听说那地方天天都有十几个剧组在拍戏，机会多呢。王宝强当年就是做群演起家的，只要哪一次被导演看中了，就算有了出头之日，以后还怕没戏接吗？我打小就一直有个明星梦。做了明星，房子、车子、票子都有了，出门还有助理、保镖，导演要请我拍戏，那要看档期排不排得过来，出场费能给多少。哈哈哈哈！爽！

钱德荣其实并不想去横店。但是，这可以让耿玉凤离开那个下三滥的演出队,也是件好事,不然,迟早给毁了。所以,他便答应了。

3

到了横店才知道,群演不是想做就能做的,得找到组织,就是要投奔经纪公司才行,剧组都是找群演公司要人。先交一千五百块钱的押金给公司,有演出了,公司还得抽百分之十的头。每次演出,少则四五十元,多则七八十元,淋雨、抬轿、挨打、哭丧等特殊需求的还有补贴,或者演妓女、死人的群演,也会有额外的红包。

他们没想到的是,接下来连续一个星期都没有接到活儿,有个别需要群演的,也是优先安排先来的人,老群演说,十天半月没有活儿都很正常。钱德荣想,这不跟安德门劳务市场差不多嘛。

好不容易接了一个抗战的戏,钱德荣演了两回被炸死的尸体,浑身涂满了血迹,脸上还化了一道斜斜的豁子。耿玉凤则演一个被日本鬼子侮辱的"花姑娘",导演要求她上身的衣服要被撕开来,露出胸部。本来说是要清场的,而且给她戴乳贴的。结果摄影灯光录音美工场记一大堆人,都在现场，大部分还都是男的。乳贴也没有用，导演说那样影响效果。副导演说戏的时候，两眼直盯着她胸前看，还动手动脚"指导"她。

不过，中午拿盒饭的时候，耿玉凤开心地说导演给加了五百块钱。钱德荣问她，你为什么要演这个，怎么不和我商量？耿玉凤就奇怪，我的事为什么要跟你商量？钱德荣说，你还没有成家呢！耿玉凤就笑他，你这都什么老掉牙的思想啊？你记得《让子弹飞》吗？里面一个女演员，演一个被强奸的民女，她本职是个制片助理，是原来的演员有事来不了了，她抓住了这千载难逢的机遇，顶了上去。还不就是被土匪一下子把胸前的肚兜给拉了下来，两团肉全露出来了，好几秒钟呢！人家也自然得很啊。后来，立马爆红了，就转行做演员，演了好几部电影，还上过《快乐大本营》呢！一夜之间就成明星了！钱德荣哼了一声，说你就值五百块钱吗？你就做你的明星梦吧！

钱德荣打了铺盖，连招呼也没打，就去了汽车站。但是，到了车站，他后悔了，又拖着行李回到了他们住的小旅馆。

他给耿玉凤低声地道歉，说这不是怕她吃亏吗。然后说，跟我回去吧。我们一起出来的，我不放心你一个人留在这儿。耿玉凤没好气地说,跟你回去干什么?

钱德荣说,养鸡,挣得保准比这多。

耿玉凤也怕自己一个女孩子,在这人生地不熟的地方,在这个有点乱的圈子里,万一有个三长两短,没个人相互照应可不行。而且,现在想做群演的人一拨一拨的,接个活儿也不容易,就答应了。她说我可不会养鸡,给你打打下手就不错了。

耿玉凤看出来,钱德荣是真心对她好。

4

实际上,养鸡的事,在钱德荣头脑里已经琢磨很长时间了,悄悄地查了很多资料,之前也跑过好几家鸡场,心里大致有数了。

钱德荣的一个同学,在桃花岭承包了几十亩山地,专门种桃树,经营了几年,现在已经挂果收获了。他就跟同学商量,说我到你这桃花林里来养鸡,给桃树吃虫子,除草,还施肥,能给你节省不少费用。你们公司员工平时吃的鸡吃的蛋,我负责送货上门。而且,平时我还替你免费看果园,多划算啊!

同学一听，说你小子算得挺精的啊！也好，反正我还有其他业务要忙，也不可能天天守在这儿，你就在这儿玩吧。但是，就有一条，我果树不能有闪失。他说，你放宽心吧。哎，你来的时候我请你喝酒！

这样，钱德荣免费借了同学偌大的果园，盖了一排简易的鸡舍，用铁丝网在果园周围拦了起来，专门养殖当地的土鸡。几个月下来，漫山遍野的桃花开了，他的一千多只鸡就在树丛中乱窜，吃虫子，吃草籽，吃野草，吃花瓣，真正的跑山鸡。

耿玉凤就在他的养鸡场帮忙，活儿也不重，没事就是捡捡鸡蛋，上上网，更新他们的"我是一只跑山鸡"的微信公号，联络客户，推销跑山鸡和土鸡蛋。

一天，钱德荣让耿玉凤把一间放饲料工具的房间打扫干净，墙上贴了立体农业、科学养鸡的挂图，桌子上放了土鸡蛋，预备好茶叶水果。他神神秘秘地对耿玉凤说，今天要发生一件大事，可能要有一位贵人来。到时候，你负责录像，把整个过程都录下来。耿玉凤问，什么贵人啊？他说，你等着，有好戏看。

原来，钱德荣的一个朋友在区政府做事，喝酒的时候，无意当中说到了，过几天北京的一个大首长要下基层视察调研。其中，有一项内容是考察立体农业模式，经过的路线，恰巧从他的养鸡场边上经过。他决定冒一回险，温饱险中求嘛！

当一辆考斯特面包车在路边停下，大首长从车上下来的时候，突然，钱德荣从斜刺里钻了出来，快步走向首长，大声喊着"首长好！热烈欢迎首长来我村视察！"把陪同的各级领导吓得不轻，脸色都变了，有人想阻拦，但钱德荣像是浑然不觉，自然大方地走了过来。首长却平易近人和蔼可亲，还伸出手和钱德荣握了握。钱德荣双手紧握首长的手，使劲地摇晃：听说首长来视察，我们都非常激动！我们这里就是立体农业的示范区，是典型的丘陵山地立体综合利用模式。首长您看，这原来是一座荒山，多少万年前喷发火山形成的。所以，这里的矿物质非常丰富，我们在山上种茶叶、果树、蔬菜，在那边低洼的湖里还养鱼，我在山上还养鸡。综合开发，共享资源，立体发展。首长听得饶有兴趣，不住地点头，说，好啊，我们就看看，调查研究也不能完全按照既定的路线走啊。其他一行人，也只好点头，跟着走。

钱德荣一边说，一边把首长往养鸡场引，一边还侃侃而谈：还是上面的政策好啊，对三农扶持帮助有很多优惠；再一个呢，各级领导关心支持，特别是区镇村三级基层领导，经常走村串户，亲自过问解决三农发展中遇到的困难，现在逐步改变了农村人空巢、心散沙、地抛荒的情况；第三呢，就是我们基层群众，对立体农业热情很高，综合利用自然资源，生产成本节省了许多。大伙儿也明白了，绿水青山才是金山银山！首长听了很高兴，说小伙子讲得很好嘛！很符合上面的精神啊！陪同的人就跟着点头鼓掌。

在养鸡场，首长很仔细地看了养鸡场、土鸡蛋，看到墙上贴着科学养鸡的挂图，很满意。首长说小伙子很钻研啊！钱德荣不好意思地说，还要请首长给我们做指示。然后，指指耿玉凤说，这是我女朋友，都是本乡本土的人，她也很支持，下决心和我一起扎根农村，做一番事业。耿玉凤猝不及防，弄了个大红脸。首长又看看周围环境，说，好！有志向有志气，农村要都是这样的有为青年，三农事业前景光明！嗯，就是条件简陋了一点，刚创业嘛。那什么啊，你们基层可以扶持扶持嘛。区里领导就给镇村领导使眼色，村书记立刻接话说，请首长放心，我们重点扶持！

钱德荣使劲地拍着巴掌，说我们一定不辜负首长的希望,撸起袖子加油干!明年,请首长再来视察,一定会有更大发展!

气氛融洽,宾主尽欢。最后,钱德荣要送给首长一盒鸡蛋。首长摆摆手说,不行啊!任何礼品都不能拿的。钱德荣说,我是想请专家帮我们检测一下,来指导指导,怎么更加科学地养鸡。首长笑着说,这个可以有,我们一起来的,还真有农业科学家呢。

5

首长走后,耿玉凤乜着眼说,小样儿!演得挺像啊!面面俱到,滴水不漏,关键是面不改色心不跳,不拿奥斯卡小金人可惜了。哎,谁答应做你的女朋友了啊?

钱德荣猛灌了一阵茶,抹抹嘴,说现在答应也不晚啊,首长可是大媒人!省市区镇村五级领导都在场,都是证婚人。

耿玉凤夺过茶壶,也喝了一大口,说美得你!又说,我马上就整理一下视频,发到公号上去。但是,做媒这一段不能发,我爸妈还不知道呢!

事后,村书记对钱德荣说,你小子是精,精,裤头改背心啊!那天,根本没有去你养鸡场的计划,谁知道半路杀出

个程咬金,给你捡了个皮夹子!

村里看钱德荣也是踏踏实实一心想干事的人,又有首长在现场的一番话,也就做个顺水人情,给了他不少扶持帮助。而且,看他还能说会道,对形势政策农村实际也都能说得明白,以后,凡是遇到上面领导下来视察调研的,多半都往他这里带,也得了不少慰问品之类的好处。

钱德荣的养鸡场,便繁荣昌盛起来。

后来,耿玉凤拍着她的大肚皮说,宝贝,你爸可是个职业的群演哦!

1

太阳明晃晃地照着,像个火球,路上连条狗都没有。

一早,苏德清就觉得浑身像有多少个小虫子在爬,胳肢窝和大腿丫湿漉漉的,黏衣服。

他夹着个小包,蓝皮,印有"区政协会议纪念"的白字,已经磨得脏兮兮的有点发灰。里面老四样:钱包、手机、香烟、笔记本。在乡下有谁包里会装个笔记本?那肯定大小是个干部。

对,他就是中国最小一级的干部,但是和公务员干部由上级任命的不一样,他是"村民自治"选出来的干部。说起自治,村长们开会碰一块儿时,就胡吹神侃,说我们和广西宁夏新疆西藏内蒙古一样,都是自治,省部级待遇哦!

山前村还真被他"自治"得有模有样的,村民们生活也不赖,在镇里是数一数二的。修路、接自来水、拉宽带、盖集中安置房,都是实打实的民心善事。还有"农夫山前有点田"的开心农场项目,吸引了多少城里人,源源不断地给村里带来民宿、旅游、农副产品的收入,家家都是钱袋子鼓鼓的,在镇里区里市里都挂得上号的。

村里换过几茬书记,唯独他没换。他也不想顶上去干书记，天天乌拉乌拉讲政治做报告，做不来，他安心做他的村长，就喜欢乌龟驮石板——实打实。

二十年的村长，他得了些小钱小便利，但收获更多的是村民的敬畏、依赖与赞扬，这就够了，在四里八乡，这比什么都重要。

他还不那么贪。

但最近，就像这鬼天气一样，他也特别气闷烦躁，喘不匀气。

早上，还憋着一泡尿呢。

村委会要改选，有人说他干村长太久了，思想不够解放，要推举有闯劲的年轻人，退伍军人苏平，就是竞争力最强的候选人。他想想就好笑，在部队当个小班长可以，但是这八个村民小组，三百四十九户一千三百七十一口人加上外来租户二十四口人，你一个小杆子能管得了？

大的远的不说，就说眼前的一堆烦心事，连他一个"老师傅"都急得上火呢！

村里的采石场，爆破时炸死了个人，安监局调查了，说要处理人；又碰上环保督察，说炸山采石是破坏环境。"金山银山不如绿水青山"的道理他也懂，但不拿这些山石换点钱，修桥铺路怎么干啊?靠上级洒点香水能行?等到驴年马月?

儿子读的是大专,考公务员不够格,其他工作也不好找。他让儿子报考大学生村官,如果能够回到山前村,接他的班是最好的了。他也在往这方面活动,但这小兔崽子却坚持要跟几个小屁孩搞什么创业,已经败掉七八万了,也没听到个响。

西部干线修路经过村子西头,要拆掉十六户房子,其他十五户都拿了补偿款喜笑颜开地签了字,唯独苏德林家岿然不动,一谈判就狮子大开口。他在家里开了个鸡鸭加工作坊,烧柏油给鸡鸭拔毛,非要按经营用房拿补偿。每次谈判谈到一半,就突然倒地不醒口吐白沫,做得跟真的似的。老家伙他妈的想钱想疯了,也不怕真的背过气去。乡里乡亲的,他也不好说破,更不能强拆。

但是"上头千条线,底下一根针",上面头头脑脑不管你这些,就一个字:拆。今天是最后的期限,拆不了就主动辞职。这是要把他也逼得倒地不醒口吐白沫啊!

2

他不经意地就走到了魏素芬家门口,脚步有点迟疑了下来。正赶上魏素芬往外倒潲水,溅了他一身。

魏素芬倚靠在门框上,斜眼看他,说,寡妇门前是非多,你来干什么?

他本来不想进去的,正憋尿呢,不如进去解个手。说,寡妇也是我山前村的村民,村长就不能来?

魏素芬待他进来,反手把门带上,冲着他的背影埋怨说,我看你早就把我给忘了,是吧?

他撒完尿,一边拉着拉锁一边说,你这娘们就没良心了,你,小虎,房子,地,哪一样没给你张罗得好好的?

魏素芬便不再矫情。开了电扇,打冰箱里拿出半个西瓜,切了给他吃,又拧了把凉毛巾放在他的手边。

看他神情不爽,魏素芬问,咋啦?霜打一样?

他也懒得跟她说道,说了她也不懂。闷头吃瓜,吃完了抹抹嘴,叹了口气说,最近乱七八糟的烦心事都赶到一块儿了,真他妈见了鬼了。

其实魏素芬也大概知道他的那些烦心事,一边收拾着瓜皮一边说,脚踩西瓜皮,滑到哪儿是哪儿,大不了这村长不干了,多大个事!

他心里一激灵,觉得自己还不如一个娘儿们看得开呢,是福不是祸,是祸躲不过。这样一想,倒提振了一些信心。他捏了她脸颊一下,说,还真有你的!

魏素芬借机凑上来,对着他的耳朵喘着粗气说,要不,我给你冲冲喜?

他说今天真不行,拆迁的最后期限,都火烧眉毛了,哪还有心思干这个。

见魏素芬还眼巴巴地望着,他便胡乱地摸了两把,就夹着包出来了。

他在院子里捡了块半截砖头,放进小包里,又给城管中队队长木根打了个电话,说把人和挖机都准备好,随时待命。你换上便装,赶到苏德林家和我汇合,在现场看我眼神行事。

魏素芬见状有点紧张,说你可不能硬干啊!

3

现场的气氛剑拔弩张。

路障,煤气包,装满汽油的啤酒瓶,院子里露天大灶上烧着一锅翻滚的柏油,烟气蹿到两米高。

苏德林比苏德清的父亲还要大几岁,但是,跟他却是一个辈分。堂屋里,苏德林正半卧半躺在一张折叠椅上,已经断水断电,只能使劲地摇着芭蕉扇。

苏德清满脸堆笑地迎了上去,递了一支烟,半蹲着给点了火。说德林哥,我也想通了,这村长我也不想干了,谁想干谁干去!我们弟兄俩没必要对着干伤了和气。

苏德林晓得重点不在这里,但是,开了头就不能松劲。不然,一开始就怂了,后面就谈不下去了。便没好气地说,不要拿这个吓我,你爱干不干。你要是没得事,就到旁边翻××去!

没想到触发点提前出现了。

苏德清借着话头,腾地一下站起身,把桌子拍得山响,冲苏德林吼了起来:苏德林,你怎么骂人呢?我看你岁数大,就让着你,别给脸不要脸!

苏德林也从躺椅上爬了起来,涨红着脸说,怎么,你还想打我不成?来,你动个指头试试!说着,就往苏德清身上逼。

这时,从两边的厢房里忽地一下子窜出十几个男男女女,把他团团围住,争吵着推搡着,说村长还想打人啊?不得了了!他一边退让一边朝一个草垛后面躲。

乱哄哄当中,他从包里摸出了半截砖头,趁人不备,朝自己脑袋上砸了下去,顿时鲜血直冒,然后应声倒地。他大叫一声:苏德林,你他妈下毒手啊!

这一下,所有人都惊呆了,看着倒在地上的村长,不知道怎么办了,有人悄悄地往外挪。

苏德林喝问,谁砸的?

众人都面面相觑,没人回应。

木根带着哭腔喊了起来:不好啦!村长被人打死啦!快救命啊!

木根拿出手机,高声喊着要打110报警,被苏德林一把拦住,说,木根兄弟,不要报警!不要报警!

苏德林知道,这一报警,房子肯定要拆,是不用说的了。关键是恐怕还要把人搭进去,那就得不偿失了。

苏德林过去把苏德清扶起来,说,大兄弟,有话好说!有话好说!

苏德清把头上的血顺势往脸上抹了一把,弄得血乎淋拉,看得瘆人。他从包里把协议书拿出来,往桌子上一拍,说,有什么好说的?你爱签不签,我也烦不了了!木根,送我上医院!

苏德林吩咐儿子：赶快把车开来，把你叔送卫生院去！然后，拿过协议书，看了看，说，认你狠，我签。

4

脑震荡，头发都剃光了，头顶上缝了八针，还好没毁容。区里镇上的领导，陆陆续续到医院看望苏德清。

区长给了一个装着慰问金的信封和一个花篮，说，苏村长啊，受苦了，但是你可立了大功了！硬骨头叫你啃下来了！

他就哭丧着脸说，区长，我就跟你这大领导叫叫苦，真的不能再干了，不晓得哪一天就把命搭上了！

区长说，那怎么行，你经验丰富，善打硬仗，干得很好啊！

区长问镇长，你们查请了没有？到底是谁砸的砖头？这不是打击报复村干部么？

镇长回答说，现场很乱，一时半会锁定不了砸砖头的人，得慢慢查，先叫他们赔偿医药费。

区长就有点不高兴，说，难道这块砖头是天上飞来的？叫派出所抓紧查，查出凶手必须严惩！

苏德清费力地摇了摇头，说，都是一个村的，低头不见抬头见。我给求求情，只要不影响拆迁，就用不着再惊动派出所法办了,就算我跌跟头磕的。医药费的事情,也花不了多少钱,我还有新农合呢。

区长就感叹说,苏村长真是个明事理的人,宽厚,心善。又问他,还有什么困难,只管提出来。

他就说了想让儿子考大学生村官的事。

区长说,好啊!有志气!叫他好好复习,考上了,将来就回山前村,跟你后面好好学学。

等慰问一波过去后,魏素芬悄悄地来看他,抹着眼泪,直喊心疼。过后,又破涕为笑说,缝了八针,好!看来,你还要发!

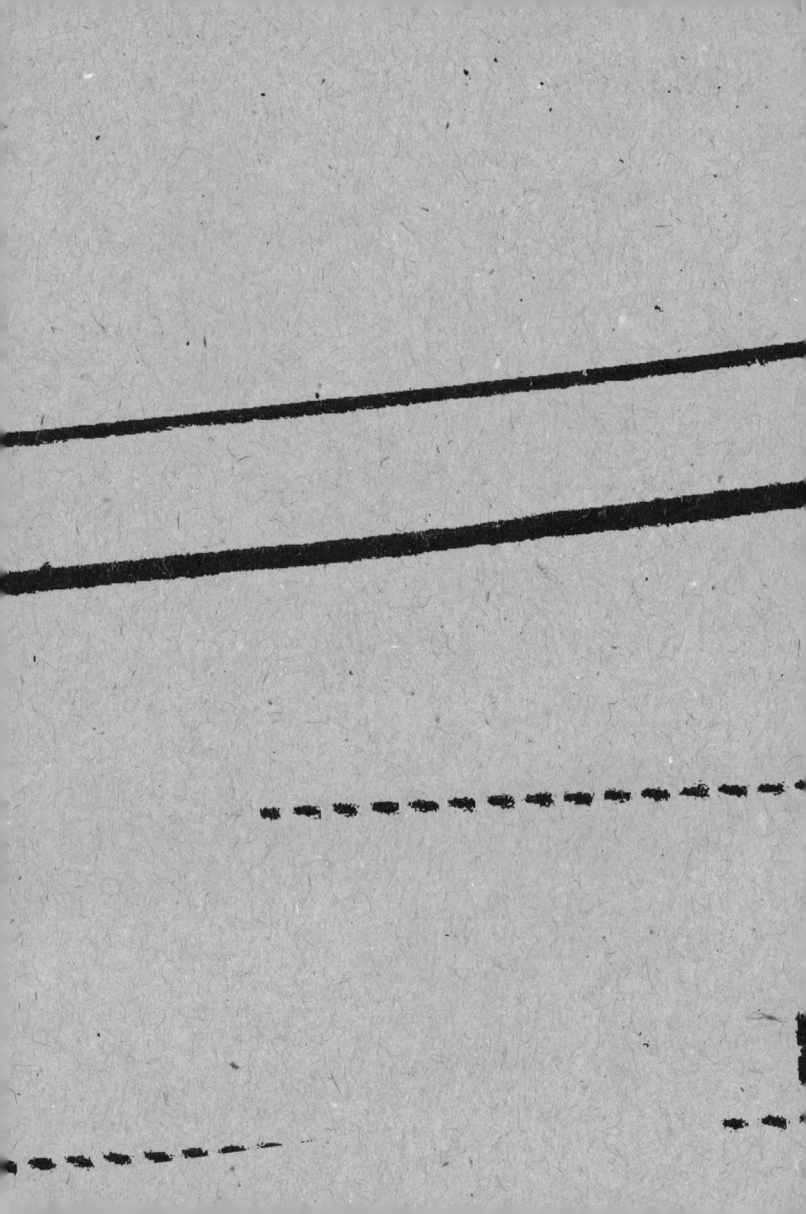

1

高伟强在三牌楼附近开了一家干锅牛蛙店,取名叫"蛙哈哈"。有人提醒说,这有点侵权嫌疑哦,小心"娃哈哈"的老板宗庆后来找你索赔。他说,看到偏旁没有?他那是人,我这是虫子,两码事嘛!索赔?好啊,来吧!那么巨无霸的大老板跟我打官司,我露脸啊,露大脸啊!不是给我的小店做活广告么?请都请不来呢!

宗老板倒没有来找他索赔,工商所来了,说赶快把门头撤下来,立马!不用等"娃哈哈"来找你打官司,我们就可以罚你的款。你这叫使用与注册商标近似的商标,违法的,懂不懂?不懂?不懂不要插嘴,规规矩矩听我讲。人家多大的公司啊?拔根汗毛比你腰粗,算下来就是把你的裤头都赔进去,还差多少个零呢!最后,还得把你这两百斤肉都搭上。

县官不如现管。高伟强又把门头改成"金蛙",这是一个若干年前火了一阵子的农用车品牌商标。他说,反正那个厂早都倒闭了,哪个还记得啊,拿来用用,算是个纪念呢。

金蛙,还真的给他吸了不少金,天天生意都火得很,忙到半夜十二点才打烊。当然,除了干锅牛蛙,也还做点别的。比如，泡椒牛蛙、生炒牛蛙、川味馋嘴蛙。还做水煮鱼、酸菜鱼什么的。大厨、领班、服务员，一起有大几十个人，自然就不用说了。光是杀鱼杀牛蛙，就得专门雇一个人，不然都忙不过来，这些下活总不能叫大厨干吧。

羊毛出在羊身上。固定给他供应水产牛蛙的六合老板钱新民送货来的时候，因为货车白天不给进城，都是晚上送，高伟强每次都会留钱老板吃个便饭，边吃边聊。高伟强拿手指关节敲敲桌面说，老钱啊，最近这几次的货，死的可不少啊！是车上水箱的换气泵不行呢，还是在水里拿出来的时候就是死的啊？死的味道和价钱可就不一样了。钱老板赶快敬酒，说可能换气泵有点问题，下次注意，下次注意！

高伟强抿了一口酒，咂咂嘴说，昨天还有个江心洲的养殖户跑来跟我谈生意呢，那边又近便，货色也好。我当场就回绝了，我说我跟六合的老钱，合作多少年了，哪能不守信誉呢？老钱听了就很感动，说到底是老弟兄，我再敬你一杯，不，一壶，拎壶冲！老钱一仰脖子，把一壶酒给干了。但搛到半空的一口菜还没有吃到嘴呢，就听高伟强说，要么这样，你下回送的货，都给我宰杀好，我也省事，也就不管你死的活的了。

老钱这才听出来，前面原来都是铺垫啊！他把筷子放下来，皱着眉说，高老板，我一个水产养殖户，到哪儿给你找杀鱼杀牛蛙的人啊？我每次来送货，不是都看见你亲自披挂上阵么？高伟强说现在店里生意越来越忙，我哪能顾得过来啊？

高伟强发了一支烟给老钱，又给点上，说，那我帮你找一个，一个月五千块钱，你出。老钱怔了一下，又不是长了毛在地上跑的，这水里游的东西，把它剖了，就三刀两剪子的事，工钱要这么贵？高伟强就给他扒拉扒拉，基本工资得给他两三千吧？然后是包吃包住、全勤奖、绩效奖、专业培训、节日福利、五险一金，就这个价还不一定能找到呢！毕竟是杀生的活儿，有人不肯干呢。而且，还有技术含量。会杀的，几分钟一个，不会杀的，十几二十分钟也不定能搞定一个。

老钱想，你这小九九打得精啊！不过，这个账，我也算得过来。做水产的，价钱高低全在一个生鲜上。活的，全价，一死，最多只能卖个半价。既然你不计较死活，反正加了大料烧熟了，客人不懂也吃不出来，只晓得往肚里搋，往外掏钱，那我也不亏。也罢，就捏着鼻子答应了，说高老板你找吧，找到了就在你这儿干，工钱我出，行了吧？

高伟强端起一杯酒说,老弟兄,爽气!干!

2

高伟强说的倒也是实话,这杀水产还真是有一定的技术含量。就说杀牛蛙吧,看似简单,其实也不容易。不会杀的,光是看看牛蛙鼓眼蹬腿上蹿下跳的架势,就抖呵三分。好不容易抓到了,没抓紧,嗖地一家伙又窜出去了。就算是抓住了,牛蛙四条腿张牙舞爪,根本就下不了刀剪,搞不好,还滋一头一脸的血。会杀的呢?不是握拳那样抓,而是手指关节绷紧,迅速出手,抓住牛蛙身体,便钳紧了,牛蛙动弹不得,只能虚张腿爪,垂死挣扎而已。趁势,拿剪刀在牛蛙后腿上,横里剌开一条口子,掐住切开的边皮,往前一撕,整个蛙皮就给批开了。然后,剪开肚皮,掏出内脏,斩头去爪。整个动作一气呵成,几十秒工夫,鲜生粉嫩、白里透红的待烹牛蛙就出来了,有的还在苟延残喘呢。或者说,可以不叫技术含量,至少是熟能生巧吧。

高伟强拿着钱老板送来的每个月五千块钱,往兜里一装。他并没有真的去招聘什么宰杀工,而是把启东老家的父亲给接来了,生活在靠海的地方,父亲做这活,不是个难事。而且，肥水不流外人田嘛！父亲又是自家人，都在一个锅里吃饭，也就不用开工资了，无形之中增加了一笔额外的收入。

老父亲六十大几了，动作稍微慢些，眼睛还有点白内障，看东西不很清爽。但是，为了儿子的生意，他还是接应下来了。个把星期之后，便渐渐地适应了。虽然只干半天活，但是，业务量大，各种鱼且不说，光是牛蛙，一天要杀几百只，还真是累得够呛。要不是每天晚上喝顿小酒，还真不大容易缓过来。他感慨岁月不饶人的同时，看见儿子的饭店门庭若市生意兴隆，也得到了安慰。

但是，刚干了一个月不到，有一天老父亲面色有点紧张地跟高伟强说，我怎么感觉腰疼腿疼胳膊疼啊，都好几天了，我看你忙，没好跟你说，现在，是哪哪都疼。高伟强说你天天都蹲在那干活，腰腿活动少，自然就会疼了。这样，晚上我叫服务员给你捶捶按按，再喝点酒，就好了。你不要一干就是几个小时，也起来活动活动。

过天，父亲又跟高伟强说，不对，腰腿疼浑身疼，不但没缓过来，好像更厉害了。你说，是不是我这些天杀生太多了？我这一辈子也没有杀过这么多生灵啊！这是不是报应啊?昨天夜里,我还做了个噩梦,梦见我睡在死了的一堆牛蛙里,浑身冰冷。有的没死透的牛蛙,爬到我身上脸上,咬我,抓我,惊了一身冷汗。小强啊,这活我不想干了。说这话的时候,父亲的脸上是带着恐惧神色的。

高伟强不以为然,放着钱不挣,傻啊?走路还踩死蚂蚁呢,那你还不出门了?部队里有好多将军,带兵打仗,杀的人恐怕比你这些天杀的牛蛙都要多,人家不是好好的么?还做大干部呢!都活到七八十岁了。你想得多了,弄得紧张兮兮的,自然就会这儿不舒服,那儿不舒服了。

父亲后来说母亲打电话来,说身体不大好,要他回去一趟。高伟强买了点营养品,说那你回去看看,快点回来,这边的业务忙得不可开交,没你可不行。

后来,父亲打电话来说,母亲身体越来越差,离不开他。而且,还有两亩薄田,也得有人照应才行,你还是雇个人吧。

之前,父亲偶然间听人说起过,水产养殖的钱老板每个月给小强五千块钱,用来雇工宰杀牛蛙的。但是,这个话,他没有跟高伟强和他妈妈提过。

高伟强没办法,只得在店门口贴了张告示:招聘食材前期加工一名,学历年龄不限,有工作经历者优先。工作半天,底薪两千元,另加奖金。

他没敢写宰杀工,怕有人见了被吓住。

3

先后来了几个应聘的,一听说"食材前期加工"就是杀鱼杀牛蛙,就都走了。后来,来了一个女的,说本来是想应聘服务员的,哦,杀鱼杀牛蛙啊,这个在家烧饭不经常干么?行啊!高伟强便把她给留下了。

这是一个下岗工人,叫黄秀芳,孩子在上大学,正是花钱的当口,岁数大了,不好找工作,也就不讲究了。但是,高伟强对她却不是不讲究,是没办法,但凡有个合适的人,肯定就不要她了。不光是岁数大了,模样还不济。粗粗笨笨的,说话也不利索,地包天的牙齿,就这,还说要干服务员呢!

但是,高伟强心里还是不很踏实,没来由地觉得,这女人会弄出点故事来。

果不其然,上班第一天,一只牛蛙没握紧,窜出去了,一蹦一跳地,就进了洗碗间。黄秀芳挥着把剪刀,跟着后面追扑,找人拼命的架势。慌慌张张地,就碰倒了叠在一起的一摞盘子，哗啦啦倒下来，砸碎了好几个。

高伟强闻声赶来，呵斥她说，你眼睛长到胳肢窝了啊？黄秀芳就越发紧张，"哇"的一声哭了起来。高伟强抓起半边碎盘子，狠狠地砸在地砖上，"咔嚓"一声，碎片四溅。他说这还都是豪华包间的盘子，一两百块一只，你赔吧！黄秀芳脸色煞白，倒不哭了，抖抖索索地求高伟强，老板，你把我卖了也赔不起啊！我给你白干活行不行？

这时候，大厨丁远东过来给说好话，说黄姐也不是故意的，少赔一点，让她长个记性吧，老板你给我个面子。又转身对黄秀芳说，以后要好好干活，报答老板。黄秀芳忙不迭地点头，是是是，一定好好干活，报答老板！

高伟强挥挥手说，你给我长点心好不好！

那只逃跑的牛蛙，趁这工夫，从下水道铸铁格栅的缝隙钻了进去，这要是爬到下水管道弯头卡在那儿，不就麻烦大了么？高伟强又找人撬开下水道盖子，好不容易才摸到了牛蛙，整个洗碗间弄得到处是淤泥浊水，一污尽糟。他想想，就气不打一处来。

还好，黄秀芳干活还是蛮卖力的，自己的活干完了，还帮忙择菜、洗碗、拖地，见到高伟强一脸的讨好。高伟强想想这女人也不易，就没提赔钱的事。

过一段时间，黄秀芳不知怎么的，也说是腰酸腿疼。高伟强想，这女人还有心思呢，大概听说父亲是因为这个回老家的，她也拿这个来说事，什么意思？盘子钱都不让你赔了，还想涨工钱啊？这不是说故事么？他根本就没有理会。

但是，他隐隐约约地有点疑惑起来。奇了怪了，怎么都说腰酸腿疼呢？

消停没多久呢，一天，黄秀芳正要杀一只小牛蛙时，那只牛蛙突然叫了起来，发出"妈妈"的声音，婴儿一般，可怜见的。她觉得惊奇得不得了，牛蛙怎么会叫妈妈呢？是什么灵异的感应么？她掏出手机，把这个场景给录了下来。并且，还把这个稀奇事发到了微信群里，她的群有好几个呢，像广场舞群、丝巾群、编织群、家有儿女群。这样，就传出去很多。结果，让她意想不到的是，一石激起千层浪，网友们反响热烈。有要亲眼看看这只神奇牛蛙的，有同情这只不幸的小生灵的，有信佛的呼吁她杀不得否则要遭报应的，有环保人士说牛蛙是有益动物杀害了是破坏环境的。赞的、叹的、恨的、骂的，什么情绪都有，甚至有人要到店里来单独找老板谈谈心。

高伟强简直要被气疯了,他把手机截屏给黄秀芳看,说你们女人的脑子是怎么长的啊?母爱就这么泛滥么?叫两声就是叫妈妈了?那牛羊都咩咩哞哞地叫,也是叫妈妈了?扯淡嘛!你知不知道你捅了多大篓子?你就是个丧门星!滚!立马滚!

黄秀芳知道事情弄大了,连一句辩解还嘴都没有,拿上那只会叫"妈妈"的小牛蛙,匆忙逃窜了。其实,她知道老板的父亲杀牛蛙腰腿疼的事情以后,就感觉到自己也是一样的反应,就不大想干了。只是因为觉得有点亏欠老板的,没好意思提。这小牛蛙叫妈妈的事情,也正好是个由头。有些事情,宁可信其有不可信其无,她也怕遭报应,万一要是报应在儿子身上呢?那她还怎么活啊。

黄秀芳决定,把这只小牛蛙拿到玄武湖去放生,并且要录下来,发到朋友圈,也算做件善事。

4

后面,来的是一个壮汉,叫潘鑫,长得也就跟牛蛙似的,足足有两百来斤,五大三粗,豪声壮气,说话都在胸部共鸣,一顿能吃两大碗米饭、五六个馒头,喝半斤酒,一看就是个干力气活的好手。他也隐约知道前面杀牛蛙的种种故事，嘿嘿笑了，说我还就不信邪呢！高伟强就有点喜欢。

虽然潘鑫有着结实的身板和豪爽的性情，但是也粗中有细。比如杀鱼，总是用毛巾将鱼头包住，说是鱼看见了刀剪血迹，会产生恐慌，血容易憋在肉里，就不好吃。剖鱼肚子，手腕一旋，刀尖在肚皮上一条弧线划过，便现出一道齐齐整整的口子，这样的鱼要是清蒸，特别有看相。不像有的清蒸鱼，肚皮上的口子跟锯齿似的，形态上就不好看，吃的人心情可能就不是那么爽。他还有一种令人叫绝的杀法，就是拿剪刀伸进鱼嘴里，旋两圈，往外一带，就把鱼鳃和肠子都带出来了，鱼身一点都没破相，还活着呢。他杀牛蛙，也是要蒙着眼睛，然后从头上开刀剥皮，就特别地顺势顺手，小爪子尖都纤毫毕现清清爽爽。

难能可贵的是，潘鑫还能根据大厨的烹饪思路，把鱼啊牛蛙啊，切成需要的大小块形。这样，大厨就不用再费一遍事了，直接下锅烧制。

这样棒的活儿，更让高伟强喜欢。

而且，潘鑫除了干活，从不参与后场那些家长里短的八卦，不多一句话，不插一句嘴。歇下来工夫就是打游戏，他

玩的可不是大姑娘小媳妇玩的消消乐之类的简单游戏，而是什么王者荣耀、绝地求生那样复杂的游戏，还有的高伟强听都没听说过。打得津津有味，忘乎所以，下午没活儿了，也不回家，激战犹酣，自得其乐。

可巧的是，大厨丁远东，也是个游戏玩家，痴迷得不行，业余时间都花在上面了。两人正好半斤对八两，空下来就比试切磋，或者在网上联手对外，隔空对战一番。

有时候，两人也偶尔聊一聊丁远东的手艺。潘鑫说，东哥，我把你的菜品带回家，我妈妈喜欢得不得了，说从没吃过这么好滋味的东西，隔两天就叫我带一回，都上瘾了。丁远东就有点得意，说我烧了快二十年的菜了，专门做水产，多多少少有些体会。潘鑫就问，东哥，烧得好关键是什么呢？丁远东说用油火候什么的就不说了，关键还是调料。潘鑫问，是像十三香那样的料么？丁远东说，哪能是那样的呢？我用的料，都是自己熬的，有讲究呢。

又一日，潘鑫拿了一个空玻璃杯，央求丁远东，东哥，我妈想跟您讨一点调料，烧给她的那两个闺蜜阿姨吃，让她们见识见识什么叫绝妙味道。丁远东随手就舀了一杯给他，说不能给别人啊！潘鑫不住地点头，当然当然。

年底的时候,下了一场大雪。那天,潘鑫没有按时来上班,到了小中午才打来电话,说是骑助力车摔了一跤,左小腿骨折了,刚在医院打了石膏,怕是不能来上班了。他一再感谢高伟强,说我像猪一样,那么能吃,你还让我在那干。

高伟强没办法,只好再次招聘,一年多时间里,换了四个宰杀工,不过还好,没有多大影响,生意还是异常火爆,毕竟开饭店的关键还是在大厨。偶尔,高伟强也会有一点小遗憾,肥水还是流了外人田。

但是,丁远东自潘鑫走了以后,好像有点神不守舍,游戏玩得也不那么专注了,大概是没有像潘鑫那样的高手跟他一起玩了吧。高伟强就有点好笑,打游戏入神到这样的境地,也算是没了谁的了。

甚至,有一回,丁远东犹犹豫豫地暗示他,打算辞职出去旅游,玩几个月再说。高伟强当晚打烊之后,请他出去吃了烤串宵夜,喝了不少啤酒。

5

开春以后,听说马台街那边也开了一家干锅牛蛙店,叫什么"呱呱呱"。高伟强就想去看看,尝尝口味,如果做得好,隔得不远,会不会抢他的生意啊?

到了店里,点了一份干锅牛蛙,一尝,竟然跟自己店里的不相上下,就有点吃惊了。他跟服务员说,你家的菜做得真好,能不能请大厨出来,我敬他一杯酒啊。服务员说,好,你等着,我去问问大厨行不行。

不一会儿,服务员回来了,后面跟着一个男人,戴着厨师高帽子。打他一出现,高伟强从步伐身形,就认出来是潘鑫。

高伟强那一刻,突然不想见到潘鑫了,他迅速起身,飞快地逃离了饭店。也许,潘鑫已经看到他了吧。

如果不是当初他那点小心思,大约就不会有后面这些拉拉杂杂的故事了。他吸了一口新鲜空气,加快了步伐,得赶紧回店里,跟大厨丁远东好好谈谈。

1

那天。

祈所长陪着监察室赵主任两个人,打开了禁闭室的门。王立志连忙起身,立正敬礼,才发现没有穿警服,便把敬礼的动作顺势改成了打招呼。

赵主任和祈所长分别宣布了两条处理意见:一是记过处分,二是调整到郊区派出所做片警。严格来说,后一条算不上处理,但在王立志看来,就是一种处理,甚至比记过还要重。

赵主任问他:有什么想法?

他说:没有,听从组织处理。

祈所长说:完啦?

他说:完了。

祈所长把大檐帽摘下来,往桌子上一掼,帽子弹到了墙角。王立志捡起来,吹了吹,低着头端正地递给所长。

祈所长接了帽子,虎着脸问,你说老实话,和那女的,有没有其他狗屁叨叨的事情?

王立志说,真没有。总共见过两次,一次在派出所做询问笔录,另一次是跟她吃了一顿饭,还是我掏钱的。然后,就是借给她两千块钱,是给她半身不遂的母亲的生活费,也就是看她可怜。要是再有别的,你扒我警服!

祈所长拍着桌子说,你他妈就是个猪脑子!要好好做做透析!

祈所长气呼呼地向赵主任挥挥手说,走!让他再反省反省。

出了禁闭室,赵主任说:老祈啊,局里决定是关三天禁闭,不能随意延长,多一天哪怕多一个小时,都不行。一会儿你还得领走,现在还是你的人。

祈所长说:从你们调查的情况看,确实没有更严重的违纪,造成更大的影响?

赵主任说,他个新兵蛋子,警龄才一年多,犯不了多大的事,说的还都是老实话。万幸的是那个叫瑞哥的被抓个现行,贩毒、容留吸毒、容留妇女卖淫、强奸、非法拘禁,一堆罪名,打不打靶还难说呢!不过,已经调查过了,王立志跟他一点关系都没有。

祈所长叹口气说,那就好。又说,这小子怎么一点都不像他老子,吃了转基因食品了?名牌大学也算是白上了。本来想栽培他呢,让他到治安大队锻炼锻炼,将来成为所里的骨干。这下,所里还替他背着个违纪案件的锅,还叫我丢人现眼到禁闭室来领人,真他妈踩屎!

2

那天。

吕桂珍憋着一泡尿出了火车站。

在车上的时候,她几次想去厕所,但是又不大放心行李架上的包。里面虽然不是多值钱的东西,但都是大丫喜欢吃的。枣子、山核桃、小米糕、炸山芋干子,装了好几袋子。除了几件衣服,蛇皮袋被这些东西撑得满满当当。要是给人拎走了,在城里可就买不到了。

火车站边上有一个公共厕所,凭气味就能找到。她半扛半背着蛇皮袋,就往标着女人头像的厕所里冲,结果被一个跟她年岁相仿的胖女人拦住了,说不管大的小的都要一块钱。撒泡尿还要一块钱?没办法,只好给她一块钱,活人不能叫尿给憋死。厕所隔间太小,蛇皮袋放进去,人再蹲下就很挤了。她勉强地半蹲着,算是解决了问题。

什么大城市?给她的第一印象就不好。

但是,想到一会能见到大丫,心情便好了起来。村里人都说,她这个女儿算是养着了。跑运输的丈夫车祸走了以后,生活急转直下,靠两亩薄田和捡拾点山货,也就凑个柴米油盐。才十二岁的大丫一下子就长大了,烧饭、挑水、喂猪、砍柴都学会了，还帮她照顾小四岁的弟弟。

有钱的大户，都住在山口靠公路一带，还能做门面房开店。他们家住在山坳的最里面，屋后山上有一片坟茔，月黑风高的夜晚，就有点阴森。这么偏静的地方，要是发生点什么，都觉不出动静，有两回半夜，大黄狗突然猛烈地狂叫，吕桂珍披衣开门看了看，又没有什么情况。

有一天，大丫神秘紧张地说，好像见到鬼了，还是个女鬼，穿着白裙子，飘飘摇摇的。吕桂珍就安慰她，根本没有什么鬼，都是人心里想出来的。但是，有鬼魂出没的事情，渐渐地就传遍村子。有几个火气正旺的年轻后生，不信邪，非要到山上看看。说倘若真遇见女鬼，死了也风流。

一天夜晚，那几个年轻人悄然潜伏到坟地，紧张刺激地准备与女鬼艳遇。半夜，山风起来，吹得树叶沙沙作响，忽高忽低，像是有人说话。年轻人中有人就觉得瘆人浑身起鸡皮疙瘩，想撤退开溜。有人就战战地叱骂说是胆小鬼，不许走，要走一起走。正说着，就影影绰绰地看见有个白衣女子在林间一闪而过，吓得他们魂飞魄散，屁滚尿流，争先恐后窜下山去。

吕桂珍记得那天半夜，睡得好好的，大丫突然说猪圈好像有动静,要去看看,便嘱咐她披件衣服,别着凉。大丫应着,从衣柜里拿了件衣服就出去了。吕桂珍没在意,白天干活累了,一会儿就眯着了。恍惚中,一阵凌乱的脚步声夹杂着喘息声喊叫声打院门前窜过,直奔山下。她一个激灵、连忙披衣开门,正好大丫进了门,惊魂未定的样子,身穿一件白色的连衣裙,那是她从自己伙食费里省下的钱买的,上个月在镇上挑的。吕桂珍看看有点长开了的大丫,想想自己,说我们孤儿寡母真难啊!搂着她哭到天亮。

后来,大丫到镇上读高中,不肯住校,天天骑着自行车赶几十里路,一定要回来陪妈妈弟弟,帮着做做活。第二天天不亮又骑车赶回学校。大丫学习一向是班上最好的,年年都是三好生。但是,吕桂珍心里一直很愧疚,是家里拖累了她,最后才考了个大专。

大丫倒过来安慰吕桂珍说,妈,就是大专,我好好学也能挣大钱,将来把你和弟弟都接到城里去,过上好日子!吕桂珍搂着她说,隔那么远,你自己把日子过好就行。

头一年,一直好好的,隔三差五打电话回来,问这问那。有时候还会汇点钱回家,说是打工做家教挣的。可最近一段时间,电话也不打了,打她的手机也关机,学习再忙也不至于一点音讯都没有啊。吕桂珍心里担忧起来,这几天右眼皮还有点跳,跳得心慌。她跟村长媳妇说起这事,村长媳妇一拍大腿,说别是被骗去搞传销了吧?电视里经常放这些,说到了那儿,手机就被没收了,不许跟家里联系。不诓点人诓点钱给他们,就出不来。有的人在里边就……

吕桂珍一听就急了,二话不说,坐上汽车就往县城赶,然后又坐了火车赶到省城。

好在有地址,没费多少周折,就找到了护理专科学院。

在一个学生的带领下,吕桂珍见到了辅导员。辅导员很是诧异地说,啊?家里还不知道啊?秦红艳早就提出退学申请,退了学也不知道干什么。前几天吧,不知什么原因,又进了公安局了!

吕桂珍怔住了。

3

那天。

在"十里桃花"宽广的办公室里,秦红艳给瑞哥做按摩。

办公室在装修的时候,瑞哥对装修工人说,这间要做财务室,必须铜墙铁壁,任人在外面怎么撞怎么砸都弄不开才行。

工人便将隔墙厚度增加了两倍,安了几十公分厚的铸铁门。不但铜墙铁壁,还隔音,再大的声响,里外都互相听不到。

秦红艳手机接到一条信息,她给瑞哥看:今晚有事,早点回家。

瑞哥摸摸秦红艳的脸蛋,说这小警察叫你哄得不错嘛!你别他妈假戏真做啊!

秦红艳眼巴巴地望着瑞哥说,我生是你的人,死是你的鬼。

瑞哥亲了一下秦红艳,说这还差不多,算我没白疼你。

秦红艳趁着瑞哥高兴,小心翼翼地说,瑞哥,我想歇几天,再说,又刚做过小手术,肚子老疼,医生说要静养一个礼拜呢。

瑞哥眼皮也没抬说,你最漂亮啊,你不做,谁做?就这么几个像样的。要说手术,你为什么忘了吃药,不是自找的吗?生了孩子你拿什么养啊?还不如趁年轻多赚点,以后机会多呢。我说过,挣到五百万,我们就结婚,把你妈和弟弟接到城里来,过上好日子!

秦红艳嗫嚅着说,妈妈的生活费还没有给她打呢。

瑞哥说,那你打啊。

秦红艳说，我哪有啊，钱不都在你那儿？我只有一点零花钱。

瑞哥说，我知道了。对了，你找的人，什么时候到？

秦红艳说，一会就到，是我小一届同学，比我漂亮，还是个处呢！

瑞哥两眼放光，说，不错！找到人，能替你，你就可以歇歇，少做点。

有人敲门。瑞哥示意秦红艳去开门。

进来一个女大学生模样的女孩，胆怯地问，我是来面试的。

秦红艳从门后闪出，说，是小敏啊，你来啦！说着就亲热地上前和她搂抱了起来。

秦红艳就给小敏介绍说，这是我们公司朱总。然后，悄悄地带上了门，出去了。

4

那天。

王立志给秦红艳打电话，说要补签一个字。

秦红艳到了派出所，紧张兮兮的，以为还有什么事情。

王立志说就是补个签字。

办完了,正好到了下班时间。秦红艳说,王警官,我请你吃个饭,感谢你上次对我的教育,不知道赏脸不赏脸。王立志踌躇着,秦红艳说不方便就算了,我在这个城市,也没有什么朋友,我真心想高攀,把你当作朋友。王立志说,好,反正已经到了饭点,晚上所里还有事,我也回不了家,就吃个饭吧,但是说好了,我买单。

两人就找了个苍蝇馆子,点了两个菜,秦红艳特地要了一瓶啤酒,说,以前都是陪那些乱七八糟的人喝酒,根本就咽不下去。今天我大大方方地陪你喝,开心。王立志说晚上还有工作,不能喝。秦红艳便一个人喝了。一瓶不够,又要了一瓶。

王立志问她,现在还去不去陪酒了。秦红艳说没办法啊,偶尔有熟人联系,也会去客串一下,毕竟能挣到一些收入。同时,还在一家超市兼职打工,收入虽然不高,凑合吧。

秦红艳面颊绯红,突然,就抓住王立志的手,哭了起来。说我妈妈和弟弟的医药费,都凑不齐,贷款已经一个大窟窿了。我觉得我好没用啊!我都想退学出去打工了。

王立志抽回手,看看四周,安慰她说,不哭不哭。千万不能退学,你家里好不容易出了一个大学生,苦过这两年就

会慢慢好起来的。

秦红艳低着头，叹了口气，说我要是有你这样的男朋友就好了。

王立志说，别开玩笑，我已经有女朋友了。

最后结账的时候，王立志忽然说，你把支付宝账号给我，我转给你两千块钱，一点心意，给你妈妈看病用。记住，千万不要做退学那样的傻事啊！

秦红艳当时就要跪下，王立志连忙扶住，说就算我借你的，等你有钱了，再还我也行。

秦红艳千恩万谢，说一定要好好读书，报答他。

王立志说下次要是派出所去查，我提前告诉你，你就不要去了。但是，你不能告诉别人啊！我这可是犯错误的。

秦红艳说，我知道，不会告诉别人的。王哥，你的大恩大德，我真不知道怎么报答你！做牛做马都行。

王立志说，什么做牛做马啊？做人就行，做个好人。

5

那天。

派出所一下子带进了几十号人，大部分是女的。

女警察人手少，做尿检忙不过来。那些女孩，一副见得多了满不在乎的样子，就对年轻男警察调笑。男厕所都给她们用，还得排队。有的女孩明显就是故意逗事，进进出出几次，说尿不出来，要喝水才行。还有的阴阳怪气地说，大姨妈来了影不影响啊？然后，一伙人就哄笑成一团。协警拿了电棒出来，按得噼噼啪啪作响，火星子直冒，才算把人吓住。

王立志已经谈了两个了，进来喊第三个：秦红艳！

到！回答得很轻。王立志望过去，这个女孩和其他女孩不一样，一言不发地蹲在墙角，面色忧郁。像是知道程序似的，站起来默默地跟王立志走。

对这些女孩问话，人头多，拣重点——两个，毒品与卖淫。也不能完全按刑事案件规则那样办，询问得两人一组，事实上基本就是一个人问，另外有个警察像流动哨一样，这边坐一会，那边坐一会，算是两个人办案了。

刚进询问室，让王立志猝不及防的，秦红艳往地上一坐，号啕大哭起来。王立志叫停了她，但她肩膀仍在耸动，喘息带着哭腔。

问了自然情况和常规问题之后，王立志就直接问：为什么被带到派出所？

秦红艳又哭了起来，说家里生活困难，父亲死得早，母亲半身不遂，弟弟有小儿麻痹后遗症，自己就想晚上做点兼职，赚点钱贴补家里。也就是陪客人喝喝酒唱唱歌，其他什么事也没有。正在包间唱歌呢，就被带来了。

王立志单刀直入：有没有做？

秦红艳问：做什么啊？

王立志说：少给我装，做什么你不懂啊？

秦红艳低下头，不好意思的样子，说：哦，你说那个事啊，没有，卖艺不卖身。

王立志又问：嗑药没？

秦红艳说：那东西碰也不敢碰啊！再说，我哪有钱嗑药啊？

王立志说：有了早点说，省得尿检结果出来了难看。

又问了一些问题，问不下去了。秦红艳总是哭，又很害怕给学校知道，面临开除的严重后果，又说她要是有什么事，母亲也就活不了了，说着，就揪自己头发。

如果卖淫没有抓现行，吸毒尿检没有+号，又没搜到货，也就做不了什么处理，一般是教育教育放了。

尿检结果很快就拿到了，是阴性。王立志就教育她，以后这些地方少去,杂乱得很,大学生不好好读书,搞这些乱七八糟的事情!

秦红艳又哭,说我有什么办法,家里实在是太穷了,我连卖血都卖过。

6

那天。

秦红艳正在学校和同学们排练,学校校庆,她们四个女生代表新生排了一个《天鹅湖》的片段,靠芭蕾舞鞋站立,她才刚刚学会,要反复训练,才能站得稳。

阳光从落地窗涌进来,练功房里,一片温暖。

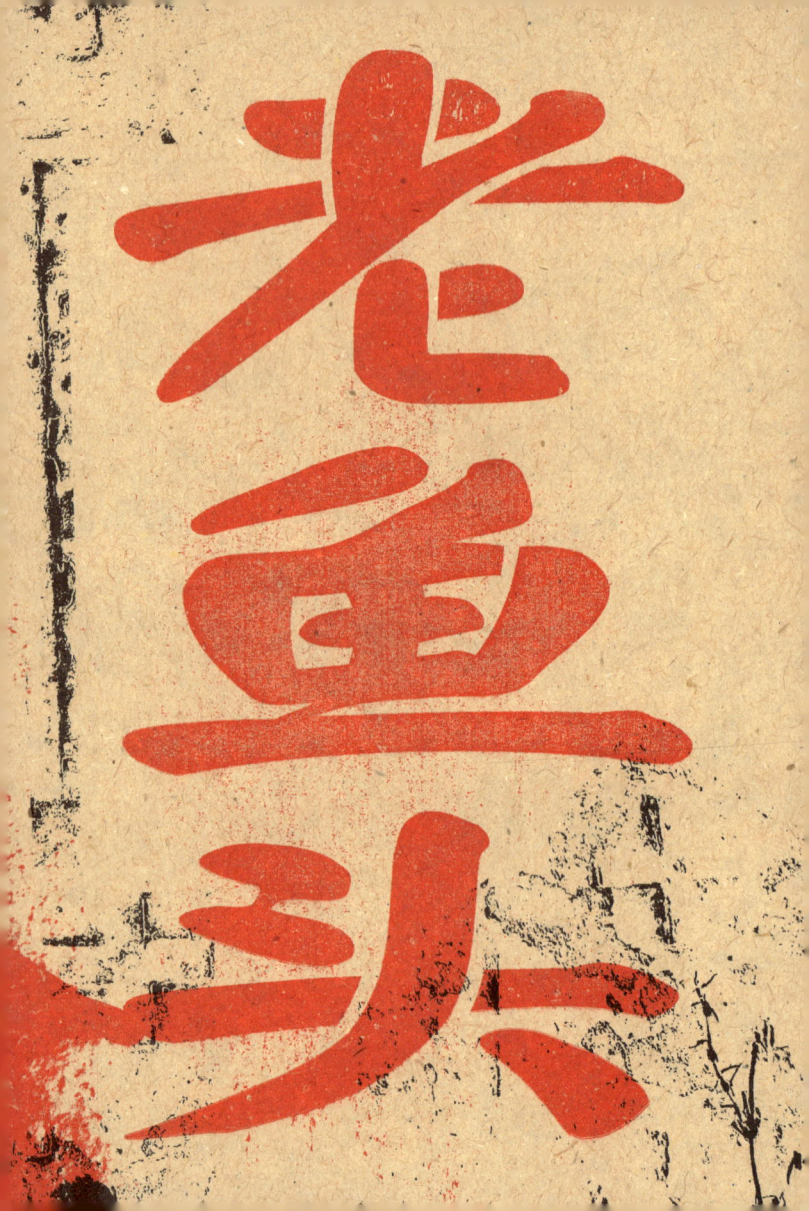

1

男人说,我出五百块,卖不卖?

女人有些犹疑,说我是放生的,不是卖的。

男人伸出右手食指,说,再加一百,不卖拉倒!

女人便不再犹疑,说,那好吧。

老鱼头看得眼珠子都要掉下来了,还有这样的情节?眼睛一眨,老母鸡变鸭了。

还带这样玩的啊?

2

老鱼头本名叫于雷,因为喜好钓鱼,也会钓鱼,人送外号"老鱼头"。其实,他并不老,但在南京的钓友中,是很有些名头的。

但他钓鱼,走的是野路子。或者说,是不上路子。

称得上钓者或是钓迷的,都得有一套装备。最起码必须有:钓竿、支架、鱼护、抄网、鱼包、遮阳伞、折叠凳。此外,还有一些零碎物件:钩、线、漂、坠、铃、铅皮、剪刀、摘钩器、失手绳、太空豆、插漂座、毛巾、线板、灯、偏光眼镜、小盆、量杯、拉饵盘、钓箱、帐篷,等等,就不细说了。

生意好不好，架子要搭好，看上去便很专业，便让人肃然起敬。

这年头，许多事情都这样。

而老鱼头的全部钓鱼家当，就是随身带的一个不起眼的小包，黑色人造革的，上面印着"安全生产100天纪念"白色字样，不知是哪一年上面发的，老鱼头在单位是电工。打开小包，里面是各种型号的鱼线鱼钩，打窝子的饵料，还有一个尼龙网兜。到哪里钓鱼，随手折根竹子、芦苇或者树枝，拴上鱼线，就能钓起来。钓饵呢，土里挖的蚯蚓，拍死的苍蝇，鲜嫩的玉米粒子，树上捉的大青虫，甚至是茅坑里的蛆虫，即采即用，简便易行。

钓鱼的功夫，不是在垂钓中心拎上几十条塘养的鱼，或者在水库里钓上一条几十斤的大家伙。在老鱼头看来，养好的鱼，让你钓，算什么本事。

老鱼头最拿手显本事的，是野钓和夜钓。

先说野钓。

到江河沟汊池塘小溪去钓，那才真正能见出功夫。隔着不知深浅的水，你弄不清对手在哪里，有多少，它们来去无踪，不见原形。和它们隔空打穴，斗智斗勇，最终以完美的弧线倏地甩出水面,一条大鱼便落入网中。这样的游戏才是最痛快最过瘾的。

春天里,正是钓鲫鱼和鲤鱼的好时节。老鱼头一般是睡个双休日的懒觉,十点钟,准时到达已经踩过点的野塘。先点上一支烟,在塘边做个安静的美男子。实际上是在看水色,看气泡,看水草,漫不经心地瞄了一会,掐灭了烟头,开工干活。找了个避风向阳的回水湾,拿酒米打了窝子,鲫鱼饿了一个冬天,就会到水温上升较快的浅水区觅食。

知己知彼,才能百战不殆。

春钓浅,夏钓阴,秋钓潭,冬钓阳。

这些,不是即兴玩玩拿一条小鱼秧子游遍微信圈的人和那些半瓶子醋的二胡卵子所能掌握领会的。

所以,别人看到他拎着一网兜四两以上的鲫鱼回家转时,只有感叹敬佩的份儿。

他一般都会把鱼分几条给左右邻居,其余的就兑给菜场的鱼贩子,换些烟酒钱。

有钓友套他的话,问在野塘里怎么能钓到这么多鱼的。他就打哈哈说,因为我姓于啊,于和鱼是音同字不同,它们不听我的么?你们不是喊我老鱼头么?

再说夜钓,那就更神乎了。

玩夜钓的,除了白天的装备,还要有夜钓灯、电子漂、夜光棒、头灯什么的。

老鱼头夜钓,和白天钓鱼一样。他不需要打夜钓灯看夜光鱼漂,完全凭手上的感觉。

有月光或者远处微弱的灯光更好,没有也没关系,因为白天已经反复观察把握,钓过多次,知道深浅缓急。黑暗中,只要水底的鱼儿,一触碰鱼饵,之后的每一个细小的动作,都会通过鱼线、鱼竿,传到他的手上,再传至大脑,然后由大脑决定相应的动作。细小到轻轻调整鱼饵的点位,欲擒故纵地诱惑移动,直至悄然地拎杆,一条鱼儿便蹿出水面。有大鱼上钩以后,他靠手感判断出鱼的分量,决定怎样遛鱼,鱼动他不动,鱼不动他再慢慢动,有规律地提竿、打竿,把鱼遛累了,顺势拎出水。

那是已经达到人竿线饵鱼整体联动,完全是本能自然的反应动作。就像开车熟稔到一定程度,根本不需要去想怎样挂挡怎样加油怎样行驶,而是人车合一,机器成了人体的一部分。老鱼头夜钓,便是这种境界。

让人想起了京剧《三岔口》。

一般是从晚上十点多,钓到凌晨三四点钟,老鱼头拎着一网兜鱼,赶到菜场,得了几张老人头。然后,回家补个觉,再去上班。

3

那天,有钓友拉他去百家湖钓鱼。天热。起了个大早,四点多钟赶到塘口,这个时候,水温也比较适宜,鱼儿又见了曙光,便开始活跃起来,正是觅食的好时机。

果然,下钩不一会,就有了动静。凭感觉,还是个不小的家伙。老鱼头也不着急,慢慢地遛着,缓缓地往岸边引。没怎么费劲,就拎了上来。

一看,却是个乌龟。看龟壳盾片上的环纹,估计已经有十几岁了。裙边上还有个孔,拴了一根红绳子。

晨练的人看了,纷纷围过来看稀奇。

乖乖,怕是有七八两重,难得!

千年王八万年龟,吃了这玩意儿大补长寿呢!

是呢,"龟身五花肉",一只龟,抵得上牛、羊、猪、鸡、鱼的营养和味道。

还拴着根红绳子呢,看来是以前有人放生的哦。

这时，有个女人凑了过来，看了乌龟，立马双手合十，嘴里念念叨叨：阿弥陀佛，阿弥陀佛！然后，对老鱼头说，师傅，这个龟不能杀、不能吃啊！

老鱼头没理会她，拿一个布袋，装了乌龟。

女人又说，师傅，行行好！行行好！把你乌龟卖给我吧，我拿了去放生。

旁边有人说，这只龟，少说也得五百块钱。

女人就说，师傅，求求你了！你就当积德行善，你和你的家人，将来会有善报的。

老鱼头被这话激灵了一下，女儿正要考大学呢！

他便把乌龟给了女人，说就收你两百块吧。

女人掏了两百块，拿了乌龟，千恩万谢，说老鱼头是活菩萨。说放一个生，等于救了捉的、杀的、吃的三个人，胜造七级浮屠还不止呢。

然后，女人便对着湖面，喊着菩萨的名字，好长一串，老鱼头听不懂，只辨得出观音菩萨和弥勒菩萨两个。女人的喊叫声庄严虔诚，却又凄厉张皇，让人凛然肃静，大气不敢出。老鱼头想起了乡下做红白喜事的人家，请和尚做法事的场景。

女人做完了仪式,又双手合十,朝着四面各拜三下。然后,拿出乌龟,正要放生呢,过来一个中年男人,说大姐,等一下,等一下。

男人提出要买那乌龟,愿意出五百块,女人拿乌龟的手便停在了半空中。

女人望望老鱼头,又望望那男人,说不卖不卖,我要放生呢!阿弥陀佛,阿弥陀佛!

男人伸出一根手指头,说我再加一百。不卖拉倒。

女人竟然同意了,要把乌龟给那男人。

4

老鱼头断然没有想到,故事情节会演变成这样,乌龟过门槛——翻过来了。

女人原来是个假善人,老鱼头觉得被欺骗戏弄了。

他撂下鱼竿,冲过去,说我不卖给你了!就抢那乌龟,女人就躲藏,说我给了你钱,就是我的了,怎么还带反悔的啊?亏你还是个男人呢!

争夺当中,乌龟伸头对女人的手就是一口,女人尖利一叫,松了手,乌龟趁机窜进水里,了无踪影。

女人的右手拇指被乌龟咬了个豁子,鲜血直流,她杀猪似的哭喊起来,救命啊!出人命啦!接着就用血乎淋啦的手往老鱼头的脸上身上抹,说你赔我乌龟!你带我去医院看病!

老鱼头整个蒙了,自己身上弄得跟车祸现场一般。没办法,只好带那女人去医院。医生说,也就是一般的小创口,只需注意不要感染就行,吃点消炎药,两三天就好了。

老鱼头安慰女人说,老话说被乌龟咬了的都是贵人呢!女人说少来这一套!赔钱!乌龟钱,看病钱,营养钱!

经过讨价还价,老鱼头最终赔了女人八百块钱,才算了事。

老鱼头出了医院,赶到湖边,那只随身带了多年的钓鱼包,却已不知所向。

他嘀咕了一句:真他妈踩屎!捡起一块石头,狠狠地扔向湖心,激起一圈圈涟漪,像乌龟盾片上的环纹。

老鱼头想,就当是做了件善事吧!

狗崽子

1

孙一如不属狗,但他的鼻子灵敏得像狗。

据科学家研究,狗鼻子上嗅觉细胞约有二十亿个。因此,狗的嗅觉比人类要灵敏一千倍,有的狗甚至是人类的一百万倍。

孙一如的鼻子,不好跟狗比,但比一般人至少也要灵敏五十倍。但他的鼻子生得很低调,就是他身形的缩微版,细长瘦削,几乎就是皮包骨头,到了鼻翼才微微鼓起一点,但又并不是那种丰满挺拔运道很旺的鼻相。

故此,他至今仍然是一名普通的初中地理老师,没有遇到什么鸿运当头的好事。

地理是副科,初中阶段只在初一、初二有,考试成绩也不计入中考总分,相当于选修课,扩大点知识面吧。因此,学生和老师的压力都不大,带讲带玩地就过去了。

政史地生组老师都集中在一个大办公室里办公,孙一如坐在斜对着门的最里面一张办公桌,桌子上放着地球仪和电脑,一圆一方,正好遮住他。进办公室的人,一般都注意不到那儿有人。他在那里两耳不闻窗外事,一心只读《中国国家地理》杂志。

孙一如的鼻子很尖,这是大家偶然发现的。

一天,他从外面回来,端起桌上的茶杯正要喝,忽然感觉不对劲,问,哪一个喝过我的杯子了?

办公室老师就笑他,谁没有杯子啊?还会喝你的?你那杯子里是十全大补汤吗?女老师撇嘴,说你那水杯都是烟臭,闻着都犯恶心。

有老师就奇怪,说你那杯子里的水不是满满的吗?没人动过啊!

他用鼻子沿杯口转着圈嗅了嗅,肯定地说,不对,不对。

至于哪里不对,他又没有说。

这当口,一个男同学喊着报告进来了,说要交历史作业本,历史老师的座位跟孙一如并排。男同学打从跟前走过时,孙一如一把抓住他,小兔崽子,是你喝了我杯子里的茶吧?

那男生一怔,便红着脸承认了。说打球热得口渴,没找到纸杯,就拿老师的杯子喝了一大口,不过,在饮水机上又给续满了。说完,给孙一如鞠了一躬,连声道歉,说下次不敢了。然后,逃也似的跑了。

教历史的林老师就有点尴尬,冲着男生的背影说,一点规矩都没有！又回过头来，对孙一如说，抱歉抱歉！教不严，师之惰。这小子还是我的课代表呢，我替他赔不是啊！

但让林老师颇为困惑的是，孙一如怎么就知道是那个男同学喝的呢，又没有亲眼看到？其他老师也都是同样的疑惑，等他的下文。

孙一如说，这还用问？我一闻，他身上的味道和茶杯口的味道是一样的，还往哪里跑？

一办公室的老师都瞪大眼睛，惊奇不已。

林老师说，你能闻出味儿？茶杯口那么一点点？那你的鼻子不就像警犬了么？说完，又觉得往狗身上比好像不大妥当，补充道，我没有不尊重你的意思啊，见谅见谅！

孙一如倒无所谓，说，论嗅觉灵敏，也只能跟狗比了。但他又谦虚地说，我的鼻子，灵敏度最多也只有一般狗的百分之二，比起训练有素的警犬，那差得老鼻子远了。

他又借着火候，做了一下科普。说人每分钟有千百万个细胞老化脱落，还有汗液、呼吸，都会留在各种物质上，有的甚至能保持几十个小时到几个月。这就是警犬为什么能嗅出嫌疑人踪迹，帮助警察破案的原因。

真是人不可貌相，海水不可斗量。都说高手在民间，就在眼前，居然真的就有如此一个高人，大家都啧啧称奇，有点漫游在科幻小说里的感觉，直到上课铃声响起，才猛然惊醒。

2

以后，政史地生组办公室的一大乐事，便是测试孙一如的嗅觉，满足大家的好奇心，美其名曰CCTV分台"走近科学"栏目。

比如，拿两杯水，一杯是清水，一杯混了微量维生素药粉的。孙一如能靠嗅觉清楚地分辨出来。

又比如，拿十枚一元的硬币，用清水洗干净，在桌上一字排开，让孙一如逐一闻过之后，叫他出去。有人把其中一个摸了一下，待孙一如再进来，重新闻一遍，便准确无误地指出被动过的那一枚。

还有，把孙一如的眼睛蒙上，叫他不许动手触摸，就靠嗅觉分出三个包包，分别是哪个女老师的。孙一如不但一一对应地报出，还顺带说出了这些包包里有饼干、话梅、橙汁、煎饼、豆浆等等。三位女老师当即尖叫起来，说太不可思议了，我们岂不是没有一点小秘密了？多可怕的事情啊！

教生理卫生的鲁莹,夸张地张大嘴,捂住胸口,好像领口里面的内容都被看到了似的。慌张地说,我就坐在孙一如前面,那我的什么什么不都叫他闻了去?

孙一如不屑地看了她一眼,说什么什么啊?你以为你身上的味道好闻啊?喷多少香水都没有用,就是一种味:来苏尔,熏鼻子!

鲁莹是个校医,原来在苏北一个县城下面的中心小学工作,不知道通过什么关系,调到了省城这所学校来。做校医没两年,又提出要开设生理卫生课,说外地许多学校都开了,对青少年身心健康非常重要。校长怎么也就听她的,试验性地开了,一个学期也没几堂课。无非就是讲讲人体构造,给女生讲讲月经,给男生讲讲遗精之类的。她不知道现在网络上什么东西没有啊,这些个孩子都无师自通,门清得很,根本不用老师去讲解。上课的时候,像放鸭子似的,同学间就哄闹嬉笑,拿人体挂图说事,讲些半黄不白的段子。下一节课的老师,要费半天嘴舌才能把他们平静下来。后来,她又给校长提出,既然上课,就应该坐到老师办公室,校长居然也就答应了,让她进了政史地生组办公室,还坐在了孙一如前面。校医室那边就让社区兼职医生在那守着,再没人的时候，就在门上留个手机号，反正学校看医生的少。这么一来，好像校医是个副业，偶尔上的一两节生理卫生课倒是主业了。鲁莹很享受学生们喊她"鲁老师"的感觉，而过去的称呼是"校医"。

鲁莹身上那种混合着香水和来苏尔的气味，变成了一种怪味，闻了很不舒服。但是每天都得面对，孙一如虽然很难受，却又没有什么办法，只能整天望其项背。

鲁莹却没事就回过头来撩他，她拨开地球仪，往孙一如鼻子跟前凑，说我教生理，你教地理，我和你，简称合在一起，就是一味中药：生地。

孙一如怎么都听出了她讨便宜和捉弄的意思。不过，没跟她计较，人家有校长撑腰呢。

过一天，孙一如很正经地对鲁莹说，李时珍对生地的评价是"服之百日面如桃花，三年轻身不老"，你要是坚持服用生地，保证会更加年轻，更加漂亮，还省了那些打玻尿酸买化妆品的钱。

鲁莹信以为真，说真的啊，李时珍真这么说的？

孙一如说，《本草纲目》里写得明明白白的，你不信到图书馆去查。另外，生地治疗妇科病也很有疗效。

狗鼻子

后来,办公室的老师,把孙一如的鼻子功夫发到了微信朋友圈里,引起一片沸腾,各种跟帖留言。

"大神啊!将来警察破案全靠你了!"

"是不是能闻到各种各样好吃的东西啊?吃货表示不服!求加好友!"

"能靠闻空气就辨别出春夏秋冬么?"

"能不能来一个人狗大战啊?要不,跟阿尔法狗比拼也行啊!"

"强烈推荐上央视的《挑战不可能》!"

"来参加我们的环保志愿者吧,让污染源无处可逃。"

孙一如苦笑笑,他们不知道感官太发达的酸甜苦辣。

固然,鼻子灵敏有很多好处。比如,家里人的衣服闭着眼睛就能分得出是谁的,穿没穿过;熟悉的人从前面走过,闭着眼睛也能闻出来;还能闻到很远地方飘来的花香,也能靠鼻子发现几十米开外的老电线发热起火。

但是,更多的是嗅觉灵敏带来的苦恼。孙一如家住在二十五层楼,却依然能闻到楼下隔条街烧烤摊子的焦煳味;新房子装潢好晾了大半年,甲醛的味道仍然挥之不去;狐臭、口气、久不洗澡的酸腐,种种特殊的味道令人恶心得要吐；还有女人身上被各种化妆品腌得入味的所谓体香，其实就是一堆化工原料杂烩的味道，比如鲁莹。

从网上得知，生活中这样嗅觉灵敏的人还不少，有的比他还要厉害。《挑战不可能》节目里，有一个选手，能靠嗅觉把十几种化学物质一一分辨出来，而这些物质非常地相似；一杯被几万倍的水稀释过的硫酸，正常人根本感觉不到，也照样能分辨出来。

他们有一个微信群，叫"狗鼻子"。其中有几个，成了好友。有时候，孙一如会和他们聊聊天说说话，反而很少讨论关于鼻子与嗅觉的事，说的都是日常生活。

3

孙一如把《中国国家地理》杂志和一份颁奖通知书恭敬地呈给校长，说要请三天假，去北京领奖。

但是，请假的事由他解释了半天，校长才听明白。

《中国国家地理》搞了一个"中国景观大道"评选，找出最能代表我国辽阔国土、壮丽山河的象征物。评选结果发现，大致沿着北纬30度线延伸的318国道是最佳选择。起点为上海人民广场，途经江苏、浙江、安徽、湖北、重庆、四川，终点为西藏聂拉木县樟木镇友谊桥，全长5476公里，是中国最长的国道。横跨了中国东中西部，揽括了平原、丘陵、盆地、山地、高原景观，包含了江浙水乡文化、天府盆地文化、西藏人文景观，拥有从成都平原到青藏高原的高山峡谷一路的惊、险、绝、美、雄、壮的景观。

孙一如利用暑假，徒步对318国道的江苏段进行了考察，做了一份很详细的分析报告，涉及地理、交通、风景、物产、历史、人文多方面内容，纵横捭阖，图文并茂，被杂志评为年度最佳文章，要对他进行奖励。

校长一瓢冷水把沉浸在兴奋之中的孙一如浇了个透心凉，说你这至多是个业余爱好，又不是正经的教研活动，怎么能请假呢？再说，你走了，学生怎么办？

孙一如说我跟李老师说好了，我出去的几天，请他代课。

校长就有点不高兴，可以啊！你们自说自话，想调课就调课，想不来就不来，学校秩序还要不要了？我这个校长还要不要了？

孙一如想得太简单了，以为就是请个假，误不了什么事情。而且，应该还是一件给学校争光长脸的好事吧？没想到被提高到这样的高度，就愣在那里，竟找不到回话了。

校长又说，听说你没事会搞那些邪门妖术，鼻子也能破案啦，都上了网络了？那你来闻闻我，看能闻出什么来？

校长这么一说，倒还提醒了孙一如。他凑近闻了闻，说校长您最近是不是不舒服，看医生比较多啊？身上的来苏尔味道比较重。不过，也不完全是来苏尔，好像还有别的味道。

这回，是校长愣住了，脸色有点变化。说，呵呵，你什么鼻子啊？瞎忽悠，看什么医生啊？我这不是好好的吗？闻不出来，不能瞎闻，更不能瞎说啊！

校长又翻了翻杂志，说《中国国家地理》，跟你的地理课好像还是有点关系的哦，还是国家级杂志呢。嗯，去就去吧，多学一点东西，回来给学生开拓开拓眼界，也是好事啊。

孙一如没想到校长的态度转变得这么快，拿着批好的请假条，再三再四地作揖谢恩。又说，校长你放心，保证完成任务。以后，再也不搞邪门妖术那些骗人的把戏了。

第二天，孙一如上班的时候，大家发现他的鼻子上贴了一块创可贴，就问怎么回事。孙一如哭丧着脸说，摔了一跤，鼻梁磕骨折了。医生说可能会影响嗅觉功能，不知道好了以后能不能恢复呢。

大家就很遗憾,说那你的特异功要是没有了,不就跟我们鼻子一样了么?就负责个进气出气了,那多可惜啊!

孙一如说,还特异功能呢,能进出气就不错了。

4

教历史的林老师,问孙一如,你要仔细闻的话,我们这政史地生组办公室里,究竟是什么味道?

孙一如说,那我实话告诉你,不能细闻,我闻到的全是一种味道:屁味!

1

还有三分钟早读就开始了,汪凤抱着一叠书本正往教室赶,就听后面传来数学林老师的声音:汪老师,你等一等!

还没到跟前,林老师就嚷嚷着说,哎呀,不得了呀!你上电视啦!

汪凤并没有理会,因为她名字的原因,大家经常拿她跟那个著名男歌星相提并论,开这样那样的玩笑。

林老师一把抓住她说,这回不是开玩笑,你真的上电视了,几百寸大屏幕,在马路上不停地播放着呢!

汪凤迟疑地停下脚步,问怎么回事。

原来,刚才在上班路上,快到学校的路口,汪凤骑电动车闯了红灯,被探头拍下来,作为违反交通法规的反面教材,挂在屏幕上警示群众呢!

她想起来了,因为要赶早读,在路口好像是直接冲过来了。谁知道这路口的监控,还抓拍非机动车啊!

这个路口是进出学校唯一的通道,全校一到六年级的所有学生,还有老师,包括接送孩子的家长,都得从路口过。

汪凤脸色一下子变了!

她问林老师,这会儿还在播放么?

林老师说,刚才我过来的时候,还在放呢!好像有孩子认出是你了,在路上就喊,汪老师!汪老师!

汪凤把书本往林老师怀里一塞,说,你一会去我班上,安顿一下孩子,我去看一下。

2

汪凤气喘吁吁地赶到路口。

正是早高峰时刻,车水马龙,熙来攘往。

果然,南北向路口两侧,分别悬挂着两个超大的屏幕,正在播放非机动车闯红灯的视频,其中有大约三秒钟的画面是汪凤的,而且还有一个特写。特别不巧的是,因为骑得比较快,风把裙子都撩了起来,汪凤一只手慌乱地按着裙摆,所幸还没有露出裙底,但是已经够狼狈的了。

她不顾车流人流,朝着路口中间的执勤交警就冲了过去。

交警用手势和哨子尖利的"瞿瞿"声制止汪凤,但汪凤只当耳旁风,仍然往前冲。一辆轿车戛然刹住,差点撞到她,司机伸头骂了她一句:大清八早的,你赶死啊!

冲到交警跟前,交警也斥责她:你不要命啦?

汪凤顾不了这些,她开始向交警申诉。但是,说得断断续续的，因为交警要不断地转身，对着各个方向指挥交通。

交警大概听懂了意思。呵呵了一声，说没罚你款就不错了。还是老师啊！为人师表哦！

汪凤听出交警的话里有揶揄的意思，很不舒服，说为人师表怎么啦？我还是全省优秀班主任呢！

交警耸耸肩，说你就是全国优秀班主任，也不能违反交通法规啊！这大屏幕是一组一组滚动播放，刹不住的，只有等到下一组来替换；再说，我只管指挥交通，怎么放，怎么停，不归我管。要么，你去交警大队，找我们头儿去，别在这儿影响我执行公务。

汪凤也这么想，跟你这个小交警说没有用，我找你们领导去。

3

汪凤又跟学校请假，说是家里有急火烧眉毛的事。

然后，她打了个车，奔到交警大队。交警大队冷冷清清，一问，包括大队长在内的大部分交警，都上各个路口激战早高峰去了。

反正已经请了假，干脆就等吧。

这工夫，汪凤把自己从前往后捋了一遍。

也许，世界上有些人，注定就是要从事某一项职业。就像她，大概就是注定要做老师，甚至可以说是为做老师而生的，别无选择。

曾经，她有点头疼脑热，不用打针吃药，只要往讲台上一站，很快就从能病痛的氛围中走出来。是注意力转移也好，是感冒发烧有个周期也罢，反正没两天，就痊愈了，奇妙得很。

当初，她只是山里一所小学的民办老师，只有一个班，十来个孩子，复式教学。老师就校长和她两个人，什么都教。"校长带校工，上课带打钟。"在那样的艰苦环境里，她真叫个痴心不改，乐在其中。山沟沟里走出的孩子们，有三个后来都上了大学。因为工作出色，她被调进县中心小学，最后，又调入省城的这所知名小学。一路走来，可以说把青春汗水都奉献给孩子们了，回报她的是，桃李满天下和一大摞获奖证书。

可是，孩子们看到她闯红灯的镜头，会怎么想？

她不敢想象。

终于等到大队长他们回来了。汪凤还没开口说话呢，就失声痛哭起来,大队长一头雾水,以为是出了什么交通事故。弄清原委之后,大队长严肃地批评了汪凤,说你还是老师呢,要时时处处给孩子们做楷模啊!

她就忙不迭地自我批评,又解释说赶早读,走得急,就没在意红灯。我错了,该罚款罚款,罚我多少我都认!就是求你们不要再播放行不行?能不能把它给删掉?

大队长说,你接受教训就好了。至于大屏幕播放的事,也是为了整治交通秩序,不得已而为之。不播可以,但不能删除销毁,这是事实证据,也是工作内容,请你理解。

她千恩万谢,恨不得给大队长磕头。

4

汪凤暗自庆幸,以为这件事也就到此为止了。

回到学校之后,她所担心的事情并没有发生。校长没有找她,学生有极个别见了她便咬耳朵的,但是也没什么大的反应,老师也只是当笑话讲,讲完了也就完了,该干什么干什么,仿佛都见怪不怪了,或者根本就没当回事。

她暗暗地松了一口气。

吃过晚饭以后,本来很少看电视的她,却鬼使神差地打开了电视,先看中央电视台的《新闻联播》,然后是《法治新闻》,播放了一条全国整治交通秩序的综合报道,她闯红灯的镜头赫然在目!只是缩短成一秒半左右,虽然被打了马赛克,但隐隐约约好像还能看得出是她,那条裙子她已经穿了两三年了。

动静这么大!岂不是全国人民都能看到她了?更不用说她那些满天下的桃李了。

怎么样也没想到,辛辛苦苦干了这么多年,一个小小的失误,倒成了全国的反面典型了!

5

汪凤真的病倒了。

这回生病,靠站讲台还能不能治愈呢?

我死都不会瞑目啊!

见到他的时候,他说的第一句话就是这句。以后,又反复说到。

然后,就感叹:唉!真是一步错,步步错啊!

瘦骨嶙峋的手,在表达"一"的时候,食指是弯曲且颤抖的。

那天晚上,轮到他站下半夜的岗哨。

队伍驻扎的地方,离他家只有十里地。连长说了,要在这儿要修整三五天,然后才会开拔。

没见到母亲,已经整整三年了。父亲死得早,母亲吃尽千辛万苦,把他和妹妹拉扯大,熬得背驼了,头白了,眼睛也快瞎了。

他想,下了哨就走。赶到家,叫声妈,磕个头,挑缸水,就往回赶。来回也就个把时辰,回过头还上得了早操。

他摸了摸怀里的两个馍,还热乎着呢!

后半夜的月色很亮,他也走得很快。

眼前多少遍浮现着母子相见的场景:母亲不敢相信自己

的眼睛，端着油灯从上到下照了个遍。然后，紧紧搂着他，喊他的小名儿。母亲的胸怀很暖，很暖。

开始下霜了，脚底下有点滑，好几次他一个趔趄差点摔倒。

已经模模糊糊看得出村口的老槐树，往东数第三家，就是他的日思夜想。

不由得加快了脚步，胸口和着脚步扑通扑通地跳。

突然，他刹住了脚步。猛然一回头，往来路上凝神远望侧耳倾听了一会儿。

他又趴在地上，把耳朵贴紧路面，紧张地听着。尽量地凝神静气，怕被心跳的声音干扰了。又换了一只耳朵，努力地听。

战斗的经验与敏感告诉他，是部队移动的声息。隐隐约约，若有若无。

他伏在地上声嘶力竭地哭喊起来，骂连长，你他妈不是说要修整三五天的吗？我操你妈八辈儿祖宗！

等到他浑身是汗跌跌撞撞地赶回驻地，早已不见一兵一卒。他轰然一歪，虚脱倒地。

待他醒来,一问,说是部队接到紧急命令,连夜开拔,兵贵神速。至于去向,军事机密,无人知晓。

他跑到村口观察,几个路口,不管是脚印还是其他什么痕迹,一点也没有。

根据部队最近几次战斗和行军的轨迹,他判断,应该是去攻打县城,而且是突然袭击!

他拔腿就往县城方向跑,巴望能追上部队,赶上攻城一战。他要将功补过,拼了性命冲杀在前。

太阳提早升起来了,明晃晃的,像个大火球。烤得他口干舌燥,头晕目眩。

他并不知道,他其实是在南辕北辙的路上渐行渐远。

突然,前面出现了一条河,水碧绿碧绿,清凉诱人。他一个猛子扎了下去……

是国军把他从河里捞上来的。

那时,战事吃紧,国军也在招兵买马,就把他留了下来,编在某连某排,驻在县城西南,守外围。

他没说什么,在人屋檐下。何况,人家毕竟救了他一命。

但他不可能调转枪口打自己兄弟啊。所以,虽然顺势留下，头脑里整天想的还是怎么逃跑。

后来,两军在城外交上了火。他假装受伤,滚下了山崖。

他到处打听,有没有原来部队的行踪,但凡得到一丁点信息,就跟踪而去。

但是,直到解放,终于也没有找到。听说部队伤亡很重,有的整建制的连只有一两个幸存者。原先的番号早就打散,重新整编。

他不知所以地回到家乡,没有组织上的人陪同,也没有部队的介绍信证明信函什么的,只有一个包袱,里面是他原来穿的军装。他拿出来给每一个人看。

但是,没有人相信他。

乡里组织人内查外调的结果是:有人证明他入伍,有人证明他不知去向,有人证明他加入国军,有人证明他从国军失踪。那天晚上发生的事情,只有他一个人说,自己证明不了自己。

再后来,各种运动,各种审查,各种痛苦。

我把他的情况向民政局反映,都九十岁的老人了,能不能比照国民党抗战老兵政策,给他一点补助什么的啊?

民政局同志说，且不说他没有参加过抗战，单是他的身份认定就很困难。

我说他就是国民党军身份又怎样呢？

民政局同志苦笑着说，就算他是国民党军，也是逃兵啊！

当他听说我帮他找民政局，摇摇头说，没有用的。再说，我不要什么补助，也不要什么待遇。我就想在我死之前，能把这顶帽子给去掉。

1

那年,张红随父母从南京下放到苏北的淮安,才十来岁。

父亲当时是十三级干部,相当于现在的厅级。

大队书记感慨说,县委书记也没有你的官大啊!唉,这么大的干部,怎么也到乡下来受这个罪啊?还拖家带口的,真难为你了。

村民们不管什么形势政策,也不懂什么行政级别,就知道城里人到乡下来,落难似的,不容易,得帮。

小麦、棒子、花生、锄头、镰刀、筛子,还有青菜萝卜,院子里堆了一地,都是村民送来的。

他们又帮着收拾屋子,贴报纸,糊窗棂,拉电线,接广播,挑了满满一缸水,堆了高高一垛柴。

有人还送来一只小狗,两三个月大,说养大了看家,顶半个人用。

小狗就是农村常见的那种土狗,公的,一身黑,眼睛特别地亮,叫声像个孩子。张红想起了在城里时烧火的煤球,黑不溜秋的,就给它起了个名字叫煤球。

张红抱了煤球就不肯撒手,她太喜欢这个可爱的小宝贝了。

她给在部队的哥哥姐姐写信说，我有一个小弟弟啦，你们不在家我也有人玩了。还在信的末尾，画了煤球的肖像，头大身子小，咧着嘴笑。又加了引号括起来的四个字："汪汪！汪汪！"

2

真是愁养不愁长，转年，煤球就蹿成大小伙子了，虎里虎气的。

那时，家家户户的门也都不上锁，至多是在门别子眼里，插根树枝铁丝什么的，表示这家人出门了，有事过后再来。

因此，煤球的看家本领也没有多大的发挥空间，主要是生人来了报个信。

但是，这并不妨碍煤球的警惕性和素质训练。它会时不时悄无声息地摸到门口，伸头察看一下周围动静，再用鼻子嗅嗅门里门外，好像不定时地巡逻似的。即使打瞌睡，它也总是背对着墙根或者其他硬实的东西，一旦有动静，便一跃而起，背后有个支撑，会很有力地冲将出去。

真的有生人来了，它会几个箭步冲到来人的脚下。同时，使劲张大嘴巴，用洪荒之力发出吠叫，尖利而凶狠，来人往往就被吓得抱头鼠窜。但来人多半是来找家里人的,被喝止后,煤球满脸不解地走开,也并不走远,只是伏在一边,仍然敌视地看着来人的一举一动,随时准备做出应急反应。

后来,两个哥哥姐姐从部队复员,问寻着找到了乡下家里。

奇怪的是煤球看见了,远远地就晃动着开心的尾巴,围着他俩不停地转圈,嘴里还"咕咕"地叫唤。要知道,煤球是从来没有见过他们啊。

这让一家人和来看热闹的邻居们啧啧称奇,都感叹说这狗通人性,神了神了。

是因为他们俩长得跟张红相像,还是因为一家人的气息相同,谁都解释不了。

3

要说气息,煤球还是对张红最熟悉,从她的身影、声音、动作,到她大大小小的物件,甚至是她要好的同学邻居。

张红说,煤球,我要上学了,煤球会把书包给她叼来。

张红说,煤球,把这支铅笔给小桃红送去,煤球就会叼着铅笔摇着尾巴走了。过一会儿,又摇着尾巴回来,表示已经顺利送到,有时候还会捎回来一张小纸条什么的。和现在的快

递小哥相比，方便快捷，不耗流量，不花费用，不怕遗失。

张红上学的路上要经过一条小河沟，下大雨会漫起来，她蹚过去时就有点害怕。每一次煤球就会自己先跳下去，一边游水，一边试探着水深，张红知道跟着煤球走的路径，就不会滑到深处。煤球上了岸，抖抖身上的水，坐在河边看着张红往学校方向走去。到了傍晚放学的时候，煤球又会坐在那儿，等张红放学回来，再陪着她过河回家。

家里养的一头猪，名叫猪八戒，也是张红的好伙伴。她经常会骑着猪八戒去河边，一个吃草，一个挑菜。有一回，猪圈的栅栏给拱开了，猪八戒连夜出逃，不知所向。一头猪可是全家大半年的口粮，要是给人弄了去卖给小刀手，那不但是白养还要倒贴呢。张红便把寻猪的艰巨任务交给了煤球，而且下了死命令，说找不到就不准回来了。

都以为是千难万难的事情，煤球也不过就是东闻闻西嗅嗅，没出一顿饭工夫，一犬一猪，就结伴而归。

4

突然，父亲接到了县委的调令，要他到县委宣传部上班，并要求三天之内报到，全家先搬到县委招待所住。这是天大的好事啊,一家人喜极而泣,开始了紧张兴奋的准备工作。

鸡鹅鸭猪、自留地里的庄稼、房前屋后种的树、置办的一些农具等等,都分给了邻居乡亲。但是,什么都安排妥当了,只有煤球不好安排。本来想带到县城,但是县委招待所不允许养狗;又想送给邻居吧,煤球根本就不理会,摇着尾巴又回来了。后来想要送就送得远远的,弄了个尿素袋子,把煤球装了,送到了十几里远的另外一个大队,给了一个下放户,结果人还没到家呢,煤球已经到家了,只当是出去溜达了一圈!

猫走千里,狗走八百,本事大着呢。

这些都是背着张红做的。

邻居跟着瞎出主意,说干脆打了吃掉算了,庆贺你们一家进城了,弄点萝卜炖了才香呢。这是万万使不得的,且不说一家人对煤球的感情,单是张红就交代不过去。

但这个主意,也给父亲指了一条路。自己不忍心吃,给了别人会不会被吃,也就顾不上了,时间太紧,不能为一条狗纠结。

一家人改变境遇是头等大事。

当父亲把杀狗的带到家里的时候，却怎么也找不到煤球了。

父亲明白了，但也没办法，只得叫张红去把煤球找回来。张红在生产队的牛棚里找到了煤球，煤球一脸哀怨，任凭张红怎么呵斥，就是不走。张红只好抱着它，还说等回家再教育你！你不想跟我们进城啦？

到了家门口，煤球突然从张红怀里窜出，冲着那个杀狗的，狂吠不已，死活不肯进门。

县里来的吉普车已经到了家门口，父亲招呼一家人赶快上车，同时，他给杀狗的使了个眼色。待上了车，张红高声呼喊煤球，却没有回应，父亲说一会它自己会追上来的。

5

张红为了煤球，哭了很久。听到有狗叫声，就以为是煤球回来了；夜里经常做噩梦，凄厉地唤着煤球。

父亲觉得做了一件愚蠢的事情，深深地内疚。都说狗通人性，可是，人性呢？

母亲也悄悄地抹泪，说那不光是一条命，还是我们最困难的时候，一个伙伴，一种寄托啊！

母亲坐了长途汽车回到乡下，找到了那个杀狗的，把煤球的皮子要了回来，做成了一条小被子，被面印有鸡鸭猫狗兔各种小动物图案，其中小狗是黑色的。

冬天，小被子特别地暖和。

张红并不知道被里是煤球的皮毛，但是盖了之后，就没再做过噩梦了。

1

李树堂家在浦口的老山脚下。门前有两棵树，一棵是泡桐，另一棵也是泡桐。

前年，政府修公路，正好打门前经过，泡桐树必须让路。虽然也给了青苗补偿，但他心疼那两棵树，刚种下一年不到，才小碗口般粗细，砍掉太可惜了。趁着有挖掘机在施工，就花了两包烟，请司机给刨了出来，又在屋后挖了两个坑，移栽了过去。

"一年杆，二年伞，三年锯成板"，泡桐泼辣，长得飞快，没两年，就蹿到二层楼那么高了。宽大的叶子，像个小蒲扇，风一过，晃晃悠悠。远远望去，两棵树像两个巨大的绿伞，掩映着李树堂的屋子，看着跟画里似的。

两棵树长得茂盛，绿油油的。就有喜鹊在上面搭窝，先是这边树上搭了一个，后来那边树上也搭了一个。一共四只喜鹊，每天清晨，叽叽喳喳叫个不停，李树堂就当作闹钟，准时起床。还能当天气预报听，"喜鹊枝头叫，出门晴天报"，"久晴鹊噪雨，久雨鹊噪晴"，还准得很呢。

当然，最主要的还是，喜鹊喜鹊，吉祥喜兴，好兆头。自从喜鹊登枝以后，李树堂的玉石加工厂业务呼噜呼噜往上涨，虽然都是捡拾玉器厂的一些下脚废料，但加工成手串项链之类的小饰品，赚头也还可以。盖房、买车、娶儿媳妇、嫁闺女的钱，都是从一百平米不到的小厂里，从碎石头堆里，扒拉出来的。为此，他还专门去玉器厂请大师傅雕了一件《喜鹊登枝》，放在厂里，既镇宅又撑门面。

所以，每天早晚，他都会在院子里撒点瓜果杂粮碎米屑子什么的，喜鹊见了便叫唤着落下来，快活地边叫边吃。吃完了，还在院子里叫唤一阵子，仿佛是表达谢意似的。他也会跟它们聊聊天，信马由缰地说点什么。喜鹊通人性，与人相处久了，似乎能听得懂他说些什么，会叽叽喳喳地回应着。

他嘱咐家人特别是孩子，不要惊扰喜鹊，说，它们是我们家的吉祥鸟呢。

2

忽然有一天，落下来吃食的，只有三只喜鹊。李树堂仰头一看，还有一只缩在窝里，不为所动。根据平时观察，应该是只母喜鹊。难道是下蛋了？其他喜鹊吃了一会，跟它是一对的那只公喜鹊，飞到窝边，叽叽喳喳地叫，还上蹿下跳，好像和母喜鹊打情骂俏，又好像是大声报喜一样。李树堂想，看这架势，八九不离十了。

李树堂很是开心，喜鹊不但在他家落脚，还繁衍后代。说明他家环境好，风水好，还要旺。当然，也不枉他疼爱它们一场。

他特地准备了一些棉花絮和细甘草放在院子里，让它们衔去垫在窝里，软和透气。又煮了鸡蛋，用蛋黄和小米拌了，装在小盒子里，拿竹竿挑了，挂到窝边，让母喜鹊随时可以吃到，补充营养。

就等着小喜鹊出生了。

谁知，最近出了两个状况，让李树堂担心起来。一个是，不知道哪儿来的一只野猫，会往树上爬，说不定猫会把喜鹊蛋给吃了。另一个是，村长金吉林家的孙子金豆子，十二三岁，正是狗嫌猫烦的时候，也是被惯坏了，仗着家里有权有势，到处惹是生非，有时候也会爬树掏鸟窝，前几天就来瞄过。

总不能拿网子把树给罩起来吧？李树堂都愁死了。

那天，他到厂里，看到车工在加工手串的珠子，灵机一动，突发奇想。

3

趁给母喜鹊送食的时候,李树堂架了梯子,把四颗石蛋放进喜鹊窝,青灰色的壳,深浅不一的灰黑色点子,略带点椭圆,发出微微的光泽,和喜鹊蛋比较,竟然真假难辨。那是因为,他之前仔细观察过,又亲自上手,照着样子车出来的,同款的石料费了好大劲才找到的呢。

母喜鹊吃食的当口,他把喜鹊蛋小心翼翼地换了出来。

他把喜鹊蛋送到表侄的炕房里,据说孵化温度和鸡蛋差不多,但时间少个四五天。他叮嘱表侄,要注意观察,有情况随时报告,出了小喜鹊,先在炕房养两天。

开始,母喜鹊大概是没有发现,依然天天在窝里孵着。后来,好像觉得有点不对劲,冲着李树堂大声叫唤。李树堂只好跟它说实话,说怕你的蛋被猫吃了,或者被小孩子掏走,那怎么办?我已经送到炕房里去了,等到抱出小喜鹊,我就把你的孩子送回来。

母喜鹊不知道是听懂了,还是无可奈何,叫了两天,也就不叫唤了。

隔两天,李树堂就会到炕房去看看,每次都一样,暖黄色的灯温暖地照着,喜鹊蛋静静地和鸡蛋在一起,一点反应都没有。表侄就笑,说叔叔怎么跟小娃儿似的。这跟孵鸡蛋一样的,不到时候,哪能出来呢?

终于,到了第十八天,表侄打电话说,四只前前后后都出来了。

刚出生的小喜鹊,通体透明,血管都能看得到,粉嫩粉嫩的,仿佛一碰就会破,身上长了稀稀拉拉的绒毛,有的地方仅仅是个毛根。小喜鹊匍匐在匾里,完全没有力气。但是,嘴巴不时地张开,张得好大,都能看到食管,发出嘤嘤的声音。看了就叫人欢喜,他想用手摸摸,又怕有细菌,便缩了回来。

又过两天,在表侄的精心照料下,四只小家伙有点能颤颤悠悠地站起来了,他决定要赶快送回窝里,不然,大了,妈妈可能就不认了。

当他把小喜鹊送回窝里的时候,却发现四颗石蛋不见了!以为是母喜鹊发现猫腻之后,将它们弄到外面去了,也就没怎么在意。但是,他从梯子上下来之后,围着两棵树找了半天,也没发现一颗石蛋。

他估猜,是金豆子给掏走了。

4

果然是金豆子掏走的。

那天,他一共掏了四个鸟窝,掏到十一颗鸟蛋和两只雏鸟。回家后,就喊了两个同学,在屋后架起砖头,支了个简易的小灶,用柴火烤小鸟和鸟蛋吃。但是,七颗鸟蛋和两只小鸟都烤得香喷喷的,三人分了吃了。另外四颗鸟蛋在火堆里烤了半天,不但没熟,咬了还硌牙。不过,金豆子觉得挺好玩的,扔了可惜,就捡出来擦擦,带回去了。

金豆子回到家,刚进家门,迎面碰上爷爷。金吉林见孙子满嘴都是黑乌乌的柴火灰,就审问他干什么去了,金豆子只好老实交代。

金吉林将四颗蛋擦洗干净,但是,被烟熏火燎过,已经看不出原来的模样,倒像古旧玩物。摇摇,没有动静;对着阳光照照,透不过一丝光亮;闻闻,就是烟火味;拿指甲弹弹,硬邦邦的。总之,好像不是鸟蛋。

金吉林反复询问孙子,真的是从鸟窝里掏出来的吗?金豆子说真是的。他又问,是哪里的鸟窝,金豆子想了半天,说记不得了,掏了四个鸟窝,哪记得是哪个窝里的。

金吉林很奇怪,自己在山里生活了六十年,从来没见过

没也听说过，鸟会生出这个？但看这形状模样，又确实像鸟蛋。他觉得这应该是个异物，说不定是个值钱的东西。他嘱咐孙子不要跟别人说，不然，掏鸟窝要被罚款的，还要告诉他老师。金豆子将信将疑地答应了，主要是怕告到老师那里去。

得找个懂行的人给掌掌眼。他七拐八弯地在珠江镇找到了一个姓江的大师，江湖上都尊称江老，对古玩老物件很有研究。据说2011年中央电视台《寻宝》栏目走进南京，还请他去开过座谈会。家里七七八八摆了一些佛像花瓶字画什么的，墙上还有几张跟什么人的合影。金吉林虽然不认识，却有点肃然起敬起来。

江老听了金吉林关于"鸟蛋"的来龙去脉，又拿放大镜仔细研究半天，不时瞄瞄金吉林，然后干咳了两声。说，了不得，你捡了个宝贝啊！待金吉林眼巴巴地等着下文，却又缄默不言了。金吉林连忙递上一支烟，江老摆摆手。说，我给人鉴宝，是要收费的。金吉林连忙问，您看多少钱？江老伸出两个手指头。金吉林问，两百？江老不以为然地哼笑两声。金吉林觉得的确是少了，又问，两千？江老挥挥手说，好了好了，就这样，都是朋友介绍来的，我就给你优惠了。看过以后，会给你一个鉴定证书，凭我的签字，到拍卖会都管用的！金吉林躬身哈腰再三感谢。

金吉林连忙到隔壁农行，给江老的账号里打了两千块钱。

江老确认收到钱以后，才给金吉林娓娓道来。说这个就是传说中的青泥珠。武则天时代，西藩国献给她一颗青泥珠。武则天不识宝物，随手就赏给了西明寺的和尚，和尚把这颗珠子镶嵌在金刚的脑门上。有个胡人借着听经，每次看宝贝似的都盯着珠子看，和尚看出胡人的心思，晓得是个宝贝，后来十万贯卖给了胡人。胡人想把珠子带出去，又怕被查到，就忍痛在腿上划了条口子，把珠子放进去再缝上，让皮肉再慢慢长起来。结果，还是走漏了消息，武则天听说之后，派人把珠子追了回来。胡人说这青泥珠是个宝贝，西藩国有个青泥泊，泊中有许多珍珠宝贝，但淤泥太深，无法将珍宝弄上来。如果把这颗青泥珠投到泊中，淤泥就会变成清水，就能得到珍宝了。

金吉林听得大眼瞪小眼，问江老，这玩意儿是唐朝留下的？

江老笑笑说，如果真是唐朝留下的，那可是价值连城了。只是这么一个说法而已，唐朝的东西怎么会在鸟窝里呢？实话告诉你吧，这就是鸟胃里的结石，人的结石不值钱，但动物的结石就值钱了。听说过狗宝吧？没听过没关系，你找人问问，或者查查《中国药典》。狗宝就是狗的结石，是一味中药，用它泡水喝，开郁结、解诸毒，治疗癌症有奇效。比黄金都贵呢！上次有人拿一个鸡蛋大小的狗宝，在北京拍卖会上，卖了二十八万！你这个是鸟身上的，个头小，但怎么也得卖个三万五万的，就看有没有人识货了。

金吉林觉得自己要飘到天上了。他拿着签有江湖海大名的鉴定证书，千恩万谢地告别江老。出了门，觉得谢意还不够，又到超市买了一条苏烟，送给江老，江老也不客气，就收下了。拱手作揖说金老板发财，金老板发财！

5

没有不透风的墙。

村里有人传，金吉林不知从哪儿得了几颗珠子，听说是唐朝的宝贝，一颗就值几万块钱呢！

李树堂听了就想笑，编戏文也不敢这么编啊！

后来金吉林把珠子中的一颗送给了镇上的领导，一颗自己留着，一颗要传给孙子。还有一颗，请人拿到上海的一个拍卖会上去拍卖，光保证金就交了七八千。但是，一直没听说有什么下文。

1

李德军喝口酒,又夹了一口菜,问吴林海,当初你把儿媳妇弄进去的时候,花了不少钱吧?

吴林海伸出三个手指头,这个数。

李德军把筷子一撂,喉咙蛮深的嘛!哎,讲句不好听的话,肉烂在自己家锅里,总比叫那老家伙糟蹋强啊!

放你的狗臭屁!

这小女人把你儿子蹬掉,那是迟早的事,还这么护着她啊?

信不信我杵死你!你个乌鸦嘴!她跑了,我孙子怎么办?

我就是这么一说,别上火嘛!来,走一个!你是老大,见多识广,主意多,你自己看着办。反正我就一句话,用得着兄弟我的地方,荤的素的,只管说!

这不是还没有证据吗?说到风就是雨的,弄得不好,就满城风雨。那样的话,我们父子俩还做不做人了?而且,这样一来,不就是把人往外推吗?那不是中了人家的计了吗!

还没有证据?机关里和下面的单位都传雾掉了,说他们俩出来进去成双成对,老家伙连出差下基层都带着她呢!

别人再怎么传,你不要跟着瞎起哄就行了,尤其是我儿子那边。他是个闷头鸡子,头脑少根筋,木骨得很,要么是呆鹅反应不过来，要么是拎把菜刀跟人拼命。

知道知道，我要是瞎传，是这个养的！李德军用手指比画了个王八，还在桌子上爬了几步。

吴林海他们几个给部委办局领导开车的司机，有一个小圈子，经常聚在一起，喝喝小酒，扯扯机关里的八卦。他岁数大，资历深，他们就称呼他老大。李德军过去是给工商局长开车的，直爽讲义气，但头脑比较简单。吴林海怕他成事不足败事有余，就冲着他摆摆手，说你也不要乌龟王八蛋地比画了，只要不要添乱就好。这个事情怎么弄，我有数。

李德军端起酒杯敬吴林海，好好好，喝酒喝酒！不过，不能便宜了那老家伙！

2

吴林海肠子都悔青了，自己这不是花钱挖个粪坑，自己又往下跳么？还屎屎尿尿呛得满嘴满鼻子的。

说实话，向琳琳还是蛮有上进心的，大学毕业，学的金融，是个满大街一抓一大把的所谓热门专业，找工作却很难。银行进人大部分都是关系户，要么是大老板有钱，要么是当官的有权。交换的条件是，他们给银行弄到存款，银行给他们安排子女。向琳琳家是农村的，没有一点背景。吴林海呢，不过是机关的一个司机，以前还可以打着局长的旗号办点小事，车改一搞，没有专车了，他也老米跌价了。在机关服务公司车队开车，也算不得什么多大本事，现在女人都会开车。向琳琳工作几年，不断地跳槽，换了几家公司，都干得不如意。连着考了两年的公务员，结果像国家足球队似的，门边都没沾到。

吴林海的儿子吴晓宁，在一家小公司管后勤，收入一般，人又木讷，向琳琳嫁给他，也是为了在南京落脚，就有点降低身段的意思。吴家总觉得亏欠了她。

在机关这么多年，不吃猪肉也见过猪跑，没见过猪跑也听过猪哼哼。这个社会就这样，尤其是在机关大院，现实得很，势利得很。吴林海只有一条路可走：砸钱。

还是原来的老领导赵局长，念他开车服务多年，对领导家里家外吃喝拉撒照顾得也很尽心，就出面找了电子局的局长钱鹤鸣，让他在底下的事业单位，把向琳琳给安插了进去，虽然暂时是聘用的，还没有编制，但也算是公家人了。请客吃饭带送礼，七七八八花了四五万，其中三万块是单独给钱局长的一张卡。向琳琳也争气，在单位勤快认真，还拿过先进。转年,又给吴家添了个大头孙子。吴林海觉得,钱花得还是值得的。

但是,谁知道会发展成这样一污尽糟的呢?那个姓钱的,快二线了,居然色心不死,都能做向琳琳的爹了,还干出这种事来。向琳琳也是的,说是在单位好好干,第一步先解决编制问题,第二步在职继续考公务员,最后端上铁饭碗。但你也不能这么贱,拿身子去换啊!

当然,话是这么说,但现在吴林海也拿不出任何有关向琳琳卖身求职的证据,有的只是李德军他们传来的流言。可无风不起浪啊!

一定要查个水落石出!

吴林海后槽牙紧咬,从牙缝里蹦出一句话:姓钱的,从今以后,你就是我吴林海的仇家!

3

吴林海托人搞到一种药水,人吃了,暂时不会致命,但连续一段时间服用以后,就会缓慢地中毒,并且不断地加深,最后心力衰竭死亡。然后,他又买了两条中华烟,把大包装拆开,将烟一包一包掏出来。用一根针头很细的针管,

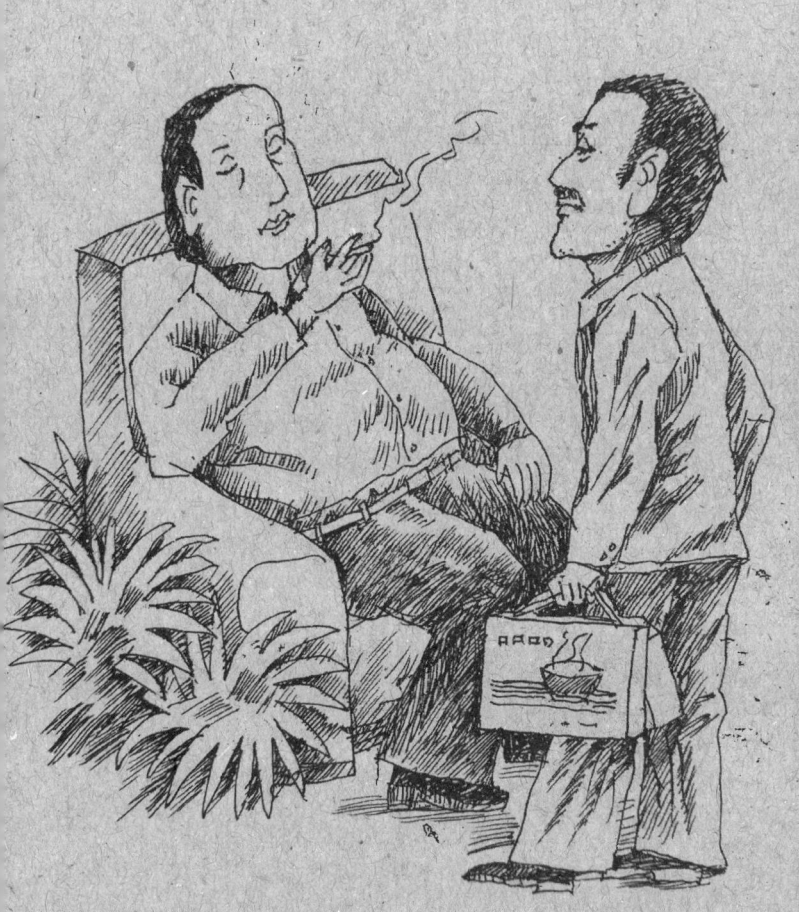

从香烟点火的那一头，戳进去，将药水注进去一点。每一包每一根都注射过了，再将包装原样封好，猛一看还真的看不出来。

他把烟交给向琳琳，说，吃水不忘挖井人，人家帮我们办了事，不能忘了人家。这条烟，你带给钱局长，感谢他帮忙，也感谢他对你的栽培。

他说这话的时候，注意观察向琳琳的反应。向琳琳满心欢喜地说，还是爸想得周到。

开心什么？跟捡了钱似的，还说爸想得周到，你那心里恐怕是在想怎么讨干爸欢心吧？贱货！不过，不出三两个月，你那干爸就得干掉了。

吴林海不动声色，嘱咐向琳琳说，一定要亲自送到钱局长手上啊！注意不要给人看到，影响不好。

向琳琳清脆地答应道，知道啦！

但是，紧接着第二天，他就叫向琳琳去钱局长那儿把烟要回了头。

向琳琳一脸不高兴，说哪有送给人家的东西还要回头的啊，丢人死了。他解释说是烟酒店老板发现，那是一批过期可能霉变的烟，要他拿了去调换。实际原因是，他头天晚上睡到半夜，突然惊醒了，全身大汗淋漓。原来是做了个噩梦，梦里，他家来了一屋子的警察，一个警察问他是不是叫吴林海，他说是的，警察立马把他掀翻在地，反手将他拷了起来，拉出去往警车里一塞，"呜哇呜哇"地开走了。

是的，这个办法漏洞太多了。第一，他买的中华烟编号不是3字头的，据了解，钱鹤鸣只抽328、329、330的，拿到手一看不是3字头，可能就随手给了什么人，那不就害了别人了吗？第二，烟盒底下那么多小孔，万一被发现了呢？第三，说不定姓钱的一高兴又做了人情，转手给了朋友呢？第四，如果发现有疑点，人家一报警，一下子就能查到吴林海头上，不费吹灰之力就把他这个杀人犯给逮着了。

幸亏及时要回来了。

不过，上面的情节并没有发生，而是吴林海在头脑里转来转去反复权衡的几个方案之一。

其他的方案还包括：他利用自己对车子熟悉的一技之长，悄悄地对钱鹤鸣的私家车动点手脚，让他哪一天刹车不灵，自己弄出个人仰车翻；或者，找个人开辆没有牌照的车，在偏僻一点的地方给姓钱的制造一场飞来横祸，等等。

但是，这些办法最后的代价可能都只有一个：自己要吃官司坐牢。风险太大,把自己的命都搭进去,太不划算了。

吴林海想来想去,我为什么要去坐牢?坐牢的应该是姓钱的啊!姓钱的进去坐牢了,便一了百了,天下太平。

对!他头脑一转:就这么着,得想办法让他坐牢!

4

吴林海现身说法。

把向琳琳弄进去,吃的喝的鸡零狗碎就不算了,光是真金白银,钱鹤鸣就收了我三万,那还算是给了赵局长天大的面子。别人恐怕至少得五万,甚至更多。就低按五万算吧,十个人就是五十万。除了进人调动,他还有很多由头可以收钱呢,这些年在机关开车,没少听说过。像单位基建啊,提拔干部啊,物资采购啊,下属单位进贡啊,婚丧嫁娶啊,小病小灾啊。往少里说,一年不得捞个百八十万啊?他干局长已经十几年了,这数字还能小?那他下半辈子就在大牢里待着吧!

吴林海忽然觉得很兴奋,浑身细胞都被激活了。

他开始有计划地行动起来,利用各种关系,想尽一切办法,调查与钱鹤鸣有关的人和事。这时候,他过去干过汽车修理的思维与技能，便被拿来借鉴应用。汽车修理会将复杂的构造分成几个系统，比如发动机、底盘、车身和电气设备，然后一个系统一个系统地分析检查，最终查出毛病。他把钱鹤鸣的问题分为工作、家庭、社交和私生活，然后再细分，比如工作一项又分为盖办公楼、人事调动、提拔干部、物资采购，接着再进一步细分下去，比如盖办公楼，可以分为工程队是哪里的，负责人叫什么，造价多少，材料从哪里进的，等等。他把这些在小本子上一一列出来，发现疑点，就注在后面。

吴林海毕竟是个司机，不大引人注目，而且多半是跟人聊天侃大山，不经意地提起，说者无心，听者有意，他就这样发现了很多猫腻和疑点。

结果越查越理，疑点就越多。办公楼施工方是南通的一个公司，钱鹤鸣某一次曾携家带口去南通玩了两天，回来时，带回来几泡沫箱的海鲜。施工到一大半的时候，突然又追加了一百多万预算。钱鹤鸣老婆在一个与他们局有业务联系的单位做代账会计。钱鹤鸣一次生病住院有三十多人去看他……

与此同时，吴林海只要有时间，下班后就悄悄地盯梢，跟踪钱鹤鸣，重要情况就用手机拍下来。他发现钱鹤鸣的业余生活还挺丰富,三天两头有饭局,参加的有不少都是各个单位的头头脑脑,吃完饭会去唱歌,有时候还会拎着大包小包的礼品;钱鹤鸣还喜欢打麻将,估计输赢不会少;还时不时地带着漂亮的大姑娘小媳妇,吃饭唱歌。但是,他倒是一次也没有发现过钱鹤鸣带过向琳琳,他有点失望,又有点庆幸。

现在,吴林海基本上可以下结论:钱鹤鸣就是个贪官!纪委天天反腐败,怎么就漏了这么一条大鱼呢?一定要扳倒他!一定能扳倒他!

他在梳理这些头绪时,忽然觉得,怎么和原来的计划有点不一样了?好像已经不仅仅是他和钱鹤鸣之间的个人恩怨了,而是增加了更多的内容和更远的目标了。他想,要是扳倒钱鹤鸣,我这算不算是为国锄贪、为民除害啊?说不定还会因为举报有功,得一笔奖励呢!

吴林海有点激动起来。

以为是铁板钉钉呢。但是,当他找到纪委的一个熟人,想先咨询一下,隐去单位姓名后把这些情况和盘托出时,纪委的那位说,你说的这些都是现象,最多算是疑似,还不能一下子就定论他是个贪官,最好要有具体的事实证据,这样,纪委查起来才有突破口,就能一招制敌,然后再深挖细查其他问题。

具体的事实证据？钱鹤鸣贪污受贿又不可能给别人看到，"三人不拿钱，两人不留据"，这些个官场上的规矩，吴林海还是知道的。所以，他到哪去找具体的证据呢？这不废话吗？都有事实证据了，还要你们查什么？

思来想去，只能自己以身试法了。

我吴林海自己送给他三万块钱的这件事，总是有事实有证据的吧？我去开的卡，我去存的钱，又是我亲自送的，向琳琳也是经过他弄进去的，这事实证据还不是秃子头上的虱子——明摆着吗？只要把他抓了，一审，分分钟就按倒！

不过，吴林海转念一想，姓钱的是受贿，那我就是行贿啊！而且这一举报，三万块钱是拿不回来了，肯定要被没收充公，向琳琳说不定还要因此丢掉饭碗。

但是，不把钱鹤鸣扳倒，向琳琳不要说是饭碗了，连人都要被拐跑了！更何况，这样的贪官不扳倒，他还可能贪更多的钱，害更多的人，作更大的恶，怎么能让他逍遥法外呢？

吴林海又去咨询了一回，结果说，行贿人如果主动交代，配合纪委搜集证据，可以不处理。

这下，吴林海放心了，而且，也下定了决心。

查处的过程,颇有戏剧性,比电视剧还好看。

据说,当纪委找到钱鹤鸣时,闻到他身上有一股骚臭味,直掩口鼻。原来那家伙闻风丧胆,听说纪委的人到了门前,突然失禁了,捣蒜似的给纪委来人打躬作揖,说我的确犯了严重错误,愿意接受组织上处理,给个什么处分都没有意见,只要不进去。后来,又改口说坐牢也认了,千万不要杀我。说着说着,人就直挺挺地倒了下去。送到医院一查,三高,心脏病,已经安了四个支架,随身带着速效救心丸,肺上还有个肿瘤,一激动一犯病,翘辫子也就是分分钟的事情。查是查了,但是投牢服刑肯定是不合适了,就是进去了,也多半是前脚刚进去,后脚又给拉出来送到医院急救。到了法院,便认定了一部分犯罪事实,判了个缓刑,赃款赃物全部退赔,又被开除党籍,开除公职。算是放他一条生路了,但还要定期到社区派出所交思想汇报,跟过去教育管制一样。

钱鹤鸣虽然没有坐牢,但是,天天在十八层的楼房里,坐在轮椅上,隔着铁栅栏眼巴巴地望着窗外,跟坐牢好像也没什么两样。

那天,吴林海把一拨兄弟召集到一起,说是要请大家喝酒撸串,也没说什么由头。一起喝了六箱啤酒,闹腾到后半夜才东倒西歪地散去。

但是,吴林海一直没有抓到钱鹤鸣与向琳琳搞情况的证据,曾经想托关系找办案的人问问,怕丢人现眼,开不了这个口。

1

同学聚会,喝完了酒,有人先走了,其余人意犹未尽,又包了一个场,去K歌。

有没有艺术细胞的,都抱住话筒不撒手,直着嗓子吼,完全不在调上,依然旁若无人地沉浸其中。你方唱罢他登场,点歌单排了一长串。还有人半路截胡,不管谁点的,前奏还没起,抢了话筒就上。唱完了,还没有尽兴的,便撸串喝啤酒,猜拳行令。间或,一阵阵哄笑声响彻云霄。

赵金陵不会唱歌,也不大喜欢这样以闹为主的劲爆场面,一个人坐在沙发的末端抽烟。但是大家那种无所顾忌声情并嗨的发泄,好像也给他提供了一条通道,将他身体内里有些不可描述的东西,排遣发散开去,感觉会舒服一些,不知道这算不算是共鸣。

这时候,林倩坐了过来。因为包间太吵了,林倩便凑在赵金陵的耳边说话。赵金陵,你出来,我跟你说句话。

林倩在高中的时候,是众目所瞩的班花,赵金陵曾经懵懵懂懂地动过糊涂心思,甚至还因此遗过一次精,好几天都不敢正视林倩,怕被发现这不可告人的猥琐。但是,他长得很一般,而且有点木讷,整天就知道勾股定理圆周率,根本就不是林倩的菜,她的屁股后面追着献殷勤的人排队都排到夫子庙了。但她心高气傲,班上所有男生都没有笑到最后。林倩大学毕业后,匆匆忙忙地嫁给了一个做生意的,风光了一阵子。没几年,忽然传出她离了婚,一个人带了个孩子。当然,也不能说林倩就是红颜薄命。赵金陵自己呢,怎么也就看走眼,娶了个河东狮吼的前妻,还不是一样地分了。大哥不说二哥,比比差不多。

走廊上,林倩用手挥了挥赵金陵吐出的烟雾,从他手上把剩下的半截烟给抢了过来,扔到垃圾箱里了。少抽点,对身体不好!

赵金陵一下子没反应过来,什么情况,还有这样的操作?

林倩说,跟你说正事。我儿子今年就中考了,扳着手指头数也只有几个月了,他老子正忙着和小狐狸精享受第二春呢,哪有时间顾得了儿子,每个月到时间把抚养费往卡里一打就完事了。说着,就有点哽咽,

赵金陵赶紧低下头,不敢直面林倩,怕一对视,她的泪珠子会啪嗒啪嗒掉下来。

林倩抽了一口气说,活该我命苦,不提也罢。还是说儿子,其他功课都还好,就是数学差点,这可是得分大户,

一百二十分呢,我又辅导不了他,都愁死了。这不,就盯上你啦。你一定得帮我这个忙!哎,放心,我不会亏待你的,外面的行情我知道。

赵金陵连忙摆手,说我可是签了承诺书的,不能搞有偿家教呢!被教育局发现了,要受处分的。

林倩就嗔怪,你这不是看不起我吗?那我就只有死路一条了。我活得很失败,也就罢了,时光不能倒流,但不能让儿子跟我一样失败吧?你就不能可怜可怜我这单身妈妈吗?说着,眼圈又红了。

赵金陵大脑便短路了,手足无措地说,我帮,我帮,好了吧?但不能收钱,都是老同学,不作兴的。

林倩便绽开笑容,说我就知道你是个好人。我这也叫有"尝"家教,是尝尝味道的"尝",你辅导我儿子,我给你做饭做菜,反正你也一个人,不用开锅点灶了。你不知道,我的手艺那叫一个好,能吃出大饭店的味道。再说,你到我家去,门一关,谁会发现?把心放回肚子里去吧。

话虽是这样说,但赵金陵听着却有点别扭,不禁脸一红。连忙找话讲,不收钱,不收钱啊!

返回包间后,一拨人飙歌的热情与劲头已是强弩之末,酒多的男生轰然打呼,女生几人一伙在私聊,有唱歌的也选择相对抒情柔和一点的曲子,整个空间安静了一些。有细心的女生发现了端倪,审问说,你们俩刚才干什么去的?都十几分钟了。有男生就跟着起哄,十几分钟啊,够吃个快餐的了。还有的说,孤男寡女,干柴烈火啊!一阵一阵哄笑,再掀小高潮。

  林倩从来都是嘴不饶人的,连珠炮似的说,吃快餐,也没有你的份!干柴烈火,也不怕烧死你们!大家又笑作一团。弄得赵金陵倒是很尴尬,一个劲地埋头抽烟。不解释,又反而有点默认了的样子。

  一个女生把食指竖在嘴唇上,示意大家安静,连唱歌的人也按了暂停键,回过头来看这边。那女生说,正儿八经的啊,你们俩反正都单着,不如就搬到一块算了,肥水不流外人田。有男生趁势跟着起哄,说下次再聚会,就喝你们俩喜酒啦!放心,份子钱肯定不会少的。其他人都是看热闹不嫌事大,一条声地喊着:在一起!在一起!还有人把两个人往一起拉,喊着:亲一个!亲一个!

  赵金陵窘得抱头鼠窜,林倩也跟着跑了出来。其他人看看也玩得差不多了,就互相招呼,胡乱地道别,呼啸而去。

2

赵金陵还是第一次到林倩家。一个女人主理的家,就是不一样,既整洁又温馨,这让赵金陵耳目一新,甚至贪婪地呼吸着房间里特别的气息。

林倩正在做饭,显然是"有尝家教",灶台边已经摆了好几个菜,锅里还在兹拉兹拉地响。林倩一边炒菜一边对赵金陵说,你先坐一会,最后一个菜,就好了。赵金陵看着色香味俱全的菜品,腮帮里涌出一汪水,在嘴里裹了一下,咽下去了。

林倩的儿子明治,一米七的样子,嘴上已经开始有绒毛,腼腆地喊"赵老师好!"因为是第一课,赵金陵要测试一下他的水平能力,带来了一张卷子,规定在一个小时之内做完,根据测试的情况,分析薄弱点在哪里,好对症下药,制定补课方案。孩子便狼吞虎咽地吃完了饭,一个人到房间里开始做卷子。赵金陵冲着房间喊:明治,把电脑和手机拿出来交给你妈妈。

怕影响孩子,就把厨房门关了,林倩开了瓶红酒,来,有尝家教开始!赵金陵说不能喝啊,要给孩子讲卷子呢。林倩就替他做主,说今天是摸底测验,不用答疑,试卷你带回去改。赵金陵说,那就这一次,以后凡是上课,不能喝酒。林倩说行行行,你还真是认真负责。

大半瓶酒下去,两人的话开始多了起来。

林倩面色绯红,平添了几分动人。她说,人啊,绕来绕去,都逃不过命。你说我吧,上学的时候,眼睛都看一米七五以上的前方,心气大得很。结果,挑来拣去,找了个人渣。帅,有什么用?放在橱窗里当摆设啊?有钱又怎么样,能买来爱情买来幸福么?

林倩还要倒酒,赵金陵抓住酒瓶子不松手,说不能再喝了,酒多伤身体。林倩上来要夺,两人就这样抓着酒瓶和手,对峙了一会。赵金陵退让了,但是给她只倒了一点点。

林倩喝了一口酒,接着说,狗血的故事多呢。我在妇产医院生孩子的时候,那个人渣居然带着小三,在我住院的同一家医院做小手术,不是闺蜜拍了发给我,打死我都不信。你说,他还是个人么?畜生!

林倩又喝了一口酒,叹了叹气,说,现在明白了,还是要找你这样忠厚老实稳稳当当的人,靠谱。可惜你的前妻,我就没弄明白,她怎么就没这个福分呢?

赵金陵接过话头说,人和人真不一样。她总是嫌我没多大出息，挣不了大钱。相亲的时候，根本看不出来，以为是温柔贤惠呢，谁知是个母老虎！动不动就发脾气训人。对我发发淫威也就算了，女儿也在她的阴影底下，整天抖抖索索憋憋屈屈的，看着都心疼。唉，要不是受够了，也不会离。头两年，为生孩子的事情吵闹，同时结婚的，人家孩子满地跑了，她的肚子一点动静都没有。我说要么一起去检查检查。她眼一瞪，说检查什么？我大姨妈来得很正常，怎么会有毛病？还不是你没得用！你们赵家断后，也怪不得我，我还懒得受那个罪呢。之后我自己去医院检查，完全正常。她傻眼了，也检查了，说是输卵管狭窄，治了大半年，才怀了萌萌。有了孩子，消停了几个月，还是三天一小吵五天一大吵。还是骂我没得用，说是嫁给我是眼睛瞎了。我说我中学一级教师，绩效工资加补贴，还可以啊！她就说我鼠目寸光不求上进。结果，又归结到那句话：没得用！这样挖男人心窝子的话，你们女人是体会不了的，太伤人了。

3

天逐渐暖和起来，林倩说双休日正好大晴天，我去帮你把冬天的被子衣服什么的，拆洗换一下吧，盖啊穿得也舒服些。

她一进到赵金陵的家,就用手扇鼻子,说怎么跟猪圈似的啊!幸亏萌萌没有跟你。赵金陵忧心忡忡地说,还不知道萌萌给她调教成什么样子了呢。林倩知道说滑嘴,碰到他的痛处了。赶快转移话题说,干活,干活!

打扫洗涮整理,忙了大半天,凌乱潦草的家终于像个家了。一看,就像是有女主人操持的家。林倩铺上干净的床单,又把晒过的被胎套上晾干的被套,往床上一躺,摊开四肢,说哎呀真舒服呀!赵金陵,快过来!你也来感受感受,这才叫过日子呢!

赵金陵迟疑了一下,坐到了床边,说今天辛苦了,谢谢你!林倩说,你怎么谢我啊?本来,干净的被香和林倩的体香混合在一起,就让赵金陵有点眩晕,林倩这么一说,给他鼓起了勇气,就势躺在林倩的身旁。

以后,林倩去赵金陵的家,帮他"过日子"的次数越来越多了。

一次事后,林倩说,金陵,我现在啊,觉得日子特别踏实。不过,还有一点小小的不满足。要不,我们抓紧时间就办了吧。你住我那儿去,明治上学方便。

赵金陵说,我当然想啊!恨不得明天就办,大大方方舒舒坦坦地过日子。但是，现在还不是时候。主要还是考虑明治，你想啊，他正在关键时刻，家庭突然出现一个重大变化，老师变成了他的爸爸，对他的心理影响肯定是巨大的，弄不好就会影响复习应考，再等一等吧。我给明治制订了"冲刺一百天"的计划，都是循序渐进一环套一环的，打断不得。

林倩便把头埋进赵金陵的怀里，说还是你考虑得细致。又满面春光地看着赵金陵，说我要跟明治比赛，也冲刺一百天，他考上好的高中，我风风光光地嫁给你！

赵金陵和林倩击了一下掌，加油！你们俩都会赢的！

4

钱翠玲回到曾经的家，一下子愣住了。不用说，这屋里有女人来过了。

心里还是有点酸的，但也顾不上这些了，她目前还需要这个男人。

赵金陵问，萌萌不舒服，好点了吗？

钱翠玲掏出一张化验单，说我正要跟你说这件事情呢。

赵金陵一看，怔住了。怎么会是白血病？不是说就是头晕肚子疼么?我以为就是普通感冒或者是吃坏了肚子什么的,我去看她的时候,不是还好好的嘛?

你以为?你以为你是谁啊?你的眼睛是CT啊?钱翠玲本来想说指望你有什么用?但是,没有说出口,因为就是要它发挥作用呢。

钱翠玲轻蔑地看了赵金陵一眼,看你个怂样。也不用抖呵,是福不是祸,是祸躲不过。马上我带她去北京,再确诊一下,但结果可能不会很乐观。我今天来找你的目的,不是为了跟你诉苦,不就是治疗吗?大不了砸锅卖铁卖身卖人。

赵金陵说,治疗费不够,我把这套房子给卖了。

钱翠玲说,我不是要房子,我要人。

赵金陵不解,要人?

对,我要跟你复婚!

复婚?怎么可能?!

钱翠玲一脸的嘲讽,说你还真把自己当成颗金豆子了?你以为我稀罕你啊?非要吃你这回头草?她从包里拿出一张纸,往桌上一放。

是从网上打印下来的一篇文章,题目是《白血病不可怕》,被红线划出了一句:非亲缘供者配型相合的几率,仅有十五万至二十万分之一,而同胞间有百分之二十五全相合的几率。赵金陵问,什么意思?

钱翠玲说,什么意思?就是说我不但要跟你复婚,还要跟你生二胎。用二胎的脐带血救萌萌,这是目前最有效的办法。

赵金陵想了一会,说生二胎救萌萌,可以。但是,复婚,不可能。

钱翠玲用目光扫了扫房间,说有主了?是不是你那个女同学?最近我听说了,跑得挺勤快啊!还捡了个儿子。

赵金陵说,这是我的事情,用不着你管。

钱翠玲掏出纸巾,擤了一下鼻子,说,赵金陵你有没有脑子?我一个离婚女人,连老公都没有,突然就怀孕了,挺着个大肚子大摇大摆地去生孩子?别人怎么想?手续怎么办?孩子生下来户口怎么报?要是那样行的话,我随便去找个野男人就是了,还来求你么?生孩子不光是救萌萌,对这个救萌萌的孩子,你也得有个交代啊!起码,得让他过几年正常家庭的日子吧?

赵金陵闷头抽着烟。

钱翠玲说,你得把烟给戒了。最后,她又说,这样吧,先复婚,等救了萌萌,你要是想离,再离,我不留你。

她把那张打印件收起来,要放进包里,想想,又留在桌子上了。然后,又扫了一眼被重新整理过的房间,这个她曾经生活过的地方,一扭头,开门走出去了。

赵金陵一动都没动地坐着。

5

赵金陵还是鼓足勇气,向林倩汇报了突发的情况。

林倩瞪大了眼睛,半天没说话。然后,猛然抱住了赵金陵,放声大哭起来,泪水流进了赵金陵的脖子里,像小虫子似的挠他的心。

赵金陵紧紧抱住林倩,不停地抚着她的后背。

等林倩稍微平静了一些,赵金陵抓着林倩的手,说,什么都不要想,一切等明治考完再说。

离最后冲刺还有二十一天了。

林倩像是问自己,又像是问赵金陵,我会输给明治吗?

1

姗姗,姗姗!

老太婆又在喊谁了。

自从女儿金姗车祸走了以后,她就神神叨叨的,遇见了跟姗姗但凡长得有点相像,或者仅仅是一个背影、一款裙子、一只手包像姗姗的,她都会亲昵深情地呼唤,甚至去拉人家手、挽人家胳膊,带着哭腔说,妈妈想死你了!

每一次,金教授都要给人家解释半天,再三道歉。

但是这一次,在家政中心,第一眼看到这个叫谢小梅的女子,金教授眼睛瞪得老大,大张着嘴,下巴半天没有复原。

除了年纪小一点,太像了!尤其那一对丹凤眼,和姗姗,和金教授,一模一样。这个世界上真的有一个人和另外一个人非常相像的吗?怪不得老太婆会认错人了呢。金教授想,就她了!

老太婆拉着谢小梅的手上上下下打量,心疼怜爱地说,你看看,出差这么长时间,怎么变得又黑又瘦,再看看你这手,哪像是做医生的手啊?援非医疗队的条件就是艰苦,可委屈我们姗姗了。说着,眼泪就止不住往下流。金教授连忙给谢小梅使眼色,示意她到旁边来。

金教授给谢小梅简单地介绍了一下原委，说女儿姗姗的事情，对阿姨打击很大，精神上一时转不过弯来，恍恍惚惚的，有几个月了。就是想找个人，陪她说说话，帮她走出来。你和我们女儿长得太像了，这就是有缘分啊！女婿离婚了，孙子出国了，家里就我们两口子，也没多少家务事要做的，阿姨身体很好，能走能动，家里家外安排得妥妥帖帖的呢。

谢小梅被刚才的奇遇吓了一跳，不知所措，半天才缓过神来。说自己长得像一个死去的女子，她心里隐隐地有些不快。但弄清楚来龙去脉，倒有点同情这老两口了。活儿不重，开的工资又高，她当下就答应了。

2

但是，让她管两个陌生人叫爸爸妈妈，谢小梅觉得很别扭，一百个不愿意，自己是有爹有娘的。

但是看到阿姨慈爱亲切的样子和金教授近乎哀求的眼神，她心软了，不就是个称呼嘛，就试着叫了起来。

开始叫的时候，头脑里会同步闪现出自己乡下的爹娘，多叫几遍，也就顺口了。

到了金家,谢小梅就卷起袖子,问,叔叔阿姨……爸爸妈妈,中午吃什么啊?我去买菜。"妈妈"一把拉过她,说这些事情还用你来做?好好歇歇,我给你做你最爱吃的炒年糕。谢小梅又要打扫卫生,"妈妈"又拦下了,说跟我到你房间去。

谢小梅望望金教授,金教授给她使个眼色,接过话头说,就听你妈的吧!

"妈妈"又带她到姗姗的房间,说你出差以后,我天天都给你打扫房间,你看看,干干净净,还是原来的样子。又从衣橱里找出一套睡衣睡裤,说我去烧饭,你赶快洗个澡,准备吃午饭。我都想好了,晚上我们到饭店去吃,把你姑姑和舅舅他们都喊来,一大家子热闹热闹,好久都没有聚在一起了。

说完,"妈妈"亲昵地摸摸她的头,轻轻地带上了门。

谢小梅一个人待在偌大的房间里,觉得好像漂浮在空中,四周不着边际。她掐掐自己的大腿,疼。

金教授提前打了招呼,因此晚餐的时候,亲戚们谁也没有捅破窗户纸,姗姗也亲切地喊姑姑姑父舅舅妈妈哥哥嫂子妹妹妹夫,气氛融洽,像是原本就是一家人。

事后,她问金教授,叔叔,我这跟大小姐似的,哪是做保姆啊!你们不会扣我的工钱吧?

金教授说,怎么会扣钱呢?只要你阿姨高兴就行,慢慢地等她精神恢复了,再用适当的方式告诉她。还暗示谢小梅,要是做得好,将来还会加钱。

那天夜里,谢小梅开着灯,睡不着,望着吊灯发呆。她总担心那个金姗,不管是人还是鬼,一下子会推门进来。直到凌晨,才勉强眯了一会儿。

3

人是衣服马是鞍。在金姗的衣服、首饰和包包的装扮下,谢小梅还真有点教授家女儿的意思了。

但是,大小姐的日子也不好过。

"妈妈"不停地责怪她,说在非洲蛮荒的地方待坏了,好习惯都丢了。比如说话要慢声细语不能高嗓大声,比如每天要换洗内裤,比如洗衣服不能男人女人外套内衣混着洗,比如吃饭碗碟筷子要按规矩放,等等。"妈妈"有时候还会嗔怪说,我真是弄不懂,才几天啊?你到底还是不是我女儿啊?谢小梅差点就接话说我还真不是你女儿,但是忍住了。

这些，也还都能通过慢慢学习达到要求。有的就难为她了，比做保姆要难上一千倍。比如，要她做瑜伽，要她弹钢琴，要她帮他们量血压，要她朗诵诗歌。她一概都不会，只好找各种理由推脱，求金教授解围。

最让她不知所措的是，"妈妈"要带她去相亲，说离了婚都单身几年了，一定要再找个姑爷，将来老了就知道有个伴多重要了。

她死活不肯，这要是给自己的男朋友知道了，不跟她翻脸才怪呢！

4

男朋友在一个建筑工地干活，已经好长时间没见面了。一天，趁老两口外出，就约了在金教授家见面。

男朋友差点没认出谢小梅。一身淡蓝色套裙，还镶了白边，戴着银色的项链，还涂了口红，完完全全是个城里人的模样。他一把就抱住谢小梅，说我老婆成了仙女啦！

谢小梅又带男朋友楼上楼下参观，最后到姗姗的房间，说这就是我住的房间。男朋友啧啧感叹，说到底是大户人家啊！

谢小梅说，再大再好也是别人的家啊！

男朋友又说，我看，这老两口黏上你了，这么好的机会，你要把住，好好干！没准以后连房子都能过到你名下呢，将来我们就在这儿结婚！

谢小梅问他，那我到底是谁呢？你娶的是金姗还是谢小梅？

男朋友说，管他呢，是我老婆就行了。

谢小梅就嗔他，讨厌！

男朋友将她一把推倒，说好久都没讨厌啦！

5

两人忘乎所以亲热的时候，没有注意到"妈妈"站在门口，手里拿个扫帚，怒不可遏的样子。吓得两人慌忙整理衣衫，谢小梅低眉嗫嚅说，妈，他是……

"妈妈"打断她的话，说你不用说话。转过脸来冲着另一位责问，大白天你闯进我家干什么？你不是流氓么？

我是她男朋友。

男朋友？我怎么不知道？

"妈妈"抡起扫帚要打，吓得那一位夺门而逃。

"妈妈"瘫坐在地上，号啕大哭起来，说，姗姗啊，你看你做的都是什么事啊？这要传出去，不把我们老脸都丢光了啊！你怎么这么不省心啊！

谢小梅臊得脸上发热。

6

第二天，"妈妈"见姗姗很晚还没起来，心想，是不是昨天自己的话说得太重了，在生气呢？推开门一看，房间里空空如也。

姗姗的衣服被叠得整整齐齐，上面放着首饰。

桌上放着一张字条。

——爸爸妈妈：我又接到去非洲的任务了，你们多保重。爱你们的姗姗。

1

产假休了大半年，临产，月子，然后是儿子太小，还时不时地有个感冒发烧什么的，怕出门见风复发。所以，魏连芬基本上都是窝在家里，带带孩子，吃吃睡睡，看看韩剧，上上网，做做产后操，拾掇拾掇家务，连菜都是老公买好的，不用她下楼去菜市场。

好闺蜜林彤彤提醒魏连芬，你要多到外面走走，不要老是在家里待着，一孕傻三年，再在家闷着，你就会和社会脱节的。

魏连芬就笑，说我还真有点傻了。整天就是吃了睡，睡了吃，跟猪没什么两样，系鞋带连腰都弯不下去了，要蹲着才行。

林彤彤说，对，你就是喂猪，魏猪。你不想活动，但小猪要活动啊，要晒晒太阳呼吸呼吸新鲜空气，还要见识见识外面的世界啊！

魏连芬其实早就想出去了，在家已经待得心烦意乱，孩子太小，没办法。更重要的是，她想早点回公司上班，缓解一下家里的经济压力。没结婚之前，还没有那种步步逼紧的窘迫感，结了婚，虽然两个人的钱放在一起，看起来多了，但是，跟一个人的简单将就完全不一样，什么事情都要按照家庭的形式结构来计划操作。养宝宝加上柴米油盐就不说了，单是买了个两室一厅的二手房，房贷的负担就够沉重的了。双方的父母都在农村，一点都指望不上。全靠老公一个人挣钱养家，虽然她帮人在网上做做代购，但赚的钱也有限。

现在儿子兜兜七个多月大了，魏连芬就经常用婴儿背带带着他，到楼下转转。这是在西家大塘的一个老旧小区，地方局促一些，但是，兜兜好像挺开心，眼睛滴溜溜地四处看。

于是，就遇见了秦诗慧。

2

开始，没怎么在意，就是一个普通的老太太，只是觉得她不大合群，总是一个人坐在一张轮椅上，在那晒太阳、打毛线，远离热闹的大妈群。

后来，陆续从大妈们的嘴里了解到一些支离破碎的信息。她们说，那老太太算起来已经有八十了吧？以前是一个国民党军官的千金大小姐，住在傅厚岗那边的一个小楼里，带一个好大的院子。喏，反正不远的，你下次过去看看，就在3304厂旁边。后来父亲的部队去了台湾，就没了音讯，留下她母女两个。1949年后,小楼充公了,她们就从里面搬出来了,她在一个幼儿园做老师,嫁给了土壤研究所的一个工程师,男的家里成分也不好,和她的国民党军官家庭也算是门当户对,可惜老头儿"非典"的那一年死了。但是他们的两个女儿被这个家庭成分坑苦了,高中没毕业,都去了北大荒。再后来,不知道怎么就住到我们这个小区了,平常都不跟我们啰唆。

　　魏连芬听了就觉得好奇,开始注意观察老太太。穿戴还算整齐,总是那两套中式外套,有扣子的地方,都扣得严丝合缝。不分冷热,脖子里都系着一条淡紫色的长丝巾。出来进去就一个人,自己把自己领出来,安静地坐在院子里,看着院子里的光景:大妈们跳广场舞,孩子们做游戏,小两口吵架,楼上大爷骂隔壁造音乐噪音的人,小哥哥冲楼道喊人拿快递,工人们污水四溅地清理化粪池。她就那样静静地看,仿佛一切都与她无关。

　　但更多的时候见到的,是她打毛线,打到一拃长吧,看看,也许是哪儿错针了,又拆了。拆了,又打。就这样,打了拆,拆了打,总也不见她打出个型来。但是,好像打得又很认真,一针一线,不慌不忙,天天如此。魏连芬不会打毛

线，要不然，真想上去帮她接着打下去，直到打成一件什么东西，手套、毛衣、毛裤、围巾、椅垫。

一天，牛奶公司在小区摆摊子推销牛奶，给了魏连芬一个广告气球，她就拿着逗兜兜，不料一阵风把气球吹走了，就跟着追，追到了老太太的跟前。气球正好飘到老太太的怀里，老太太接了，脸上露出浅浅的笑容，也拿着气球逗兜兜。兜兜很开心，虽然不会说话，嘴里却咿咿呀呀。老太太受到鼓励，便伸出胳膊做出要抱的样子，兜兜竟倾身向前，挥着小手。魏连芬犹豫了一下，不过还是解下背带，把兜兜抱给老太太，说兜兜跟太太玩一会，可别淘气啊！

兜兜坐在老太太的怀里玩，老太太把毛线团给他扯，滚出去老远，魏连芬捡起来给他们，又接着玩，两人都很开心地笑着。

在老太太身边，魏连芬才感觉到老太太的身上有股气味，有点酸味，又有点霉味。她想起来之前在老家，太爷爷身上好像也有这样的气味，大概就是人老了之后，都会有的老人味吧？

那以后，魏连芬会时不时地带着兜兜，跟老太太玩。老太太也会带点糖果饼干小玩具什么的逗孩子，有一次还带来了一个旧八音盒。魏连芬有时候要去买个东西拿个快递,就把兜兜托给老太太。

3

老太太就跟魏连芬有一搭没一搭地说了一些过去的经历。说到她的父亲,英俊潇洒,很有学问,秦诗慧这个名字就是他给起的,有诗意,有智慧,多好听啊!母亲是医院里的护士,百里挑一的大美人,照片还上过香烟盒呢。但说得最多的,是她小时候的事情,上学下学啊,口琴八音盒啊,漂亮的裙子啊,爸爸带她去新街口玩啊,院子里的白果树上打了很多白果啊。说到1949年后就缄口不语了。至多,说到以前在幼儿园教过的孩子,很多都出息了,比如北京的谁谁谁,就是她教过的孩子。魏连芬也不多问,每个人都有些不愉快的几页,何苦去翻呢?

但是,奇怪的是,头天说过的这些事情,第二天老太太跟魏连芬又重新说起,魏连芬便从头到尾再听一遍。到第三遍的时候,魏连芬忍不住提醒说,太太,这个已经说过啦!老太太很吃惊,啊?说过啦?我怎么不记得说过啊?

一次,老太太压低声音,很神秘地告诉魏连芬,说最近总有一个人在窗外晃来晃去,有一回甚至听到撬防盗窗的动静,家里曾经莫名其妙地丢失了东西,一百多块钱啊,两颗土豆啊,虽然没有多大的损失,但是,不怕贼偷,就怕贼惦记啊,迟早会发生大的盗窃案件。她曾经打过110,警察来了查看了半天,还调了什么监控,说是没有问题。我看警察就是怕麻烦,哄我老太婆呢。她请求魏连芬一定要去帮她看看,不然心里不踏实,睡到半夜都会被惊醒。

这是魏连芬第一次走进老太太的家,扑面而来的是和她身上一样的气味,而且更加浓重,魏连芬被熏得几乎要退出门外了,好一会儿才忍过来。兜兜却很兴奋,到了一个陌生的地方,所有的场景都和家里不一样。

魏连芬借着查看安全,赶快打开窗子,新鲜空气进来了,才舒服一些。这是一套一楼的两室一厅房子,魏连芬把每个房间都查看了一下,窗子上的防盗栅栏都是完好无损的,更没有被撬动破坏的痕迹。她告诉老太太说,放心吧,牢得很呢!出门记得锁门就行。老太太将信将疑,说我还是不放心。

兜兜裹着小嘴,哭了起来,魏连芬知道他是饿了,便撩起衣服,给他喂奶,他吃着吃着便睡着了。老太太说放在床上让他睡一会吧,外面风大,等醒了再回家。魏连芬便把儿子放在了老太太的床上。

趁着没事,魏连芬卷起袖子帮老太太打扫了几个房间,顺手把东西归归齐。碰到有的东西时,老太太就显得很紧张,说小心小心!其实,也不过是旧皮箱老座钟还有瓶瓶罐罐之类的。魏连芬就感叹,人老了,大概都这样恋旧吧。

老太太给魏连芬看她的相册,从小到大的各种照片,还有那种后上色的,嘴巴和腮帮涂成了粉红,看上去有点滑稽。长成大姑娘以后的照片,多是穿旗袍的,前凸后翘,身材窈窕。特别是胸部,饱满挺拔,生机勃勃。魏连芬想,那时候还没有现在的钢圈海绵胸罩,最多是紧身内衣吧,这货真价实的一对乳房,真是让人羡慕喜欢。老太太的父亲母亲的确是一个英俊一个靓丽,然后遗传到她和两个女儿身上,一家的美人坯子。但是,看到女儿的照片时,老太太都一翻而过。

临走的时候,老太太说要谢谢魏连芬,送给孩子一个小银镯子,说是她女儿小时候戴的。魏连芬想就便问问她两个女儿的事情,但忍住了。

魏连芬回家跟丈夫说了老太太的事情。丈夫说,老太太可能有点老年痴呆吧？又说，一个人孤苦伶仃的，帮帮人家也是应该的。但是，记着，东西不要收。

以后，魏连芬时常去老太太家，帮她收拾收拾。有一回，还帮老太太洗了澡，身上的气味便小了很多。老太太送给了她一枚戒指，虽然不重，但也是金的，她很是感动，但回家没敢告诉丈夫。

空闲里，老太太就给魏连芬讲些自己的故事，颠三倒四的，好多情节反复说了好多遍。魏连芬每一次听，都像是第一次听到一样，兴趣盎然的模样，还充满好奇地问了好多问题。

4

一看眼前的这两个大妈，魏连芬就知道她们不是这个小区的住户，以为是问路的。她们问，你是几栋的啊？魏连芬说是十六栋的。又问她，听说这里要拆迁了啊？魏连芬说，都在传呢，将来可能要搬迁到燕子矶那边，上班可就远了。还问她，那边有一个孤老太太，你知道么？她说知道啊，我经常去玩呢。她们互相对看了一眼，问，你经常去干什么啊？她说玩啊，有时候帮她收拾收拾，一个人孤孤单单的，怪可怜的。她们说，她给了你不少东西吧？魏连芬就觉得不大对劲了，说给不给关你们什么事？其中一个人扯扯另一个人的衣服，说没什么没什么，也就随便问问。然后匆匆忙忙地走了。这时候，魏连芬才联想起来，这两人应该是老太太的女儿。虽然上了年纪，但脸模子和相册上差不多的。

　　魏连芬把这件事情告诉了老太太。老太太脸色铁青，气得嘴唇哆嗦，说话都磕磕绊绊的。说家丑也不怕外扬了，这两个没良心的，那时候，为了和我们划清界限，特地写了和我们脱离关系的大字报，贴到他爸爸的土壤研究所和我们幼儿园的大门口，把我们的脸都丢光了。后来两人报名去了北大荒，直到回城结婚成家，包括亲生父亲去世，她们始终都没有和家里发生一点点联系。对外都说自己是孤儿，是亲戚养大的。这中间老二两口子曾经回来过，要拿户口本去办个什么事情，被她爸爸给撵走了。哼，现在跑来了，恐怕是惦记这房子吧？

　　老太太伤感地哭泣起来，魏连芬给她不停地抚摸后背，安慰她。老太太竟然把头伏进魏连芬的怀里，摇晃着抽泣了半响。最后，老太太说，我就是把房子给一个外人，就当做件善事，都不会给她们一点点的！

魏连芬回家跟丈夫说了老太太的话,老太太说要给一个外人,你说是不是说的我啊?丈夫就嗤之以鼻,说你是穷疯掉了吧?这话你也信?大人吓孩子说,不许哭了,大灰狼就在窗外等着呢!老太太的话和这个有什么两样?不过是随口说说而已,你还当真了。

魏连芬的潜意识里,还真的有点当真了。自己对老太太那么好,帮她做了多少事情,还经常陪伴她,说不定她真就会做个善事呢?哪怕是拆迁款的百分之几也好啊,那也是一笔不小的钱呢。

后来回想起来,到此为止,大概是最好的结果了,即便没有出现老太太真的为外人做善事的情节。

魏连芬那天,就不应该又去。

5

那天,和往常一样,魏连芬抱着兜兜到了老太太家,却发现气氛有点不一样。老太太穿戴比平常的要齐整许多,化了淡淡的妆,头上还抹了油。她像是对魏连芬说话又像是自言自语,说这条长丝巾,是老头子送给我的生日礼物,戴了几十年了,好像他一直搂着我的脖子,从没离开过。我想今天就用这条丝巾，往淋浴龙头上一挂，去找他。

魏连芬吓了一跳，连忙从老太太手上夺过丝巾，说快别瞎想，遇上什么不高兴的事情了啊？走，我们出去透透气，散散心。

这时候，兜兜不知怎么的哭了。老太太仿佛被触发了什么，很凶地嚷起来，你哭什么哭？给我闭嘴！魏连芬被惊住了！兜兜被一凶，哭得越发厉害。老太太忽然从魏连芬怀里抢过孩子，说小兔崽子，原来你就是那个小偷啊！这个银镯子原来是你偷的，给我脱下来！说着就去拧孩子的手腕。魏连芬吓得面如土色，冲上去一下子把老太太推倒在床上，抢回了兜兜，抱着兜兜逃也似的冲了出去。

兜兜的左胳膊有点轻微骨折，住了一个星期的院。出院后，丈夫说什么都要跟魏连芬离婚。说你个猪脑子，还想图人家什么财啊你，没把儿子的命搭进去就算不幸中的万幸了，叫外人知道了，都丢人现眼。但是，咨询律师说，哺乳期法院判不了离婚，而且，按《刑法》第十八条规定，老太太系老年痴呆发作，不负刑事责任，但可以向她的监护人索要民事赔偿。民事赔偿？找她那两个不见踪影的女儿要吗？丈夫说，算了，好在受伤轻微，不去惹那麻烦了。从今以后，你给我躲得远远的,听见了没有?魏连芬低声下气地说,听见了,听见了。

魏连芬在小区里,又一次看到老太太的时候,老太太根本就记不得发生过什么,冲她微笑地喊着,小魏,你怎么好长时间不来看我了啊?

魏连芬像是见到瘟神一样,吓得拔腿就跑。

懷火

1

林志糊里糊涂就上了当地报纸的头版,只是名字写成了林某。

标题耸人听闻:"活闹鬼血溅排档,路人甲命丧枪口"。

说不清为什么,后来他曾经费尽周折找到了那天的报纸,折好,抚平;藏在《战争之王》影碟的封套里。

尼古拉斯·凯奇一言不发,冷静深邃地望着他。

六年徒刑,虽然只坐了四年,但这和六年、十六年有区别吗?

赔进去的四年青春,找谁要去?

找二子?他被执行死刑已经四年,骨灰早已化成泥了。

二子在那边,跟谁玩CS真人游戏呢?

2

二子说,大志,把你的枪拿来我看看。

林志就把立柜移开,在墙壁上抠了条缝,揭开一块墙裙板子,从一个黑洞里摸索出一只盒子。

还有一把精致的小锁,打开,是一个布包,里面是一层油纸。

油纸展开,便是一把铮亮的手枪!从外形到细小的零部件,几乎看不出是仿的。

二子眼睛一亮,就上手摩挲把玩,爱不释手。赞叹说,这家伙,盖了帽了!绝对是老师傅的手艺。又问,没子弹?

林志说有,掏出一把,钢珠弹。

二子说,这枪借给我用一下,办个大事。

林志问,打鸟?

二子说,打鸟人。

林志问,什么鸟人?

二子没直接回答,说老子瞟他一个多月了。

林志看他不像开玩笑,就要把枪收回,说这个不能拿出去,要出事的。

二子"咔"的一声,上了膛,退后一步,拿枪指着林志说,兄弟,对不起了,今天你借也得借,不借也得借!

林志下意识地也往后退了一步,撞到立柜了。

趁这工夫,二子闪出门去。

林志冲着门外喊,二子,千万别搂火啊!

追到门口,早已没了人影儿。

3

二子不是他妈的找死吗?

说是去找一个仇家报仇,都动枪了,这得有多大的仇啊?

跟他父母离异有关?还是跟他妈妈改嫁有关?

打穿开裆裤的时候就在一起玩,林志怎么就不知道二子跟谁有深仇大恨呢?我还算他兄弟吗?

大概就是这样,一个人,永远也不可能真正走到另一个人的内心里去。

但是,林志却不自觉地走进了二子的案子当中去了。

二子带了两个人到了现场之后,据说那个仇家正在排档吃夜宵,短兵相接后,对方突然端起明炉上的锅子,连汤带水泼了过来,趁机撒腿逃窜。二子被滚烫的汤水浇了个当头,慌忙拔枪就往那人背影搂起了火,打中的却是一个无辜的食客。

二子知道祸闯大了,拔腿就跑。

他把枪扔进了湖里,回家拿了点钱,就准备逃亡。

惊慌失措地到了火车站,刚买到火车票,就被铐上了。同时,也知道了案件的后果:那个被误伤的路人,死了。

二子对案件经过供认不讳,枪也从湖里给打捞上来了。

但是对枪的来路,只是说上山玩的时候捡的。

一听,就是编出来的鬼话,他躲闪的眼神已经出卖了他。

警察并没有说,捡的?再捡一支给我看看?而是直接对着他的痛点,一针见血,说你是想保一个人?告诉你,是保不住的。

二子仍负隅顽抗,咬紧牙关。

警察就查二子的各种社会关系,查手机电脑各种信息,调当天晚上各路探头的视频记录。

刑警队小白板上一长串的名字,被一个一个划掉,最后只剩下一个:林志。

就他了。

4

林志血管里流淌着的,是混合着火药的血。

从小就是这样,玩具只有一样,就是枪。木头、塑料、铁皮、陶瓷,各种质地;手枪、步枪、卡宾、冲锋、机关,各种枪型。

看了《小兵张嘎》之后,更是如醉如痴。"1937年哪,鬼子就进了中原,先打开卢沟桥,后打开山海关……啪,啪,啪!"

二子也是一样。自然，两人就玩到了一起。

他和二子的校外生活，就是上山打游击，红蓝双方，叫阵对垒。

大了以后，就攒钱打CS，酷肖逼真，硝烟弥漫。

一次，在打气球的摊子上，明知道准星被摊主调歪了，两个人就歪打正着，一口气把两块布上别的一百多只气球一扫而光，摊主哭丧着脸，说我就怕你们这些当过兵的，可怜可怜我小本生意，高抬贵手，给留口饭吃，差点就要给他们下跪了。

可惜，两个人都没有当成兵，没有机会玩真枪。

但是，网上有仿真枪。

大名鼎鼎的AK-47冲锋枪、M4A1卡宾枪、MP5冲锋枪等，按照世界名枪模子打造，金属外壳与真枪难以区分，连重量都与真枪极其接近。看看就很过瘾。

关键是，还能荷枪实弹玩真的。

两人就商量着买零件组装。装了以后，就在家用BB弹打纸杯，打矿泉水瓶，或者到山里打鸟。

5

出来之后,林志不再玩枪了。

中学同学小丽,并没有嫌弃他,一嫁一娶,过上了街面上大家都在过的日子。林志做点生意,小丽在公司打工。

但是,林志经常会做梦,梦见二子,撕心裂肺地向他呼救,四周许多人乱枪齐发,枪林弹雨。

醒来时,一身冷汗。

二子托这个梦,是什么意思?

对呀!二子得有一支枪啊!至少可以防身。

他上网搜索,这次选择了"快排"长枪,气动力,声音不大。从几个网站分别购买了零件,还有二百发子弹。

在一个废弃的工厂里,他把枪组装了起来,枪管还不够精确,他又做了改造。

他决定先试一下,确保质量得过硬。二子对枪的研究不比他差,糊弄不了的。

如果试验结果满意,他就准备把枪弹用油纸塑料袋包扎好,都沉进湖里,再烧点纸钱给二子。

他由往常和二子打鸟的地方,又往深处走了一段。

经过一条狭窄的石崖缝隙,只能容一人通过,正四处观察有没有鸟呢,突然前面的草丛有动静。

定睛一看,是一只獾子,神经立马就紧张起来,送上门来的猎物,就算给二子的祭奠供品吧!

他屏住呼吸,瞄准正在缓慢挪移的獾子。

就在这千钧一发的瞬间,空中落下一泡鸟屎,不偏不倚打在林志的鼻尖,他一哆嗦,枪一抬,竟然把扳机给搂了。

子弹打到岩石上,一个反弹,蹦进他的脖颈,拉了一个口子,鲜血汩汩地往外冒。

当他意识到伤了颈动脉的时候,血已经流了半脸盆。

他赶紧掏出手机,拨110。

等到救援队找到林志的时候,已经是两个小时以后的事情了,他终因失血过多,去找二子了。

6

妻子带着儿子给林志送行。

在他身边放了一把木头小手枪。

嘱咐说:大志,小心别搂火啊。

1

朱一芹的心都提到嗓子眼儿了。

她听到自己心跳的声音，都盖过了高跟鞋敲打地面的声音。

这一次的感觉，除了之前遭遇时的恐惧害怕，还夹杂着一点紧张激动。

她一边走，一边侧转过头，打开小挎包，假装翻检东西，趁机瞄了一眼身后的那个男人。

仍然是不远不近，不即不离，隔着二十米左右的距离，好像还拿着手机拍着什么。是拍的她么？拍她什么？背影？臀部？自己的臀部是有点大，不对，大得有点夸张了，比腰要宽上一倍呢，走路时最大的阻力就是臀部了。闺蜜总是取笑她，说女人富靠屁股。

她觉得脸有点发烫。刚才怎么就胡思乱想了呢？差点忘掉了正事。

她停下了脚步。

那男人，也停下了，在低头玩手机，肯定是假装的。

她倒是真的把手机掏了出来。迅速地打开微信，又点开老公李竞，轻声地用语音说："那个男的现在就在我的身后。"

大概是从夏天的时候,那个幽灵一般的男人就开始出现了。

朱一芹在徐庄软件园一家公司上班,家住下关,上下班要倒一趟车。每天下班辗转回到家门口这条巷子时,往往就到了天擦黑的时候了。这条巷子是条破旧的老巷子,一百六十米长的样子,汽车进不来,两侧仄仄斜斜地拥挤着错错落落的低矮平房和两三层的小楼房,加上见缝插针的各种披子违建,显得杂乱无章。朱一芹家在巷尾,平房带个阁楼,是当年她父亲厂里分的。李竞家在贵州,住集体宿舍,也没钱买房,父亲就把这房子给了小两口做婚房,老两口自己另外租房子住。单等着政府拆迁,估计能分到两套房子,老的小的就都能解决了。

都说女人的第六感很准。

那一天傍晚,朱一芹在巷子里走着走着,仿佛后脑勺长眼睛似的,就觉得后面跟着一个人,而且是个男人。她轻轻地转过头,透过她的披肩长发,果然看到了一个男人,看上去年龄不大,但是很魁梧的样子,穿的是T恤衫牛仔裤,斜背着一只包。原以为是巷子里的住户或者是偶遇的路人,虽然在她身后让她觉得不舒服,但也没有往其他方面想。她停下

了脚步,站到了路边,掏出手机,做出打电话的样子,想等那人走过去,自己再走。

然而,出乎她意料的是,那男人竟然也停下了。靠着一根电线杆,好像也在打手机。

她又往家走,瞄到那个男人,也跟在后面走。不远不近,不即不离,就那么二十米左右的距离。

但是,她感觉到,那男人的脚步是有点胆怯迟疑的。

她又试了一次。她停,他也停;她走,他也走;她快,他也快;她慢,他也慢。

这就不对头了,他想干什么?抢劫?耍流氓?强奸?单身女子遭遇到的种种不测,一下子闪到眼前,她开始有点害怕起来。她平时喜欢追韩剧,这一会,《笔仙》《蔷薇红莲》《杀人漫画》,那些恐怖剧目里的惊悚画面都冒了出来。

她拨了李竞的手机,却是"机主正忙,请稍后再拨"的提示音。急中生智,她对着手机大声地说,老公,你怎么还没到啊?啊?就到了啊?在巷口?好,快点啊!我就在这等你。

再一回头,那男人已经不见了。

2

之后,平静了一段时间。但不久,那男人又出现了。还是那个情节,一点也没有增加。比如,靠得更近,或者有什么语言,有什么举动。

她如芒刺在背。刚结婚不久,竟然遇到了这样的事情。

朱一芹出生的那天,她母亲正在择着一把芹菜,忽然肚子就疼了,赶快送到医院,一进产房就生下了她。父亲说,那就叫朱一芹吧,一把芹菜,命贱好养。朱一芹上学的时候,曾经擅作主张改名叫朱一琴,但是没用,户口本上不改过来不行。

但是,命贱,也不能叫人给糟践了啊!

这条背街小巷,路灯昏暗,到了傍晚,人影就不多了。就平时没有这样的事情,也是有点怕怕的。

她紧张兮兮地跟李竞说了这个蹊跷的事情。

李竞说,别是遇上了变态男了吧?又问她,他有没有占了你什么便宜?

她说没有。

李竞仿佛不信,又问了一遍。

她说,真的没有。隔着头二十米呢,一句话都没有。但是，后面跟着个人，怪瘆人的。

李竞就咂嘴，说奇了怪了，他图的是什么呢？又说，我哪天会会这家伙，老子把他给废了！

朱一芹望着身形比那男人小了不止一号的李竞，说，你恐怕打不过他。再说，你也没什么证据说他耍流氓啊！

李竞哼了一声，说那就报警，让警察治他。

派出所就在附近，和他们这条巷子平行的一条巷子巷口。

朱一芹跟着李竞去了派出所。警察听了之后，说，派出所也不能随便抓人啊，你就是天大的案子，也得有事实有证据啊！这么着，下次再遇到那个男的跟踪你，你们就打电话给我们，好在靠得近，分分钟就能到。就是没做什么，找他盘问盘问，也还是可以的，顺便再教育教育他。如果他对你真的有什么举动，那就要看情节，该怎么办就怎么办。当然，你也要注意保护自己。

李竞的单位也就在附近，赶过来也是分分钟的事情。

果然，就是分分钟的事情。

朱一芹发过微信语音没一会儿，就有两个警察出现在了巷口，那男人见状撒开腿朝朱一芹这边跑了过来。朱一芹本想上去拦他，又不敢，反而也惊慌失措地跑了起来。结果，没跑两步,高跟鞋鞋跟被窨井盖的孔眼别了一下,人一歪,跌倒了。那男人跑到她的身边,迟疑了一瞬,又跑了。但是,终究没有跑得过警察,给抓住了。

这时候,李竞也赶到了。见那男人已经被警察控制了,冲上去对着男人的腰上就是一拳,吼叫说,你他妈敢打我老婆主意!说,你对她做了什么?但紧接着被警察喝止住了。

这边,朱一芹费力地站立起来,一瘸一拐地朝他们走去。警察好像已经盘问过了,把那男人带着往派出所去。

那男人被带走的时候,居然回过头来,冲朱一芹一笑。天哪!应该是惊惶失措的啊,而他的笑容却是明朗温柔的那种。那模样,怎么那么像李敏镐啊!甚至,还稚嫩一些。而且,和李敏镐主演的一部电视剧里,男主被警察带走的时候,回头一笑的镜头,一模一样!

朱一芹呆住了。

警察朝她这边挥挥手,说你们俩也到派出所来一下。朱一芹这才回过神来,李竞还在叱骂那个男人,没有在意她的神色。

3

从派出所出来,李竞又问朱一芹,你给我说实话,这家伙对你到底有没有做过什么?

朱一芹就有点生气。因为脚崴了,本来一只手是扶在李竞肩膀上的,她把手拿了下来,说你什么意思啊?我都说过几遍了,跟警察也是这么说的,他就隔着头二十米远远地跟着,连一句话也没有,能占什么便宜呢?你为什么不相信我呢?你好像是希望我被人占了便宜?我是你老婆哎!

李竞没有接着去扶她,又跟着反问,那他怎么动不动就跟着你呢?怎么不跟着别的女人?

朱一芹没好气地说,我怎么知道啊?神经病呗!说完,自己一瘸一拐地往家走去。

李竞在后面嘀咕说,天都这么凉了,还穿这么短的裙子。

朱一芹听到了,没有理会他。

李竞飞起一脚把路上的一只可乐罐子踢得好远,咯当咯当响了一路。

朱一芹的左脚脚踝肿得老高,又红又亮,一碰钻心地疼。只好向公司请了病假,在家休息。

警察打来电话,说要到家里来,还有些情况要问问,朱一芹便约了晚上，李竟在家方便些。

　　警察简要通报了一下案情。说那个男人是附近大学里的一名二年级的研究生，家在外地，没有前科。但在他手机里，发现了一些女性的照片，都是他跟踪女人拍的，大多数是丰乳肥臀的那种。问他为什么要这样做，他说这些女孩漂亮，看了激动兴奋，就想多看看。

　　朱一芹觉得脸上一热。

　　警察又拿出两只塑料袋，里面分别装着女性的胸罩和内裤，说是在那个男子交代后从他宿舍里找到的，全是他偷来的，七八件呢。其他的都说得清在哪偷的，这两件说记不得了。得问清楚，一来是违法的事实证据，二来好叫他赔偿受害人损失。警察问朱一芹，这是不是你的？

　　朱一芹一看那个紫红色的绣花胸罩，就知道是自己的，她还有一条配套的内裤。一次洗了晾在阁楼伸出去的晾衣杆上，收衣服的时候，发现少了一个胸罩，在外面找了一圈没找到，以为被大风刮跑了。这种贴身的东西，又不好意思去问别人，丢了就丢了吧。没想到居然是被那男人偷走了，可是，他为什么不交代是在什么地方偷的呢？

　　朱一芹连疙瘩都没打，说，这不是我的。

李竞却拿在手里看了半天,问朱一芹,这好像就是你的,款式一模一样嘛。

朱一芹白了李竞一眼,说我自己的东西我不清楚?商店里一模一样款式的东西多呢,都是我的?人家说女人家的东西,你插什么嘴。

后来,警察说,除了跟踪女性和偷女性衣物,目前还没有发现什么更多的问题。像这一类有偷窥狂、恋物癖异常行为的人,在心理学上属于性偏好障碍,是一种心理疾病,但很容易导致违法犯罪。根据现在的情节,准备行政拘留几天,然后罚点款就结了。

李竞说这也太便宜他了!

警察说我们也觉得这样的人恶心可恨,但是法律有规定。再说他还在读研,给他一个机会吧。

警察又说,你那天一拳把人家的肋骨打骨裂了,去医院看,花了四百多块,本来要你付的,他就自己付了。

李竞耸耸肩,呵呵,还要我给他钱?我这是为民除害呢!

警察说不要激动,一码归一码,幸亏打得轻,要是打得重了,你怕是还要吃官司呢。

那天晚上,李竞突然要跟朱一芹亲热。朱一芹说我脚疼呢!哪有心思做这个!李竞也不吭声,喘着粗气,上来就生拉硬扯脱她的衣服。朱一芹弄不过他,只好咬着嘴唇,任他摆布。李竞的动作明显比平常要粗鲁蛮横,好像在发泄什么。

奇怪,朱一芹的头脑里,竟然浮现出那张酷似李敏镐的脸。

4

过两天,警察又打电话来,说还有个材料要补个签字。李竞对着电话大声吼道,你们还有完没完啊?

李竞本来准备了一肚子的怨气要冲警察发的。但是,警察一番话,让他一句话也说不出口了。

警察说,那个男人死了。

我们放他回去以后,不知怎么的,就服了一整瓶的安眠药,宿舍就他一个人,发现都已经晚了。大概是怕不好做人,精神压力过大吧。唉,年纪轻轻的,真没想到,可惜了。

警察说,这样呢,我们更要把他的案子做得扎实完善,经得住复查。家属可能来闹,可能要到处告呢。上次的辨认记录,没有受害人的签字,不符合程序,请你补签一下。

朱一芹呆呆地坐在那儿,大脑完全僵住了。

本来,警察这一次来,她还犹豫着要不要告诉他们,其实那个胸罩就是她的。这一会儿,却彻底忘记了。警察叫她签字,她就机械地签了字。直到警察离开时跟她打招呼,她才蓦然清醒了过来。清醒过来之后,她倒觉得庆幸,刚才一时懵圈,没有说出来。

就算为死者保守一个秘密吧。人都没有了,这个还重要么?也许,这也算是为自己保守一个秘密吧。

那个酷似李敏镐的男人,不,实际上,还只是个大男孩,永远也不会在巷口跟着她了。是的,永远。

泪珠从朱一芹的眼眶里滑出,快速地沿着鼻翼沿着嘴唇落下,她都能听得见,泪珠掉在地上,跌碎成好多个细小的泪珠时发出的声音。

1

乐清一度想给丫丫转学。

她不想天天从那个伤心之地经过,一天来回四遍,用刀子在伤口上划过来划过去。

永远都不会忘记。那一天,很冷,风跟刀子一样。

这个高高悬挂国徽的地方,以法律的名义,让她成了单亲妈妈。没感情,分居两年,法律上的理由似乎很充足。

乐清其实也并不想挽留这段婚姻,甚至隐约地期待着早晚肯定要来的这一天早点到来。但是,她心疼丫丫,而且也不能让冯海翔为所欲为说离就离,硬是拖了两年。

冯海翔一出法院的门,就和小三挽着手走了。

她成了个地地道道的弃妇。

坐在法院高高在上的台阶上,无言地抽泣。

就跟医院里的医生见惯了生老病死一样,对于再悲惨的病人,你以为天塌地陷伤心欲绝,医生至多是职业性地看一眼,更多的根本就视若无睹。

来来往往的法官也是一样,在他们眼里,要么是原告人,要么是被告人。没有谁去注意她,这个具体的人,这个可怜的人。

是她哭累了，冻僵了，自己走下来的。

冯海翔在庭上答应得干脆利落，每个月给丫丫五百元抚养费。法官以为他通情达理态度诚恳，或者以为自己调解有方考虑周全。其实，只有乐清知道，冯海翔就是属老鼠的，爪子一落地就忘了。

果然，在付了三个月之后，再也找不到人影了。

她想到去法院告他。但是，实在是不想丢那个人了，自己好歹也是个事业单位的科级干部，要脸呢。再说，也没精力跟这样的人渣做无谓的消耗。

婚姻八年，拉锯两年，一共十年，女人最好的光阴，结果呢？还不是遍体鳞伤，羞辱败退。

真是初恋时不懂爱情，这之前被冯海翔一副好皮囊和夹着皮包的老总模样晃瞎了眼睛。

冯海翔最大的本事就是说谎。三步一个屁，五步一个谎。张口就来，活灵活现，脸不红心不跳。能把有家有小说成单身未婚，能把健康的父亲说成身患绝症，能把自己的小公司说成五百强的下属分支。然后，就是骗钱，家里家外，亲朋好友，骗了一个遍。

乐清自己呢？爱慕虚荣的女人，愚蠢，活该！

2

丫丫突然指着法院那边说，妈妈，妈妈，你看那不是爸爸吗？

乐清朝法院望去，办公楼的半空中，巨大电子显示屏上，果然是冯海翔的照片。那还是身份证上的照片，生涩单纯，傻傻地朝这边望着，根本看不出耍奸弄滑的特征。

上面还显示着：

悬赏公告，被执行人冯海翔，男，身份证号……

执行标的：222300元。

悬赏条件：找到被执行人下落实际拘留的奖励3000元，执行到位支付标的20%的奖励。

悬赏理由：自2016年申请人申请执行起，被执行人名下只有一辆摩托车以及一辆桑塔纳2000轿车，但是车辆不知去向，除此以外无其他可供执行的财产，被执行人本人也一直下落不明。本院已将冯海翔纳入失信被执行人名单并对其限制高消费。因冯海翔拒不履行生效法律文书确定的义务，给申请人造成了很大的损失。

下面是执行法院和举报电话。

乐清头脑像是被棒击似的，嗡了一下。这个人渣，丢人

都丢到大街上了!虽然现在与她没有半毛钱关系了,但他毕竟是丫丫的父亲,是自己的"前夫"。

她也庆幸,幸亏和他一刀两断了,不然,还不被他绑着一起在粪坑里扑腾挣扎?

丫丫很好奇,问,妈妈,爸爸为什么会在上面啊?

好在大屏已经滚动到下一个人了,不然,丫丫二年级的识字水平,保不准能断断续续读懂的。她对丫丫说,这是街道通知爸爸去办什么证的呢!快走吧,不然要迟到了。她飞快地骑着车,带着丫丫逃走了。

送丫丫进了学校以后,她又骑回法院门口,等着大屏滚动到冯海翔一页,再仔细地看了一遍悬赏公告的内容。

真是报应啊!但是,冯海翔你个缩头乌龟,要报应就报应你自己,你不能报应在别人身上,不能报应在丫丫身上啊!

她拨通了法院的举报电话,问法官,大屏上的悬赏公告什么时候能撤下来?法官说那得等被执行人履行了义务才能撤下来。她又问,别人替他还款行不行啊?法官说,行啊!但是也得被执行人本人到场办理手续啊!

其实,第二句问也是多问,谁会替冯海翔还啊?她不可能,所有人都不可能。

第二天,她再送丫丫上学的时候,便绕道走了。给女儿的解释是,熟悉不同的道路,观察不同的事物。

一周后,她迅速给丫丫办了靠外婆家的一所小学的借读手续。给女儿的解释是,认识一些新的同学新的老师。

但是,这终究不是长久之计。

她悄然地下了一个决心,无论如何,要找到冯海翔!

3

最初的目的,很简单,就是想把冯海翔从悬赏公告上撤下来,还丫丫一个明亮干净的天空。

当然,也为自己,也为冯海翔年迈的父母,还为了她认识不认识的与冯海翔相关的人。

乐清居然有了一点点使命感,尽管不知道是从何而来,但是,她感觉到一种激励。

她决定分两步走。

一是,去婆家,看看能不能获取什么有用的信息。公公婆婆一直就很同情乐清,痛恨他们的不肖儿子。冯海翔骗了家里很多钱,连亲爹亲妈的住房公积金都被他冒领了;小姑子更是恨得咬牙切齿,半生的积蓄投到冯海翔吹得乌拉乌拉的所谓大工程里，连响都没响，就灰飞烟灭。

二是，仔仔细细梳理十年夫妻的各种信息。微信、微博、支付宝、QQ、淘宝、快递、信函、合同、银行账户、名片，记着许多电话号码的破笔记本，摔坏的旧手机，各种照片及其背景，各个阶段的同学朋友，小三的前世今生，等等。

完全是私家侦探的架势。

法院是断没有这么毛细血管般分布并深入到生活各个细节的信息渠道的，他们也没有这工夫与精力。所以说，堡垒最容易从内部攻破呢！

乐清就觉得好笑，自己和冯海翔现在还是一个堡垒里的人吗？

但不管怎么说，很快，就掌握了头绪。

冯海翔很可能就藏身于安徽省当涂县一个叫石桥镇的地方，小三就是那儿的人。

临行前，她打了法院的举报电话，告诉他们要去寻找冯海翔。法官将信将疑，问她是谁。她脱口而出说，你不要烦我是谁，找到了，奖励能不能兑现？她觉得，说是为了拿悬赏奖金的动机，法官可能更会相信。果然，法官说，你放心，只要你能找到被执行人，肯定有奖励，执行到位了，奖金更高，法院说话你还不相信么？

她特别问了法官，能不能为我保密。法官说，保密，绝对保密！泄露秘密，我们是要被处理的。

乐清请了两天假，加上双休日，坐长途大巴到了当涂的石桥镇，那里风景很美，是个旅游的好地方。她便带着冯海翔和小三的照片，假扮成旅游兼寻亲的，没两天，就找到了冯海翔落脚的地方。

一座崭新的小楼，三层，带个院子，应该就是冯海翔投钱盖的。院子里还有一辆轿车，她认不识品牌，挂的是皖E牌照。

她把地址定位发给了法官。法官开始还疑惑，说你真的找到了被执行人的下落了？她说了具体情况，法官很是佩服，说我们立马就做安排，你要和我们保持联系。

她又把旅店换到了小楼的对面，通过房间的窗子正好可以看到小楼里的一举一动。

4

乐清在对面的小旅社里，是眼睁睁地看着法院的法警把冯海翔拷起来的，连同那个女人，一起塞进了警车，呼啸而去。跟电视剧一样。

她的心，提到了嗓子眼，手心汗涔涔的。

但是，等到电视剧结束以后，她既没有如释重负，也不是痛快愉悦。反而，心里沉沉的，堵得慌。

她在小饭店里，要了两个菜、一瓶啤酒，吃到半夜，回到旅店昏昏沉沉睡去，直到第二天日上三竿。

一个月后，法官联系了乐清，说悬赏奖励批下来了，叫她到法院去领。如果不方便，也可以指定一个地点，送给她。冯海翔被抓到，并司法拘留十天，奖三千块；把石桥镇的房子查封拍卖，还有一些其他财产，基本执行到位了，奖励百分之二十，可以拿四万四千多块。

乐清说，奖金我不要了，给你们法院吧。

法官就很奇怪，为什么不要啊？你不是就为了悬赏才举报的么？而且，你帮了法院一个大忙，奖励是应该的，这是政策，一定得拿！她就恨恨地想，冯海翔欠了丫丫好多抚养费呢，欠她乐清的就更多了，拿！为什么不拿？

后来，她将这笔钱用丫丫的名字存了起来，想等到她懂事的时候，再告诉她。

那时候，丫丫会不会理解妈妈呢？

種瓜得瓜
種豆得豆

1

都说种瓜得瓜，种豆得豆。可有时候，竟然会得个麻烦。

2

金坤从县里的支行调进省城的总行，已经快五年了。

最让他放心不下的就是乡下的父亲，自从母亲前年走了以后，父亲就郁郁寡欢，少与人言，身体也日渐瘦弱。几次请父亲到城里来与他们同住，也可以帮他们照应照应上一年级的孙子。但是，父亲就是不肯。说是城里住不惯，其实是想守着母亲。但这样，终究不是个事。

这次，倒是有了一个契机。家乡搞"万顷良田"建设，把零零散散占用宝贵农田的住宅，都拆除归田，让农民住进统一的安置区，父亲的老宅也在拆迁之列。拆迁过渡的时间估计要两年，这样，金坤就趁势动员父亲住到城里来。

如果，过渡期父亲住习惯了，就常住下来。把乡下的安置房出租出去，也能得两个补贴钱。

金坤开车去接时，父亲非要把早已准备好的两个蛇皮袋带上，一个装着刚从菜园里摘下的瓜果蔬菜，一个装着从地里掰下的青玉米。说是蔬菜新鲜没什么农药，玉米嫩得很，煮了吃最好。金坤想说这些东西城里多呢，又怕父亲听了不高兴，就说都带着都带着。

3

但是，父亲没几天就提出要回乡下。

其实，进城来的这些天，金坤也感觉到了父亲的不自在。

他不懂冰箱、微波炉、煤气灶的用法，到处都是按钮，光听"嘀嘀"叫个不停，但哪一个是干什么的，总是记不住。一次，给孙子热牛奶，潽出来，把火给浇灭了，煤气"嘶嘶"往外冒，差点出大事。马桶上按小按钮冲半桶水，按大按钮冲整桶水。整天把房门关得死死的，还加上防盗门，有人敲门不能随便开，必须从猫眼里看清是什么人。电话不能随便接，接了对方说什么都不能相信，哪怕是送钱送东西给他……这些，他都不习惯。上厕所非要下楼走里把路到公共厕所，蹲着那儿解决，正好抽支烟，才觉得畅快。

还有，父亲觉得别扭的是，儿媳妇就穿个短裤，两根筋一块布的汗衫，在屋里跑来跑去，他只好躲在自己房间里不出来。金坤跟媳妇说了两回，谁知媳妇说，我是把他当亲爹才这样不生分的，他老人家想什么哪？

当然,这些还都不是关键,关键是没人陪父亲说话。除了电视里的人冲着他说几句话,一天里,再没有什么动静了。

金坤银行的工作很忙,还经常出差,一去就是三五天。媳妇除了公司忙,还要去健身练瑜伽,去业余班学英语学会计,和闺蜜看电影逛商店。再说,儿媳妇跟老公公走得太近也不大合适。因此,谁也没有时间陪他。唯一能给他解解闷子的是孙子,那也是忙里偷闲。他弄不懂,一年级的小屁孩怎么会有那么多的作业和手工、兴趣班。

与小区里的老头老太,也说不到一起。首先是他那浓重的六合土话,听懂的没有几个;其次是他不会广场舞太极拳唱歌书法,人家早早晚晚玩的他都插不上。

活人快要叫尿憋死了。

后来,金坤想了一招。要充分发挥老爷子的特长,让他老有所为,有地方使劲,才不会寂寞。他们家住在顶层,楼顶的平台上空着,只养了几盆花草,也是蔫不拉几的,不如叫老爷子种瓜种菜,那是他几十年的业务专长啊!

4

父亲听了两眼发光,一拍大腿说,好!不是吹牛,就是插跟筷子，我都能叫它长出根竹子来。

金坤抽空在楼顶砌了池子，专门从六合龙池拖了两卡车土，那地方是市里的蔬菜基地，土质松软有劲。又做了防水，拉了电线，接了水管，焊了棚子。万事俱备，剩下的就是老爷子"我的地盘我做主"了。

于是，父亲在十几平米的人造自留地里，干起了他的农民老本行。下种、育秧、移植、浇水、施肥、剪枝、授粉，一整套操作，环环相扣，井然有序。

一分耕耘一分收获。很快，自留地里，就长出了辣椒、茄子、丝瓜、黄瓜、四季豆、小青菜、菊花脑，还有几个大南瓜。简直就是一个开心农场。

自己家也吃不了那么多，就分给楼里邻居，大家对这有机蔬菜都喜欢得不得了。开始陆续有人参观他的开心农场。隔壁的邻居，边吃着黄瓜边说，我家的楼顶还空着呢，你们也可以种啊！父亲说要你们同意才行啊。邻居说，同意同意，举双手赞成。其他几家得知后，也都说楼顶的地方空着也是空着，干脆你们就都种上，我们也跟着沾光呢！有一户不常住，大家说不管他了，等他回来，让他省了买菜吃个饱，还有不乐意的么？

这样，开心农场就扩展到整个单元的楼顶，父亲满面春风地提档升级规模经营，又增加了蔬菜品种和几棵果树。

隔三差五的，父亲给楼里的邻居送一些瓜果蔬菜，邻居们也到开心农场来摘个黄瓜西红柿吃个新鲜。还要指着瓜果拍些美照，发到网上，博得一片点赞。后来，还发展到邻居们一起在农场包饺子、涮火锅、喝点小酒。父亲和邻里的关系越来越熟稔，气氛越来越融洽。

但是，有一天社区主任专程视察了农场，说是违章建筑，必须限期拆除。楼里的邻居闻讯赶来，齐刷刷地为父亲打抱不平，说长几棵瓜菜，不跟养花一样么？算什么违章建筑啊？又没碍着谁挡着谁。然后，父亲就摘了辣椒黄瓜西红柿一菜篮子，给社区主任。主任就趁势借坡下驴，说，这也是一种绿化哦，现在提倡搞城市立体绿化呢！邻居就赶快添把柴，说下次我们聚餐，请主任一起来啊，给个面子与民同乐嘛！主任说好啊好啊。

得到了吃瓜群众的强有力的支持，父亲特别有成就感，以更加饱满的热情投入到为人民服务的事业当中。

5

谁会想到有当头一棒呢?

隔壁单元不常住的那家,突然找上门来,说他家的墙壁地板都被水沤湿了,已经透出霉斑,肯定是农场漏水造成的。金坤和父亲去那家看了看,的确有水迹霉斑,半边墙壁成了个大花脸,但是不是楼顶种菜的原因,谁也说不清楚。

但是,他们想息事宁人,就跟那家坐下来谈。对方说要赔偿,扳着指头自说自话地算账,说要重新埋线,要铲墙皮换墙纸换地板换家具,再加上人工,一开口就是五万。父亲说你这不是讹人么?金坤说我最多给你一万,父亲说一万也不行!

那家很傲慢,立马抬屁股走人,说跟你们说不通,我到能说通的地方去说。

没几天,金坤居然接到了法院的传票,说那家邻居告了他,赔偿数额已经增加到七万。

接着就是打官司,法院想庭前调解,那家就是不松口。只好开庭审理,来来回回辩论了几番。被告说是利用空闲地方,为楼里居民服务,是不是因为楼顶漏水导致装潢受损,没有确凿证据。原告说我不管你那么多,我家的墙被泡了,难道是楼下的水蹿上来的么?

最后法院判决:原告房屋漏水受损,与被告在楼顶种菜灌溉有因果关系,判令被告赔偿一万七千元。被告表示服判,原告不干了,这悬殊也太大了,也说要上诉。

除了诉讼,那家还打了12345,说楼顶有人搭违章建筑,毁损了楼下住户的装潢,影响了他们的正常生活。

这回是街道副主任带着城管队伍来的,社区主任陪着。结果就是一个字:拆。如果限期内不拆,街道就要强拆,而且要罚款。

金坤看看父亲,老人家也无助地看着他,眼泪都快要下来了。他又求救似的看社区主任,看凑热闹的那些邻居,社区主任一脸公事公办的漠然,邻居们要么缄默不言,要么顾左右而言他,或者说哎呀家里煤气上还炖着砂锅呢!逃也似的走了。

金坤也回答一个字:拆!

6

父亲下决心要回乡下。

这回,金坤没有拦着。

1

李东国把手串从左腕换到了右腕。

一辆农用卡车载了二三十口人,都披麻戴孝,不停地往空中抛撒纸钱。随后的一辆拖拉机上,是吹鼓手班子,随心所欲地吹奏着各种风格的流行歌曲,声音跟着拖拉机一起颠簸摇晃。

纸钱像落叶在飞舞,就着细雨,竟然粘在了挡风玻璃上,他开了雨刮器刮了几十下才刮掉。

索性把车子停在路边,点起一支烟。

大清早一上路,就遇到个做白事的。这个令人不爽的开头,似乎预示着这一路都磕磕碰碰。

车过收费站,还没说过磅呢,路边一个警察就挥挥手示意他过站靠边停车。上来右手一抬,像是敬礼像是打招呼,要他出示驾照。他早就准备好,将夹着二百块钱的驾照递给警察。警察把驾照一拿,说了声等着!

等了十几分钟,警察回来了,把驾照还给他,说,以后注意点啊!他心照不宣地说,一定一定!赶快开车走人。抽空瞄了一眼驾照,里面夹的钱已经没有了。

他咕哝了一句,注意,注意你妹啊!

花钱买个平安吧,不然,随便找个由头,罚个千儿八百,还不是由他说!

这次在青岛配载的是两台大型机器,有小二十吨,康明斯拉得很吃力。但是,车匪路霸不会感兴趣,比较安全。所以走了一段G20之后,便改走104国道,能省不少过桥过路费呢。

过了滕州,眼皮就有点打架。

正想找地方歇一歇抽支烟,猛然觉得车头"砰"的一声,他下意识地踩死刹车,车上的机器冲了一下。他边下车边回想,刚才没见有人穿马路啊,难道是眼睛打架迷糊了?到了车头一看,一条血肉模糊的死狗,躺在两三米远的地方。他两边瞅瞅,正打算扔到车上找个饭店给炖了,突然就围上来几个人,有拿锄头的,有拿铁锹的。打头的是个壮实男人,说把他狗给撞死了,得赔。他早就听说过这样的把戏,养了狗,专门等车来,凑准机会窜出来,讹钱。知道这不是讲理的地方,就算报警,警察来了,肯定是说撞死人家狗当然要赔了,怎么赔,你们自己商量。算了,自认倒霉,便问怎么个赔法。对方说是德国名犬,得两千块。他从车上拿了根一头扁尖的撬棍下来,敲敲被狗撞得有个小瘪子的保险杠,冷笑道,你想钱想疯了吧?我养狗都十几年了,拿个土狗还想诈我？给你两百块就是高价了，而且，狗肉得归我。两下便讨价还价，最后，对方看看车上的笨重机器，也没什么东西好讹的，就说三百块成交，结果死狗还是没给。

没走多远，看见有一辆卡车翻倒在路边，车上拉的硅酸盐方砖，把车头给砸扁了。没准就是躲狗的。

2

他早就不想跑了，太累。

当兵时天天开车拉黄沙水泥，跟工程队农民工似的，车已经开得厌倦了。复员后当了个保安，好好歇歇。驾照定期年检，偶尔帮朋友干个小活儿，就没想到再摸方向盘。

重操旧业，是在跟谈了三年的女友分手以后。

以前，因为要开车，从不喝酒。失恋以后才发现，酒是个好东西，喝多了，倒头睡到大天光，什么烦恼郁闷都忘了。

一天，父亲把他带到一个饭店，点了一桌子菜，说今天让你喝最后一顿酒，敞开喝，我陪你。又掏出一把车钥匙，说我给你买了一辆二手的康明斯，明天你把保安给辞了，去跑运输吧。

上路开车,是最好的戒酒方法,人命关天,谁也不想吃官司坐牢。而且,由于开车注意力集中,女朋友啊情啊感啊什么的暂时都放在了脑后。

道上都流传着一个顺口溜:没有吃过康(师傅),违过章,干过仗,不算合格的长途车司机。夸张了一点,但也不是没有一点影子。

但是,更多的,是一种宣泄。每天,都是把脑袋别在裤腰带上,有些人上路了,也许就是不归路,做了孤魂野鬼。他们有太多的委屈无处倾诉,太多的痛苦无人分担,太多的压力无地释放。

后来,遇到了小芳。

3

是因为乡音,他才注意到小芳的。

一次,在滁州路边一个叫"司机之家"的饭店,车还没停稳,就过来两个女孩,站在车头喊"大哥、大哥",招呼吃饭。路边饭店揽客的女子,多半穿着艳俗暴露,但其中一个女孩,却是一副清新的打扮,红T恤,白体闲裤,白球鞋。脸上也是淡淡的妆,不像有的女孩妆化得跟车祸现场似的。

他当下就有点好感。说,好,就你了。另外一个女孩就有点失落,他知道她们都是按揽客消费的数额拿提成的。

坐定后,那个女孩便热情招呼,端茶倒水介绍特色菜。一听口音,感情是南京老乡啊。问了,原来是六合的,高中毕业,也没有什么技术特长,到南京城里打工不容易,就到滁州来了,反正和六合靠得近。

等候上菜的工夫,有一搭没一搭地聊着天。他注意到这个叫小芳的女孩,长得其实挺好看的,瓜子脸,五官等称,尤其是一双眼,水灵灵的。还有一个特点,就是看什么东西,要离开的时候,目光总是比身体和动作要慢半拍,最后才收回,给人一种留恋和依依不舍的感觉。

说不上什么,他对她有了一种莫名的好感。

以后,他跑北线的活儿就比较多,回南京的时候,总是要到这个司机之家歇脚吃饭。有时候,也住上一宿。

似乎在等待什么,又似乎什么都不是,若有若无。

他会从各地带一些小东西给小芳,比如红枣、茯苓饼、发卡、布老虎什么的。每次,小芳都欢喜得不得了。

小芳则会给他洗洗衣服,织个毛线帽子,带个井水泡过的西瓜,给他手机里下载流行的歌。

店里的小姐妹会打趣说，哟，小芳你的老公来喽！小芳也不生气，还跟着后面哄闹，说你们谁也不许跟我抢老公，谁打他的主意，别怪我翻脸哦！说的时候，还是看着他说的，一脸的妩媚。

要是别人，他听了，也不会当什么真。这些女孩为了招揽生意，见人说人话，见鬼说鬼话，张口就来。但是，小芳这么说了，他心里倒是很在意的。

再下次，又去的时候，小芳会大大方方地喊，老公，辛苦了！

他就上前搂着她说，老婆，有没有想我啊？

小姐妹们听了便嘻嘻哈哈，说小芳天天想你，都得了相思病啦！

她们又拿手机给他俩拍照，他便搂着小芳，小芳也小鸟依人一般依偎在他怀里。小姐妹们，说好羡慕你们啊！还问，你们什么时候把事情给办了，我们好喝喜酒啊！

4

一次，又到店里歇脚。

一进门，就见一个司机在喝酒，小芳在一旁陪着，那个司机一边搂着小芳，一边端起酒杯往她嘴里灌酒。

小芳显然是不愿意，哀求地推挡着。老板娘怕得罪司机，假装没看到，埋头对菜单算账。

他腾的一下火就上来了。转身到门外操起一块红砖，走上去，大吼一声：你他妈找死啊？敢调戏我老婆！说完，红砖拍了下去，把碗碟砸个稀巴烂，汤汁四溅。那个司机一下子怔住了，抖抖索索地缩回了搂着小芳的手。

他掏出两百块钱，一张扔给那个司机，说有多远滚多远，以后不准到这个饭店来！那个司机拿了钱，飞快地窜掉了。另一张钱给了小芳，说这个赔店里的碗碟。

也就十几秒的时间，店里所有的人也都怔住了，看事情会怎么发展。他冲着那个司机的背影，踢翻了一张凳子，说，哪个再敢欺负小芳，老子废了他！说完，一转身，往住宿的地方走去。

到了房间，把溅了汤汁的外套换下来，刚躺到床上，听见有人敲门，开门一看，是小芳。

小芳用托盘端了饭菜进来，说李大哥，谢谢你帮了我！犯不着为这种人生气，快趁热把饭吃了。

然后，就把李东国换下的外套，拿去卫生间洗。

他顺从地吃起饭来,真香。

这一会儿,仿佛一个普通的家庭。在外干活的男人回家,吃上了温热可口的饭菜,女人去洗衣服拾掇家务,很默契。

他吃完了,她也洗好了。便一个坐在床上,一个坐在椅子上,默默地坐着。

小芳叹了口气,说,唉!没人把我们当正常人看,都以为是干那个的。

他说,别怕,如果有谁欺负你,告诉我,我去修理他!

小芳说,有你在,我不怕。

他的言行和小芳的信任依赖,让自己在小芳面前崇高起来,本来还有一些朦朦胧胧的关于孤男寡女的想法,倒不好意思有了。

又默坐了一会,小芳收拾了碗筷,说李大哥,你出门在外,也要注意安全啊!

临出门,转身时,她的目光在他的脸上暂停了一会,留给他嫣然一笑,才收了,走了。

那一夜,他辗转反侧。

拿起手机,看小姐妹给他俩拍的照片,那亲热劲还真像一对恋人。

5

快了,已经看到司机之家的招牌了,李东国吹起了口哨,说不上什么曲调,但是欢快流畅。

正当他在饭店前面减速靠边时,突然,对面一辆老卡斜刺里朝他车头冲了过来,他连忙右打方向想避让,但是已经来不及了,对方一头撞上他的驾驶舱门,"砰"的一声巨响,他便什么都不知道了。

醒来时,已经在医院,两天以后了。

医生告诉他,好像是对方的车速度很快,为了躲让横穿马路的行人,撞上他的车了。送到医院的时候,深度昏迷,紧急做了开颅手术,引流清理积血,还好没压迫到神经。再治疗一个星期,拆了线,就可以回家休养了。

他看了手术报告,家属姓名一栏,写着"林芳"的名字。

小芳进来了,见他醒了,开心地笑了,说吓死人了!整整两天,都没睁开眼。

小芳兑了温水,给他擦脸、擦手,接着要擦身子,他扭捏不肯。她就嗔怪说,还不如没醒呢,怎么洗怎么擦,都老老实实的。他就埋下头不敢看小芳,任她怎么摆布。擦洗之后,给他换了干净的病号服。

他不安地问,这两天你都在这里吗?

她说,手机都撞烂了,也不好跟你家里联系,我不来,谁照顾你啊?

他又问,手术要家属签字,也是你签的?

她说没有家属签字,医院不给手术呢!不过,后面就不需要我了,交警找到了你爸,他已经来了,在交警大队呢。

她又从床头柜里拿出一个小包,正是他平常用的。说,在车里找到的,我赶紧收了起来,不然现场乱糟糟的,怕是早就没了。里面有一万块钱,我先预交了看病的钱。其他东西都在,你看看。

他没有看包,只觉得眼眶一热,抓住她的手,想说什么又说不出。

6

过天,小芳来看他,带了水果,还带了两张变形金刚擎天柱的贴画,说贴在车门上,辟邪呢!长途司机都这么贴。

他就笑,你还信这个?

她说,信不信,你都贴上。

他说,好好好,听你的。

她削了苹果，切成小块，看他一块一块地吃。他要给她吃，她不肯。

她说，你的气色越来越好了，过几天就可以出院啦！……不过，我也要走了，婆婆得了小中风，老公叫我回去照顾呢。李大哥，你一定要保重，你是个好人！将来一定有好报！

李东国半天没有回过神来。

多米諾骨牌

1

初三年级组的例会，比往常要热闹，因为期中考试，在全区综合名次排列，拿了第一。这之前，从初一开始，或者说，从历届的考试排行榜看，一直是就是千年老二。

这种里程碑式的事件，应该庆祝一下才是。大家嚷嚷着要年级组长常斌放点血，犒劳犒劳大家。男老师说怎么也得在大排档吹个啤撸个串吧？女老师就吃吃直笑，说瞧你们那点出息，我们要去就去香格里拉吃自助餐。

常斌是教体育的，但是，对教育管理倒也有点道道。他知道还有下半场，那才是关键，老师的劲可鼓不可泄。但他故意掏出公交卡晃了晃，说地主家也没有余粮啦！这样吧，全市中考才是华山论剑，巅峰对决，检验真功夫的时候，如果卫冕成功，我请大家去吃西餐！这次嘛，我们先垫个饱，就来个海底捞月，怎么样？

大伙阴阳怪气地嘘了一气，都嗔怪常斌抠门，说就凑合吧，总比捞不着好。其实大家也都知道，常斌的工资卡奖金卡全在老婆手上，自己攒的私房最多五位数，那是他平时的烟钱。就算再加上办公室卖旧书报得点小钱，请几回客也就见底了，末了还不是大家AA制，无非就是图个热闹寻个开心呗。

说到吃，大家有点兴奋起来，有老师说，我把我自己酿的葡萄酒带去，绝对地纯天然无添加，可好喝了！有老师说，我把我女儿做的烘焙小蛋糕带去，跟糕点房做的一样的。

见会议的主题已经严重跑题，常斌赶快收紧缰绳，把老师们信马由缰的思绪收回来。"说正经的啊！"便开始一五一十地分析起这次期中考试各科的情况。

王晓婵没有心思跟着起哄，也没怎么听清楚常斌的考试分析，反正她的数学单科成绩全区第一。本来，下了班要去给女儿菡菡买生日礼物的，这下耽搁了，明天晚上就是生日餐，网购也来不及啊！得明天中午出去买了。菡菡今年上三年级，喜欢玩多米诺骨牌。王晓婵觉得这种游戏挺适合女孩子玩的，既能开发脑力又能训练动手能力，关键是能培养耐心和细心。凝神静气地花上大半天的时间，把成百上千的骨牌，按照自己设计的图案排列起来，触动第一张牌，然后看着所有的牌都一个接着一个相继倒下，还会带动各种机关，使牌的倒向与图案变化多端，真是有趣得很，国外有许多这样的比赛呢。有一次王晓婵的生日，菡菡用了四百多片骨牌，在地板上排列成"妈妈生日快乐"的图案，最后一张牌倒下，正好触发电子贺卡的开关，响起《世上只有妈妈好》

多米诺骨牌

的音乐，王晓婵感动得眼泪哗哗的，把视频发到朋友圈，点赞爆棚。还有小朋友看了很是羡慕，要请菡菡也帮他们搭一个。这次菡菡说想要一种一千片带十二个机关的，几百块钱吧，也不贵。难得的，平时还真没有给她买过什么玩具。

手机不停地在振动，有微信，八点钟左右，正是朋友圈热闹的时候，王晓婵懒得去看，各种拍拍拍买买买晒晒晒，矫情得很，也没多大意思。过一会儿，又持续振动起来，这不是微信了，而是电话。

王晓婵一看，是初三七班林姝的妈妈。她接通了，低声说年级组正开会呢，有什么事儿过后再联系啊！

林姝的妈妈在电话那头哭喊着说：王老师……我家林姝不见了！声音大得会议室的老师都听到了。

2

林姝是王晓婵最喜欢的孩子，是个小美人胚子，各门功课都很优秀，在年级也排在前十名，又是她的数学课代表，平时还帮她做了不少班主任的事情。

林姝妈妈在电话里断断续续说，林姝今天放学就没回家，手机也关了，同学家亲戚家都问过了，都说没见着，不知道去哪了，都急死人了！会不会出什么事情啊！

王晓婵不停地安慰那头，说林姝妈妈，不急，不急啊！我们一起想办法找。她又打了一圈电话，问班上的同学，都说不知道。她只好布置他们互相之间联系打听，有什么消息立即告诉老师。

老师们就七嘴八舌地议论：这么晚了，还是个大冷天，不会出什么事吧？又是个女孩子。

嗨，现在的孩子，一言不合就离家出走，这叫什么事儿啊！

上个月，不是有个中学生自杀的吗？

气氛一下子紧张起来了。

常斌冲着那个老师说，呸呸呸！闭上你的乌鸦嘴！

年级组例会就此暂停。常斌说三七班的任课老师留下，不教三七班课的老师，愿意留的就留下帮帮忙，有事的就回去吧。他把车钥匙扔给教语文的胡老师，吩咐他带上教英语的秦老师，先沿着林姝上学的路线找。然后说其他老师留下来，我们一起捋捋情况，商量一下。

所谓捋情况，就是排一下林姝今天有没有什么异常的举动，好分析失踪的原因与去向。结果不知道怎么的，就变成各科老师在检讨自己了。

教体育的金老师说，下午上我跑步课的时候，她跑着跑着溜到边上，在草地里藏了一本漫画书，被我训了一顿，罚跑两圈。会不会为这个事想不开啊？

教物理的余老师说，你这一讲，我倒想起来了，昨天做镜面成像实验，她倒好，在那对着镜面玻璃描口红，被我骂哭了。难道她记这个仇了？

王晓婵知道，林姝是个很乖的孩子，应该不会因为老师的一两句批评而做出点什么。但是，话说回头来，谁也说不准，越是看上去很乖很听话的孩子，越会做出意想不到的惊人举动，这也不是没有过先例。她也不由自主地回想着，自己最近对林姝有没有什么处理得不大适当的情况。

正想着，手机响了起来，是老公褚非凡打来的。一上来，褚非凡就气恼地责问她，王晓婵，你干什么去了？到现在还不回家？

王晓婵正为林姝失踪的事情着急上火呢？听了老公火药味很浓的话，也把声音提高了八度，说吃枪药啦？我不是跟你打过招呼，今天年级组例会么？莫名其妙！班上一个学生不见了，其他老师也都在这儿，年级组长正带着我们商量怎么找呢！

电话里,褚非凡继续发飙,说我不管你什么学生不学生的,你管不管你家女儿了?赶快给我回来!

王晓婵觉得褚非凡仿佛是故意跟她置气,就说,褚非凡你今天怎么了?胡搅蛮缠嘛!天天不都是我管女儿么?我晚上开个会,你就管这么一小会,就不得了了?我不跟你啰唆,把手机给菡菡,我来跟她说话。

褚非凡气急败坏地说,你要找女儿,到儿童医院来找吧!说完,把电话给挂了。

再打,褚非凡就是不接。怎么会在儿童医院?王晓婵惊讶地瞪着眼睛,却瞪出一行泪来。

3

常斌一看这架势,赶紧用自己的手机拨通了褚非凡的手机,平常混得也都很熟,倒是接上了。

褚非凡在电话里告诉常斌,平时晚上菡菡做完作业,都是王晓婵给她安排洗澡换衣服什么的。今天她不在家,菡菡大了,坚决不要爸爸给她弄,结果一个人在洗手间,不知怎的把热水调大了,一紧张,就不小心滑了一跤,手一撑地,右胳膊骨折了,现在正在儿童医院打石膏呢。

事情大是不大，马上就能带她回家，但是要影响到写字，得要三个月才能拆石膏。褚非凡对常斌没好气地说，常组长，你能不能不要给王晓婵那些先进优秀啊？把她抬得跟天使似的，云里雾里的，都认不识家了！

常斌仿佛褚非凡能看到他表情似的，对着空气满脸堆笑，一个劲地赔不是，说褚老弟说得对，我们不应该占用王老师过多的时间。但今天的确是特殊情况，一个学生不见了，是我把他们留下来的，一会就让她回去。待学生找到了，我去家里看闺女啊！

也不知褚非凡那边说了什么，常斌还在不停地点头哈腰，直到挂了电话。

常斌把菡菡摔跤的事情说了，叫王晓婵赶快回家。

王晓婵一边抽泣，一边说，林姝还没有找到，这个时候怎么能回家呢？我要是回家了，我成什么人了？他褚非凡就不能担点当爹的责任么？平时里里外外我要他动过一个手指头的么？

说完，又哭了起来。说就是可怜了我家菡菡……

其他女老师就过来安慰她，说谁家孩子没个伤筋动骨的事儿啊！小孩子骨头长得快，营养追上了，要不了三个月。

大家又回到找林姝的事情上。

又有人开始反省自己。

常斌一拍桌子，说搞什么搞？脸拉多长的！这个时候不是你们自我检讨的时候，赶快想想怎么找。

王晓婵的手机突然响了，是林姝妈妈打来的，她不知吉凶，迟疑着不敢接，拿手机给常斌看。

常斌把手机拿过去，接通了，开了免提。林姝妈妈哭着说，亲戚朋友已经出动了十几个人、三台车，范围以学校为中心扩展了一大圈，包括鼓楼广场、玄武湖、西流湾公园许多地方，还是不见踪影，怎么办啊……又号啕大哭起来。

那边，林姝爸爸接过电话，对着常斌就吼，常组长，我家林姝平时很乖的，你们老师到底对她说过什么做过什么？她怎么会突然失踪呢？我先把话搁这儿，孩子要是有个三长两短，我跟你们学校没完！说完，"啪"地就撂了电话。

空气骤然又紧张起来，王晓婵紧张地抓住一个女老师的衣服。

常斌倒是镇定，说是福不是祸，是祸躲不过，还没什么时候呢，不要自己吓唬自己，乱了方寸。

也是急中生智，常斌问王晓婵，你班上不是有个孩子的爸爸是交警大队的政委么？赶快把电话找出来！

常斌在电话里复述了情况，说人命关天，请政委一定帮忙！

4

在交警大队的监控室视频里，一段接着一段，显示着林姝放学后的行动轨迹：

林姝出了校门，和班上的李苗苗道别；

林姝刷了共享单车，往回家的方向骑；

期间，接了一次手机，有点不高兴的样子；

骑过一条马路，又一条马路；

突然，调转了方向，往相反的方向骑去；

最后，在一家星巴克门口，锁了车，背着书包进去了。

再往后快进，一直到现在，始终没有见到林姝出来。

政委说，看来还在店里，问题就不大了。这家店是二十四小时开的，你们把学生登记表留在这里，我让人看着，出来时赶快联系，我带你们直奔星巴克。

警车闪着警灯，很快就到了星巴克。

果然，林姝在最里面的一张位子，趴在桌上睡着了。

王晓婵失声哭了起来,上前抱住林姝,喊着林姝、林姝,你怎么跑到这儿了啊?可找到你了!

林姝睡眼蒙眬,一脸困惑,手足无措地望着王晓婵和常斌以及一个警察。

常斌赶快打电话通知林姝的爸妈。

当然,这是最好的结局。

5

至于什么原因,林姝放学不回家,手机也关了。

林姝说的倒是很简单:昨天晚上,她跟爸爸吵了一架,爸爸打了她一巴掌。她很生气。今天放学就不想早回家,便把手机关了,到星巴克,要了一杯饮料,然后开始做作业,准备做完作业再回家。谁知在暖气融融的咖啡店里,做着做着,瞌睡了,就趴在桌子上睡着了。

就这么简单。

然而,王晓婵的心情却简单不起来。

如果,林姝没有躲起来,王晓婵开了会就赶回家,应该会给菡菡洗好澡,什么都安排妥当。如果,给菡菡安排妥当了,就不会发生骨折的事情。如果,没有骨折,明天就可以玩她向往已久的多米诺骨牌。如果……

可是，没有如果。

王晓婵越想越觉得自责，都不敢回家面对菡菡。

她对送她回家的常斌说，常组长，我好累。

1

晌午的时候,齐海还在小商品市场忙着卸货呢。

他并不知道几十公里之外水库里漂着的女尸,也不知道上百个警察正为这事儿在忙活。

2

身边以外的东西,已经没有值得关注的兴趣与闲暇,他现在起早贪黑,一门心思开他的小货的。

虽然挣得少,但苍蝇也是肉啊!如今没钱,什么都谈不了,更不要说娶媳妇了。像他这样的条件,只有靠票子说话。即便说话,那也是小声地说话。

好在还有套房子,两室一厅,老小区,结婚也凑合。

说起这套房子,他心里就不是滋味,这可是买断感情换来的。

出来的时候,父亲把房本和身份证给他,说你去办过户手续吧。他开始还挺高兴,过了户之后,却见到父母在收拾行李。父亲对他说,你老子没本事,能给你的也就这点儿了。以后你想上天就上天,想入地就入地,我们也管不了。我们搬到江宁乡下住,自生自灭吧,也不要你管了。从今往后，我们二四八不插。

他突然两腿一软，跪下了，给父母磕了三个头，径直出了门，没敢回头。

不怪父母，是他伤他们太深了。三次拘留，一次判刑，他们还为他东拼西凑了六万块钱赔给被他打伤的人。在这个小区都住了几十年了，都是邻里邻居的熟得很，他们现在都不敢上街，怕人问起他来，老脸都叫他丢光了。

在里面，整天心心念念的不就是家吗？但是父母都离开了，还能叫家么？

他隐隐约约的，有了个方向。

3

市场管理处打手机叫他去一下。

他顶烦管理处。屁事不干，一天到晚收各种乱七八糟的费用，还叫摊主干这干那。没办法，你租人家摊子啊！

进了门才知道找他的其实是派出所的两个警察，核实了一下身份，就让他跟他们到派出所去一下，说是了解点情况。

他说，找我了解什么情况？

警察说，到了，就知道了。

他说，要问就在这儿问，我货还没卸完呢！

警察说叫管理处安排人卸。那口气不容商量。

他就知道，什么地方又发生案件了，还不是一般的案件。

看派出所警察盛气凌人拽得跟二万似的，他就很反感，叫他们干点社区治安宣传什么的还行，破案的事儿根本就瞎捣鼓，还一个个嘚瑟装得跟刑警队似的。这些怂货就是猪脑子，有什么恶性案件啊重大活动啊，就晓得把片区里像他这样的人捋一遍，没别的招儿，怪不得有的命案多少年都破不了呢！

4

到了派出所，就进了小单间。

这地方他太熟悉了。因此，更加觉得不对劲。

半天，都没人理会。带的半包烟，都抽完了。

这个，好像也是个套路。进来了，先晾着，让你十五只吊桶打水七上八下。待你惊魂未定，突然上来，噼里啪啦连珠炮地发问，你几乎来不及思考，就跟着他们的思路往前走，该说不该说的就都说了。

不对啊，我没摊上什么事儿啊！

果然,有两个警察进来了。一个劈头就问,大前天的下午到晚上去哪儿了?都干了些什么?开货的没有?什么人能给你做证?

大前天,下午到晚上?让我想一想。

想什么?又不是大前年。

你这突然问我,我总得过一下吧?

过可以,只要不是编就好。

他就有点不高兴,说,这是干什么?审问?我杀了人了?

我们可没说你杀人,是你自己说的啊!

另一个便唱白脸拉弯子,说,不急不急,就是了解个情况。你好好过一下。

他耐住性子,在头脑里过了一下,倒踏实了。大前天下午,他先是到二子的汽修店换了个后右转向灯的灯泡;然后,按照上午的约定,到桥北装饰城给一家拉装潢材料,地板踢脚线装饰条一大堆,一直忙到傍晚。卸了货之后,他把车子在家门口停好,到街边的小摊子上,炒了两个菜,喝了一瓶老村长,吃了一碗盖浇饭。再后来,就回家睡觉,一觉睡到大天亮。

警察详详细细地都记下了。然后说,你再想想,还有什么漏掉的。

他提醒说，今天吃午饭漏掉了，我正饿着呢。

警察就叫人送了个盒饭给他，就再没人管了。

5

等到晚上七八点钟，两个警察又来了，给他带了个盒饭，说边吃边聊吧。

他说，要我跟你们聊什么？我也不吃你们的盒饭了，我要回家。

唱红脸的警察把盒饭一摺，盒盖震了开来，菜卤四处乱溅。说识相点啊！

唱白脸的又把盒饭推过来，说吃饭吃饭，人是铁饭是钢！

他便不吱声了，跟警察说不到一起，根本就不对箍子。

干脆端起盒饭大口吃起来，老子吃饱了，跟你们慢慢耗。

警察又问他，大前天晚上在摊子上喝了酒以后，干什么去了？

他很响地"吧唧"着嘴，说记不得了。

再问什么，一概都说，记不得了，记不得了，记不得了。

警察就有些光火，说你是皮痒了，还想再进去？

他把最后的几滴菜卤都吸了，然后，满足地抹抹嘴。说随你便。

警察说，提醒你一句，你的车我们已经拿去检查鉴定过了。

他说，鉴定出什么了？干脆没收算了，我正想换台车呢！

唱红脸的警察就拍桌子，声音有点变形，说，你老实交代，把那个女的怎么了？

他一耸肩膀，说怎么又冒出个女的来？我现在连洗头房都戒了，最多就是在家看个毛片，自己跟自己玩玩，连猫啊狗啊也没遇见个母的啊！

唱白脸的警察说，哪那么多废话！

6

随后，突然又来了两个穿白大褂的警察，带了一个铝合金箱子，打开一看，是个什么仪器。他大概猜出来了，是个测谎仪。在里面的时候，听号友说过这玩意儿。

乖乖隆的咚，还当个事情做了！

他就好笑，还破案呢，你们已经岔到八姨妈家去了！

警察把他胳膊上绑了许多电线，然后就对着电脑开始问一些既不着边际又似是而非的问题。比如：你是左撇子么？平常是自己洗车么？和女性发生性关系戴不戴安全套？从这里到江北的水库要跑几个小时？你欠别人的债么？大前天晚

上你看的什么电视？平时酒量大不大？有女朋友么？你认为女性穿裙子漂亮么？

大约问了三四十个问题。好答的，他就答了；不好答的，他就乱说一气。

两个警察面无表情地收了家伙，走了。

他问，哎，我什么时候能走啊？

警察说，你等着。

7

这一等，就等到了第二天的中午，差不多二十四个小时。

两个办案的警察又来了，给他几张东西，要他签字，说签完了就可以走了。

好像有盘查的说明，有问话的记录，他大概翻翻，就签了。无所谓的，反正也没有说他杀人放火的材料，先出去再说。

警察说，你小子，害得多少人跟着你屁股后头忙，白浪费许多工夫！

他说，你们还害得我少拉一天活呢！

他又一字一顿地说：我、没、有、杀、人！

1

程俊生打手机给张军强：哎，强子，你嫂子把小毛娃的东西买了两套，晚上和弟妹来拿一下，我们顺便喝一口。

张军强笑了，说这才几个月大小啊，春夏秋冬七七八八地都准备好几套了。好啦，我知道啦！

挂了程俊生的电话，张军强又给秦丽华拨了电话：丽华，晚上不烧饭了，去生哥那儿吃。正好今天活儿不多，我待会儿早点打烊。哎，挂了挂了，不要老玩手机啊！听见没有？

程俊生和张军强两家算是世交，两人的父亲是一起去东北大兴安岭插队的老插。当年在山上伐木，一棵十几米高的樟子松，放倒的时候，程俊生父亲正在底下撒尿，是张军强父亲冲上去抱住他，往山坡下滚，救了他一命。生死之交一碗酒，就此拜了兄弟。而且，发誓世世代代友好下去。后来，两人都回了南京，工作结婚，都生了个儿子，小一辈也从小就以兄弟相称。

小一辈的两人生日同年同月，程俊生月头，张军强月尾，血型都是O型，但是，性格差别却很大。张军强闷不叽叽的，一个人在那干活，可以一天都不说一句话。程俊生活络，自来熟，见谁都能扯几句，做生意头脑特别灵活。

程俊生开一家公司，说大不大，说小不小，一年赚个几十万吧。张军强开了一个摩托车修理部，现在买小汽车的骑共享单车的多了，夹在中间的摩托车倒没有多少人玩了，靠电动车维修，还能撑起点生意，凑合吧。

程俊生生得英俊潇洒，典型的帅哥，帅得被人砍。

张军强长得五大三粗，方头阔脸，说话全身共鸣。

两兄弟各自娶了媳妇，选的是同一个日子，在同一家饭店办的婚礼。

程俊生的媳妇李姗姗过去在越剧团唱花旦，后来嗓子倒了，就下来到群艺馆，做辅导老师。那真是百里挑一的俊俏，长得跟韩国明星似的，五官配置恰到好处，增一分太肥减一分太瘦。体型姿态前后有物，自带弹性的舞台步子，和胸部的起伏一呼一应。说话行事，细致精巧。做手上动作的时候，小拇指始终翘着。

张军强的媳妇秦丽华是工人家庭出身，在物流公司做理货员。长得其实也不错，至少一般向上吧，但是不大擅长打扮，拿手指把二道毛子头发拢拢，往耳朵后面一夹，就算梳头完成了。说话大声大气的，见谁都嚷嚷，跟张军强也算是不是一家人不进一家门。

两个媳妇前后脚怀孕，预产期差一个月。结果，一个早产，一个晚生，相隔一天，都出生了。程俊生生了个女儿，叫作可可。张军强得了个儿子，唤作桐桐。

两家就约定，结儿女亲家，还一本正经地交换了写有生辰八字盖着小脚拓印的帖子。

喝满月酒的时候，两兄弟就扯到结儿女亲家的事儿。

程俊生说，我家可可是招商银行，招财进宝呢。

张军强说，我家桐桐是建设银行，负责买车买房。

程俊生就逗张军强说，你家桐桐要娶我家可可，没别的，就两条：要么童养，要么倒插门。

张军强说，倒插门那是绝对不可能的，童养倒还可以考虑。

程俊生问，就你的条件，怎么童养啊？还是让你儿子倒插门吧，我把半个儿子当成一个儿子养。

张军强说，没得商量。可可我们就童养了，孩子还放在你家，我一个月给她一千块钱。十年后，涨到两千块。行不行？

程俊生笑了，你也真敢下血本。好啊！那就这么说定了。

张军强说，一言既出驷马难追。你和嫂子都是帅哥美女，可可遗传你们的，那还不是青出于蓝胜于蓝啊！我儿子不是捡了个便宜吗，这叫傻人有傻福，抱得美人归，赚大了。

程俊生说，你可不能编排我女婿，什么叫傻人啊？你才傻呢！

两个媳妇就在那吃吃直笑，互相逗两个孩子：可可，这是你的老公啊！桐桐，这是你的老婆啊！可可忽然哭了起来，是要吃奶了。秦丽华知道李姗姗的奶水不足，就撩起衣衫，给可可喂奶。还说，我看这还真是童养呢，从小就吃我的奶了，哎，这是有说道的，吃谁的奶就跟谁亲哦。

虽是饭桌上的酒话，张军强还真的办了一张卡，名字是程可可，每个月往里面打一千块钱。程俊生说开开玩笑下酒的，你还当真啊？不过日子啦？好好好，那我先收下，替你保管着。将来，正式提亲的时候，就当彩礼了。

张军强说，还是你小子算得精。

2

愁养不愁长，两个孩子，转眼间就会跑了，会说话了。天天在一起玩，跟亲兄妹似的。吃饭睡觉，张家程家，想在哪家在哪家，全凭两个孩子高兴，两家也乐得其所。

但是，也是奇怪，两家人慢慢地发现，可可虽然长得还可以，却是没有爹妈两口子漂亮。而且，横看竖看，长得既不像程俊生，也不像李姗姗。别的不说，眼皮就不一样，两

口子都是双眼皮,孩子却是单眼皮。但要说不像吧,又觉得有点像,属于两可之间,怪不得叫可可。

程俊生有一次跟张军强在外面喝酒的时候,叽咕到这个,说有种感觉,但是说不出来。张军强看得出他有点心事的样子。程俊生猛然喝了一大口酒,问张军强,你说会不会……张军强打住他的话头说,你瞎琢磨什么啊?俗话讲,女大十八变,越变越好看。现在又没有定型,还有十大几年呢。

但张军强仔细想想,觉得好像真有点那个,回家便跟秦丽华说了。秦丽华说,你不要跟着瞎起哄,女人最忌讳这些闲言碎语的,哪天我来侧面试试姗姗。

秦丽华和李姗姗约了去逛街,两人无话不谈,经常在一起八卦。秦丽华东拉西扯,就往题目上靠。说昨天我看微信,里面说浙江温州那儿,有两家人,同一天生儿子,被医院把手牌弄错了。结果,就错抱了回家,养到现在都五岁了,发现长得不大像父母,费了很大周折,终于弄清楚是医院的错。这会,一家想换回亲生的儿子,另一家养出了感情,不大肯换,正要打官司呢,又怕伤了孩子。姗姗你说,这叫怎么回事啊?

李姗姗听了就有点不大高兴,说难道你家桐桐会是抱错的吗？秦丽华说，怎么可能？他长得跟他爸爸一个模子拓出来的。李姗姗说你这话什么意思啊？那你说我们家可可了？秦丽华连忙摆手，说不不不，哪能呢。两人当时就闹了别扭，赌气噘嘴，街也没逛成。

秦丽华回家就跟张军强说，我估猜有点情况。我说看到微信上有小孩在医院被抱错了的帖子，李姗姗就有点急了，也就是传个八卦，至于那么大的反应吗？还生我气了，刚才我发微信给她，到现在也没回。

张军强就说，以后再不许提了啊。

但是，他心里就有些疙瘩。不管是哪一种情况，弄了二年半，咱这儿媳妇，竟然可能是个野孩子！钱也投了好几万了，感情是学雷锋啊！这童养的钱，还要不要继续投呢？

程俊生呢？心里的疙瘩自然比他还要大。外面渐渐地就有些风言风语，说可可不是他亲生的。说李姗姗以前是剧团的，那种单位嘛，比较开放哦。正巧最近朋友圈在传一个顺口溜段子：北风吹，秋风凉，谁家娇妻守空房，你有困难我帮忙，我住隔壁我姓王。程俊生想，是不是有人朝着他这个方向编的啊。他觉得很烦，就经常出去喝酒，也不叫张军强，就一个人独自喝。

在家里，随便一件事情，程俊生都会不自觉地联想到孩子像不像的事，然后说话就隐隐约约含沙射影。李姗姗总是说，你不信，就去做亲子鉴定。但是，说话的口气，好像也不那么坚决。

后来，程俊生下了决心，真的拉李姗姗去做了亲子鉴定，结果是他们俩亲生的。科学，肯定是要相信的。但是，为什么不像呢？程俊生问医生。医生说我是就事论事啊，听了别不高兴，会不会你爱人做过美容手术啊？立马，李姗姗的脸就挂了下来。

回家后，李姗姗跟程俊生承认，她曾经去韩国做过美容手术，除了牙齿和眼珠子，基本上都动过刀，包括割双眼皮、垫下巴、隆鼻、嫩唇、造酒窝、矫正牙齿、除皱、除痘、种睫毛、脱毛各种。而且，现在还在偷偷打羊胎素，服用胶原蛋白。

程俊生气不打一处来，说有本事你把可可也整漂亮啊！一天到晚，就琢磨这些，还想再找一个？

李姗姗就急了，急了就哭了。说那时候演艺界都流行这个，剧团里有好几个小姐妹都整过呢，自己年纪小，不懂事，瞎跟风。谁知道啊，一整，就上了贼船下不来了，一样一样一套一套跟着往里钻。

程俊生见她急哭了,也只好作罢。但是,他说以后不准再打针了,花钱事小,弄出个毛病就不是哄着玩的。

从此,控制财源,往李姗姗的卡上打钱就少了。

但是,李姗姗不打不行,过段时间皮肤就松弛了下来,原来比秦丽华看着年轻,现在却好像比她老了五六岁,整个人看着也没有精神了。回家就抽抽搭搭地求程俊生,程俊生想想也是,这样的话,也带不出去了。说你个败家婆娘,就作吧,作死为止。过后,还是又恢复了供给。

3

天有不测风云,人有旦夕祸福。程俊生出差开车,在高速上接手机,出了车祸,左边车头撞上了隔离栏,导致左腿骨折,身上多处伤受。还好,大难不死,捡回来一条命,人被送进了医院。

但是,李姗姗发现,同车的还有一个女人,受伤不重。她是谁?跟程俊生什么关系?

程俊生刚刚动过手术,全身被纱布包了一大半,李姗姗把这个疑问暂时压了下来。

因为失血太多,程俊生需要输血,张军强就给他输了两袋子。

李姗姗天天陪着,给程俊生端屎端尿,擦身子,做好吃的。白天回家再照顾可可上学,累得够呛。

后来,张军强两口子和她一起排班,稍微轻松一些。她就开始调查是那个跟程俊生一起出差的女人。

调查的结果,那女人是程俊生公司的一个会计,平时很少出差,这次他带她去跟对方公司对账的。没什么问题,应该是正常的出差。但是,李姗姗注意到,这个会计长得真是漂亮,比她小好多。

李姗姗更加精心地照料着程俊生,变着花样给他做好吃的,帮他按摩活动,给他iPad里下载了好多大片,还隔三差五地带可可来,逗他开心。

伤筋动骨一百天,程俊生终于下了病床。试着走路,颤颤巍巍的,李姗姗就做了他的拐杖。渐渐地康复了,也能走路了,但是,仔细看,两只脚还是有点高低,阴天下雨还隐隐地疼。程俊生就感叹说,还是原装的自然的好啊!

李姗姗就觉得有点弦外之音,说,你也不用旁敲侧击,我也不用打针吃药了,随它去了,爱咋咋地。

李姗姗跟秦丽华说,我们这个年龄的女人,拼青春靓丽是拼不过那些个小丫头片子了,要比就跟她们比气质。

秦丽华说,什么气质不气质的,还不是一样过日子,你就好个折腾。

李姗姗说,你不懂。

后来,张军强对秦丽华说,是啊,什么都是自然的好。我们给桐桐和可可订的娃娃亲,怕是也不合适,还是看孩子将来自然发展吧。

秦丽华说,就是,都什么年代了,还搞包办代替啊。再说吧,可可也配不上我们桐桐小帅哥呢!

张军强说,就你话多。

后记

《金陵小巷人物志》出版以后，我依然徜徉在南京的大街小巷，流连忘返。

有南广学院的学生，通过朋友找到我，说正在做毕业作品，想将书里的人物原型拍成纪实短片，用影像说故事会更加生动，请我引荐一下。我说："我写的那些人物，到处都有，随处可见，你们对谁感兴趣找了拍就是了。"他们说："我们不认识他们啊！"我说："我没写之前，也不认识他们啊！"但是，我还是试着联络了江宁的一个理发师傅，靠他们学校也近。结果，师傅并不愿意，说的理由竟和他们如出一辙："我也不认识他们啊！"又说："小孩儿么得老事做喽！"

不认识他们，不和他们成为朋友，怎么会知道他们经历的故事和心底的秘密？又怎么去陈述和表现呢？

其实，我不止是他们的朋友，我就是"他们"。

我就生活在他们的身边，每天都要和他们相遇，或者说根本就离不开他们。衣食住行，生老病死，柴米油盐酱醋茶，没有他们，不管谁，一天都难以为继。

隔三差五地，我会在逼仄的苍蝇馆子吃汤包皮肚面鸭血粉丝汤，在法国梧桐的树荫下看麻将桌上比下胡清一色，听路边踩三轮的师傅海天湖地侃"里十三外十八,炮炮都打后宰门"的典故,从低矮的平房远眺跟自己不相干的世界第七的紫峰大厦楼尖,在街边小花园里听跳完广场舞的大妈韶韶张家长李家短和自家难念的经。

他们就在这些杂沓琐碎却鲜活生动的日常生活之中。

南京人祖先汤山猿人的足迹,踏在遥远的三十五万年前。越王勾践筑城,则是两千多年前的事。就是离大明王朝定都,也有六百多年的历史了。也许,在南京城浩瀚的历史长河里,这些奔波劳碌的升斗小民,命如草芥,卑微平凡,几乎可以忽略不计了。

周润发在电影《无双》里说过:"这个世界上,一百万人里才可能有一个主角。"

但是,正是这样一些平凡的人,撑起了这个城市,撑起了这个社会。他们干苦累的营生,挣微薄的收入,受睥睨的白眼。然而,他们敏于行而讷于言,崇尚一星唾沫一颗钉;他们心地善良,宽厚忍让;他们是非分明,嫉恶如仇。为坚持他们朴素的道理,甚至怒发冲冠以命相博。

最近,听说一个颇有点名气的文化人,抑郁了。现在,抑郁似乎快成了一种时髦,从著名主持人到普通中学生,说抑郁就抑郁。刨根问底,其实又都是些鸡零狗碎,没什么大不了的事情。无非就是工作学习压力大,情感生活受挫,减肥瘦身失败,生娃坐月子,宠物丢失离世,等等。动不动就离家出走,一言不合就要自杀解脱。

反而,在那些小人物身上,很少得这种富贵病的。人苦了累了,心里就不会长草,没有杂七八拉的想法念头。而且,生活在社会底层的人,有一种原始的反抗性,打小练就抵打抗压的能力。其实,他们所吃的苦受的累,所遭逢生活的不公,可能比谁都要深重,提起来都是一把辛酸泪,够自虐上百遍的了。但是,一句口头禅"多大事啊!",他们会坦然面对,淡然而过。再苦再累再憋屈,一盘花生米,二两小酒,一觉睡到大天光。第二天早上,又满血复活,该干什么干什么。他们用自己的方式,将现实生活里的困顿焦虑泡酥冲淡,缓慢释放。然后,自由自在,爱咋咋的。不去想虚无缥缈的久远,而是紧紧地握住现在。谁能说这不是一种豁达的气度和暖心的意境?

按规矩做人,凭良心做事,靠手艺吃饭。一家人健康平安,和睦顺意,有不算太大但能遮风避雨的房子,有老婆孩子热炕头的天伦之乐,即使生活简单朴素,却有滋有味乐在其中。这，就是他们的幸福，看得见摸得着，实实在在。

世界很大，幸福很小。柴米油盐酱醋茶，锅碗瓢盆合家欢。

这样的小幸福，就是市井生活。

乐知天命、闲适淡泊的南京人，和别处的市井人物略有不同的是，还有《儒林外史》里说的"菜佣酒保，也有六朝烟水气"。毕竟，他们身后的背景，是六朝古都、十朝都会。

我把看到的听到的记录下来，写成了《金陵市井图鉴》，也算是《金陵小巷人物志》的续篇吧。没有悬疑的跌宕起伏，也没有浪漫的三生三世，更没有骇俗的拍案惊奇。都是些市井小民的日常琐事和人生况味。或平坦，或崎岖，或绚丽，或平淡，或精彩，或庸常。"故事不多，宛如平常一段歌，过去未来共斟酌。"

希望大家能够喜欢。

在创作过程中，得到了许多朋友的鼓励与扶持，深深地感动。

江苏凤凰文艺出版社副总编辑赵阳女士，是我多年的好友。之前，帮我做的《金陵小巷人物志》，先后获得紫金山文学奖、中国最美的书等多个奖项，是2016年度气质最好的10本凤凰文艺版图书之一，销售也很好。这次，我一提《金陵市井图鉴》的书稿，她当即拍板，作为重点图书来做。文化出版中心主任张黎、责任编辑傅一岑，为书稿的体例编排、装帧设计、前言后语、市场开发，都倾注了大量心血。

书籍设计师周伟伟，也是几度合作的伙伴，我的《金陵小巷人物志》和《请喝茶》都是出自他的手笔，他多次斩获中国最美图书奖。视野开阔，紧接地气，为图书锦上添花。

最让我感动的是叶兆言先生，作为蜚声文坛的大家，平易近人，古道热肠，专门拨冗为小书作序，字里行间，是满满的关心厚爱和鼓励鞭策，令人动容。

凤凰传媒出版集团总编辑徐海先生，策划编辑过许多鸿篇巨制，但也心系苍生，写了不少引车卖浆的小人物，颇受好评，与我也算是惺惺相惜。此番不吝笔墨，撰写序言，让我感动感激。

还有，著名文学评论家、译林出版社原社长蔡玉洗先生，对我的写作多有指导点拨，受益匪浅。画家王烈先生是我的老朋友，我几本书的插图都是他亲自操刀，这次仍然是老将出马，精心绘制，为小书增光添彩。还要感谢姜琍敏、李纯圣先生的热情相助。

在此，鞠躬，一一谢过！

当然,最要感谢的,是读者朋友,谢谢您买了这本书。而且,还看到了这里。

谷以成
2021年2月于南京鼓楼天福园

丈高騎花马 丈高三十六 城门城门几

苹果还是吃香蕉。小汽车。滴滴滴。马兰

带把刀走进了城门抄抄问你是吃一抄

二十一	六	八
一	二	二
一	五	九
二	七	三
五	二	十

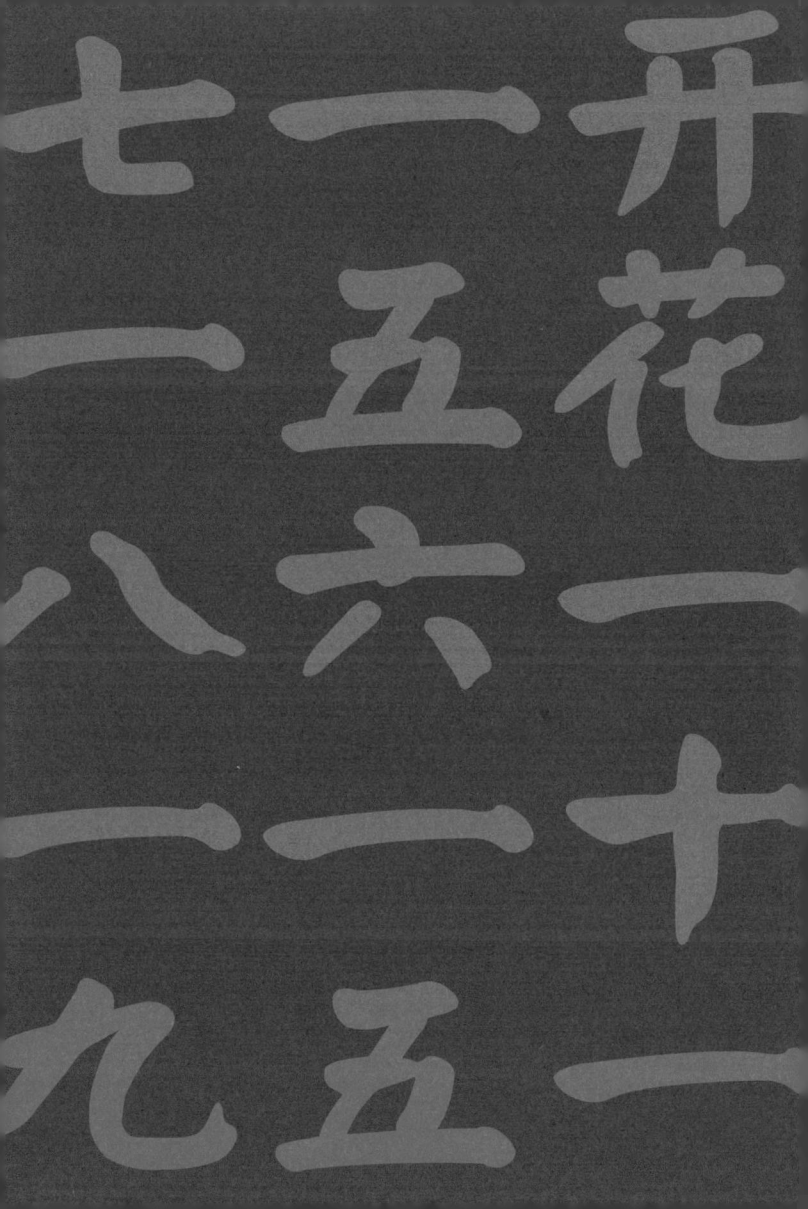

八九一百一
一！水西门
外南伞巷口

一	五	九
三	七	四
五	三	十
六	八	一
三	三	九

的 你 买
头 的 你
绳 线 的
扎 买 针
小 你 买

摇铃哒哒你摇我家小别宝宝在睡觉

妈出来买菜
里头一个老
太老太出来

大家说她真好看！天上下雨地上流

要吃油炒饭
一个姑娘姑娘
烧香里头一

一天妈妈叫我去打油打破了瓶子摔

流来流去我
姓牛我家住
在三裈楼有

罗罗罗
六会拙
罗盘三
骑舌罗
花五四

头叫破
了头,
我是头
罗是人
巧小家
二滑

十罗上天会

神仙！乖乖

隆的咚豆腐

缺	中	马
壹	状	七
十	元	罗
罗	九	八
全	罗	罗

烧大葱家佳
河对过哪个
对哪个！

图书在版编目（CIP）数据

金陵市井图鉴 / 谷以成著. —— 南京：江苏凤凰文艺出版社，2021.4
ISBN 978-7-5594-3585-9

Ⅰ. ①金… Ⅱ. ①谷… Ⅲ. ①小品文－作品集－中国－当代 Ⅳ. ①I267.3

中国版本图书馆CIP数据核字(2020)第247275号

金陵市井图鉴
谷以成 著

出版人	张在健
策　划	赵　阳
插　画	王　烈
责任编辑	傅一岑
书籍设计	周伟伟
责任印制	刘　巍
出版发行	江苏凤凰文艺出版社
	南京市中央路165号，邮编：210009
网　址	http://www.jswenyi.com
印　刷	南京宁成印务有限公司
开　本	787毫米×1092毫米　1/32
印　张	15
字　数	223千字
版　次	2021年4月第1版
印　次	2021年4月第1次印刷
书　号	978-7-5594-3585-9
定　价	68.00元

江苏凤凰文艺版图书凡印刷、装订错误，可向出版社调换，联系电话025-83280257